新　潮　文　庫

沼地のある森を抜けて

梨 木 香 歩 著

新　潮　社　版

8574

沼地のある森を抜けて　目次

沼地のある森を抜けて

でも、佳子《けいこ》姉さん。

私、本当いうと、分からないの。

こんなに酷《ひど》い世の中に、新しい命が生まれること。

それが本当にいいことなのかどうか。

いいことなのかどうかは誰にも分からない。

でもね……ほら、動いた。

1　フリオのために

夕立が上がった。繁華街の真ん中を流れる川の湿気がそのまま町を包み、猥雑《わいざつ》な匂《にお》いも喧噪《けんそう》も、川面《かわも》に垂れる柳の緑も人の思いも、そしてその合間に光るネオンサインも、もやに溶け合って皆半透明のカプセルの中に浮かんでいるよう。こんなに沢山の人々が傍らを通り過ぎて行くのに、何だかそれが一人一人、「人」という実感がない。川の漂流物と同じ、私の両側で無関係に浮いて流れてゆく。向こう側から見れば無表情に歩く私こそ、浮いて流れて見えなくなる500ミリリットルサイズのペットボトルみたいなものなのかもしれない。すれ違う空っぽのペットボトルの群れ。

その風景のカプセルの中を、新しい住まいになったマンションへと向かう。

数ヶ月前、一番下の叔母が死んだ。私と同じように結婚もしないまま一人暮らしで会社員をしていた。同じ町に住んでいたというのに私たちには殆《ほとん》ど行き来がなかった。もっとも昔は親しく往来していた時期もあったのだが、ある頃からぷつんとそれも途絶えてしまった。

死因は心臓麻痺《まひ》。初めての無断欠勤に、不審がって訪ねてきた同僚に発見された。鍵《かぎ》は掛かっておらず、まだ明るかったのに部屋の中には灯りがついていて、叔母はパジャマ姿で倒れていたという。


私の両親は私が大学の頃交通事故で共に死んだ。私には兄弟がいなかったので、以来家族はない。正式には三人家族だったが、どういうわけだか人の出入りの多い家だった。マンションで、さして広いところでもなかったのに、遠い親戚《しんせき》のような人たちがしょっちゅう出入りしていたように思う。母は三人姉妹の長女だった。

叔母の葬儀は町中の近代的な葬祭場、見た目には何ら普通のシティホテルと変わらないビルの、小さな一室で行われた。「私たちの家の菩提寺《ぼだいじ》って、行くだけで一日がかりだからね。時子《ときこ》の会社の方々がほとんどなんだから、こっちのほうがいいでしょう」姉妹最後の一人となった加世子《かよこ》叔母からてきぱきとそういわれると、何の疑問も持たずに「そりゃそうね」と答えた。

寂しくあっけない葬式だった。

亡《な》くなった時子叔母は、それほど社交的な方ではなかった。が、それでも昔からの友人が一人、火葬場までついてきてくれた。「時ちゃんは小さい人だったのに、しっかりした骨だ」最後の叔母がそういうと、木原《きはら》さんというその友人はきっぱりした声で「時子さんらしい骨です」といった。そういえば叔母には頑固なところがあった、と私はぼんやり思った。

加世子叔母と二人、故人のマンションの後片づけをしていると、台所の流しの下を開けた叔母がふと手を止めて、何か深刻な宣告でもするようにいった。

——あんたのところに行くしかないわねえ、こうなったら。

——何が？

妙な胸騒ぎがした。

——家宝。

叔母の言葉は簡潔だった。

——カホウって、家の宝と書く家宝？

——そうよ。他に何かある？　果報は寝て待てのカホウ？　残念ながらその果報とはとうていいえない家宝よ。

が、それにしても、家宝とはなにやらものものしい響きではないか。

——そんなものがうちにありました？

——あったのよ。

叔母はうんざりしたような声で答えた。それから、

——私のところには夫の母もいるし、近所に住んでる共働きの娘は、三人目の孫を生んだし。

叔母が何のことをいっているのか分からなかった。瞬《まばた》きもうなずきもせず、私は叔母の話の続きを待った。

——今年はＰＴＡだって町内会の役員だって引き受けているのよ。

叔母は弁解がましく続けた。

——他にもお中元お歳暮の手配に礼状、病気見舞いに葬式結婚式、年賀状書きに上の孫の塾や姑《しゅうとめ》の病院通《がよ》いの送り迎え。生協の世話役に、婦人部の宴会係。孫の友達呼んで誕生日のパーティだって。

ほとんど怨念《おんねん》のこもったような声でお経のように続けたあと、

——ね、大変なのよ、所帯を持つって。

急にやつれて隈《くま》の出来た顔をこちらに向けた。

——叔母さん、それと家宝とどういう関係が。

——だから私には家宝にさくゆとりがないってことなの。

――それなら売ってしまえばいいじゃないですか。

――売れないわよ。

――でも物好きな人がいるかもしれない。古い物なんでしょ。

――古いことは確かに。それは折り紙付き。

――だったら。

――売れないわよ。だってぬか床だもの。

――ぬか……どこ？

まさか、聞き間違いだろう。私はそう思って聞き直した。

――ええ、そうよ、ぬか床。

――それって、あの、ぬか漬けの。

――そう、他にどんなぬか床があるのよ。

なんで、そんな物が家宝になりうるのか。私は目を見開いて黙って叔母を見つめた。

――なんでそんなものが家宝なのかって、聞きたいんでしょ。

近眼の叔母はじりっと私に近づいてそういった。私は反射的にうなずいた。

――その昔、駆け落ち同然に故郷の島を出た私たちの祖父母が、ただ一つ持って出たもの、それがこのぬか床。戦争中、空襲警報の鳴り響く中、私の母は何よりも最初にこのぬか床を持って家を飛び出したとか。

——身を挺《てい》して守り抜いたってとこが家宝の所以《ゆえん》なわけね。

——そのとおり。

——でもたかがヌカミソにさくゆとりがないってどういうこと？

——しっ。

叔母は急に緊張した顔になって辺りを窺《うかが》った。

——二度と『たかが』なんていったらだめよ。

解《げ》せない。私はふと思いついて、

——ああ、ぬか床は毎日手入れしなくちゃいけないって聞いたことある。そのこと？

——ええ、それもある。

——でも、もう叔母さん一人だけなんだし、誰も文句いいませんよ。面倒だったら捨てちゃえば。

——捨てられるぐらいだったら苦労しないわよ。一回でも手入れを怠ってごらんなさいよ、大変なことよ。

——臭いの？

――うるさいのよ。文句をいってくるの。私、今度のことで時ちゃんの所へ来て、まず大慌《おおあわ》てでしたことは、ぬか床の在処《ありか》を探って、搔《か》き回すことよ。ぬか床が文句をいう？　私はもう一度叔母をまじまじと見て、正気を疑った。こういう冗談をいう人だっただろうか。

――おかしいんじゃないかと思ってるんでしょ。

私はまた反射的にうなずいた。何といっても血が繫《つな》がっているせいか察しがいい。叔母も同じようにものわかりよくうなずき、

――無理もないわ。でもほんとのことなの。代々の女たちに毎朝毎晩かしずかれて、すっかりその気になったのよ。しかもどうやら代々の女たちの手のひらがぬかになじんでいるせいで、念がこもっているのよ。

冗談じゃない。そんな馬鹿《ばか》なことがあるものか。仮に万が一そうだとしても、何でそんなものを私が、よりによってこの私が背負《しょ》い込まなければならないのか。

――私、ぬか漬けって好きじゃないんです。

――あんたの漬け物の好みのことなんか聞いてるんじゃないわ。今問題にすべきはここに背負わなければならない義務があって、長女の長女という、本来の正当な継承者が今それを引き継ぐ、という事実だけなの。

長女の長女？　家制度なんてとうの昔に崩壊したはずではなかったのか。きれいなフローリングの床をめくったら、違う洒落《しゃれ》た床材があるとばかり思っていたら、思いもかけなかった黒々とした土が見えてしまった、冷たく不気味な感じがした。それはずっとそこにあったものなのか？　いやいや見なかったことにするのだ、大急ぎで。

——そんなこと、私は納得していません。ぬか床なんて、臭くてかっこわるくて前世紀の遺物もいいとこだ。そんなもの、何の見返りもなくてどうしてわざわざ世話しないといけないの。だって私は独身で家族もいない。毎日漬け物漬けたって食べてくれる人もいないんですよ。

——そんなことは何とでもなります。ご近所に配ってもいいし、会社の人に差し上げてもいいし。毎日お弁当つくって漬け物いっぱい入れていってもいいじゃない。

頭がくらくらする。

——時子叔母さんはそうしていたの？

——ああ。あんたのおかあさんが亡くなったとき、あんたはまだ大学に入ったばかりで世の中の右も左も分からない痛々しい若い娘だった。ほとんど少女だった。時子はちょうど今のあなたぐらいの年だった。こんな風に通夜《つや》の席で、私たちは長いこと話をしたものだったわ。結局時子はまだあんたに渡すに忍びない、といって自分で引き受けることにしたの。

――じゃあ、それからずっと？　毎日朝晩ぬかを掻き回してきたの？

――大体ね。やむをえないときは私が助《すけ》っ人《と》に来たけれど、でも、そのぬかは私と相性が悪いのよ。私が手を突っ込むと、呻《うめ》くの。

――呻く？

――そう、ぐえっと。

――まさか。

――そんなことで驚いてちゃだめよ。とにかくあの声を聞くとわたしはだめね。家に帰って二三日寝込んでしまう。

私は何といって返していいのかわからなかったが、叔母の次の言葉で事態は急激な展開を迎え、私の気持ちはほとんど決まった。

――このマンション、あなたが貰《もら》えばいいわよ。

時子叔母のマンションその他は、てっきり計算高い加世子叔母の手によって現金に替えられ、それはほとんど叔母が立て替えた葬儀代その他に充《あ》てられるのだろうと思っていた。

叔母が死んでいただくものなんて、嬉《うれ》しく思うのも後ろめたいが、私はそのときちょうど住んでいた貸しアパートの建て替えが決まり、その月中に立ち退《の》かなければならないという事情があった。渡りに船とはこのことだった。呻くぬか床がついてくるぐらい何だろう。

それからまもなく私はここに引っ越してきた。一刻も早くぬか床の世話から解放されたい叔母に、強引に引き抜かれるようにして。

引っ越しの荷解《にと》きも早々に、叔母に急《せ》かされ、流しの下から引き出したぬか床と相対する。茶系の釉薬《うわぐすり》の掛かった壺《つぼ》の蓋《ふた》を取ると、布巾《ふきん》が掛かっており、更にそれを取ると、駱駝《らくだ》色《いろ》をした粘土状のものが現れる。恐る恐る手を突っ込む。ぐにゃっとした感触にぎょっとする。独特の匂いが鼻をつく。しかし覚悟していたほどの嫌悪感《けんおかん》もなく、むしろ掻き回していた間、皮膚を通して何かしら懐《なつ》かしいような思いが滲《にじ》んできた。とりあえず叔母の用意したキュウリと茄子《なす》を漬け込む。

――大丈夫のようね。

遠目に様子を窺っていた叔母がほっとしたように呟《つぶや》く。

――よかったわ。素質があるのよ、あなた。

ぬか床を搔き回すのに素質がいるのだろうか。

――何事にも素質というものはあります。掃除洗濯料理にも。散歩ジョギングマラソンだって。めでたいことだわ、ぬか床用の素質を授かっているなんて。

叔母はそう言祝《ことほ》ぐと、そそくさと帰っていった。

ぬか床用の素質だなんて、電車の席取りの才能より役に立ちそうもなかった。それでも素質があるといわれれば、ないといわれるより励みになるものだ。私はそれから出勤前と就寝前、せっせとぬか床を搔き回した。キュウリも茄子も予想外においしかった。叔母にいわれたとおりタッパーに入れて職場に持って行くと、まさかと思ったが昼休みにあっという間になくなった。先祖伝来のぬか床は有名になり、友人の安芸《あき》雪江《ゆきえ》などは、キュウリを持参してきて一晩漬けておいてくれなどとまでいう。

職場は洗剤や化粧品など幅広く扱う化学メーカーの研究室で、私のやっているのは他社製品の組成を、つまりどんな成分が配合されているかを分析する仕事である。菌の培養は、だから、畑違いとはいえ地続きの畑には違いなかった。

新しいマンションは職場からも近く、歩いて通勤できる距離だった。バスで通っていた頃よりはかえって運動量も増え、途中、必要な買い物がすませられる商店街も通るので、生活の便という点でも申し分なかった。私は時子叔母へのお礼のしるしに、小さくて真新しい、木製の戸棚のような仏壇を買った。両親の位牌《いはい》は持っていても、実家の仏壇は大きすぎて処分してしまっていたのだった。だから時子叔母専用の仏壇というわけではなかったけれど、時子叔母は私の両親と仲が良かった（加世子叔母談）ということだから、この成り行きを喜んでくれているかも知れない。

霊なんて信じてもいないはずの私が取った、この一連の行動に、私は何か新しい自分に出会ったような戸惑いを持った。きっとそれが科学的な事実であるかどうかはどうでもよく、私の中の自己防衛システムが、様々な物語のコンテキストを用いてこの現実に収まりをつけようとしているのだろう。

簞笥《たんす》の横にその家具調仏壇を置き、朝晩お礼のチンを鳴らす生活。そしてぬか床を搔き回す。義務、というのはそれほどの負荷がかからないかぎり、かえって人の生活を安定させるものかもしれない、とまで思うほど、私はこの生活に落ち着きを見出《みいだ》し始めていた。嬉しくて浮かれてはしゃぐ、というような気分には到底なれなかったけれど。

実は叔母の葬式以来、昔から私に付きまとっていた、何か得体の知れない寂しさのようなものが、急に陰影を伴った立体的なものになって、私を鬱《うつ》っぽくしていた。しかし叔母の存在は、成人した私にはもうかなり遠いものになっていたはずだ。事実、叔母がいることなど、普段は思い出しもしなかったのだから。

時子叔母の死、というのは、私にとって何だったのだろう。

ある晩、いつものようにぬか床の底の方から手を入れてひっくり返そうとすると、指先が何か硬いものに当たった。見えないので気味が悪く、そうっと探ってみる。いびつな球形をしている。どうやら、卵のようなものであるらしい。汚れるのが嫌なのでいつもはぬか床用には動かさない左手まで迎えに出し、取りだしてみると、それは普通の卵よりは小振りの、けれど薄くブルーがかった、間違いなく何かの卵に見えた。

時子叔母が入れておいたのだろうか。だとしても、もう一週間以上も掻き回しているのに一度も気づいたことがなかったというのはどういうことだろう。まんべんなく掻き回しているつもりでも、手の動きは規則性を持ってしまい、死角のようなところを生んだのだろうか。いや、そんなはずはない。私には確信があった。なぜなら夕べはある理由があり、徹底的にぬか床をひっくり返したのだから。あるいは留守の間に誰かが？　もしくは最近物忘れがひどくなった私自身が？

次に問題になるのはこの卵の処置だった。捨てるべきなのだろうか。大体食べられるのだろうか。食べられるとしても、いい加減漬かりすぎなのではないだろうか。

とりだしてしげしげと見入っていると、突然牛ガエルの鳴き声のようなものが大音響で辺りに鳴り響いた。朗々と長く響くげっぷのような……。私は慌てて卵をぬか床に埋めた。本能的、だったと思う。途端に鳴き声はぴたりと止《や》んだ。

思わずほっとため息をついた。あまりにびっくりしたので肩で息をしていた。それからすぐに、ああ、と思い至った。加世子叔母がいっていたぬか床が呻くというのはこのことなのか。そのあまりの迫力に、叔母が気分が悪くなるといったことの意味が改めてしみじみと分かった。胸焼けがしそうだった。人への理解というのはこのように、同じ立場に立たされないとなかなかできるものではないのであった。

とりあえず卵はそのままにしておいた。翌日、研究室で、液体クロマトグラフィーによる分析値を確認しながら、何気なくそのことを安芸雪江に話すと、

——ぬか床も二百年がたつと卵を生むって聞いたことがあるわ。

隣で次の分析のために試験管をセットしていた雪江は、何食わぬ顔でいった。

——ほんと?

——嘘《うそ》。でもちょっと気味悪いわねえ。放っておくの?

——だって他にどうすればいいの。

——割ってみたら?

私はぬか床が呻いた話を雪江にはしていない。割ってみてどういう反応が返ってくるか怖いといっても、分かってはもらえないだろう。私の目下の関心事はぬか床に集中しているので、昼休みにまでしつこく話題にした。

——ブルーっていうのがわからないのよ。

——近くにあった茄子のアントシアンにでも染まったんじゃない？

ありうることだ。でも、と、私はあることに気づいた。

——ちょっと待って。ぬか床では乳酸発酵するから酸性になるわよねえ。……そしたら、茄子の色は赤くなるべきじゃない？

——鉄くぎとか、入れたんじゃないの。金属はアントシアンと結合して安定した青紫の塩類を作るわ。

——ううん。そんなことしていない。なのに茄子はいつも茄子色だった……。

——じゃあ、きっと、叔母さんたちがたっぷり入れておいたんでしょうよ。

なるほどね、といってコーヒーの紙コップに手を伸ばすと、雪江も回覧されてきた通販のカタログをめくり始めた。子供服を見ている。雪江は数年前結婚し、妊娠すると産休育休と取ったがまた職場に復帰してきた。独身同士の時とは興味の対象が少しずつ違うようになっている。

学生時代の友人は独身者が多い。大学時代に住んでいた学生マンションにそのまま住み続けてもうじき二十年経《た》つ、というものもいる。嫌がられないかと聞くと、大家も店子《たなこ》の総代扱いして重宝がっているという。根が生えちゃって、とさらっという。そのとき六帖《じょう》一間の彼女の部屋にいたのだが、敷き詰められたカーペットの裏には、本当に白いひげ根がびっしりと生えているのではないかと薄ら寒く思ったものだ。

——これかわいい。

雪江が指さしたのを見ると、淡いクリーム色のロンパース（と書いてあった）で、モデルのお尻《しり》の辺りがパンダのそれのようにもこもことしている。確かにかわいい。こんなのがその辺をうろちょろしてるっていうのは、どんな気持ちだろう。

——ほんと。

と、思わず相づちを打つと、

——あら。

雪江が意外そうな声を出した。

——ようやくその気になってきた？

——その気って？

——子どもを持ちたい、家庭を持ちたい、結婚したい、っていう。

けど。

——その順番、普通逆じゃない？

——あなたの場合は、普通なんて通らないでしょう。その順番で間違いないと思うけど。

学生時代からの友人にそういわれると、少し不安になる。

——何でそう思うの？

——私の知ってる限り、男の人と付き合ったって、夢中になるってことはなかったし、長続きもしなければ、結婚願望があるようでもなかったし。学生時代からやたら自然科学系統に詳しかったかと思えば、結局化学畑に進んで。けどガチガチの理科系ってわけでもなくて。こんなぬか漬けなんか持ってくるし。料理も好きだし、面倒見もいいし、家庭的っていえば家庭的だし。けど社交的とは決していえないし。

確かに。無駄な付き合いで時間をつぶすよりは、微生物か天文学の本でも読んでいた方が、よほど楽しい。

——だからさ。男の人と付き合うより、子どもを育ててみたい、っていう風になっても、あなたの場合は自然じゃない。

——なるほど。

結局雪江に相談しても埒《らち》があかず（まあ、そんなことは最初から分かっていたが）、卵をそのままにぬか床だけは使い続けていたのだが、卵が現れて十日ほど経ったある朝、いつものように掻《か》き回そうとして、愕然《がくぜん》とした。卵が増えていた。しかも二個一度に増えていたのである。ぞっとした。すぐに電話に駆け寄り、叔母に電話した。卵のことを口にした途端、

——卵が現れた？　それはすごいわ。六十年に一度ぐらい、そんなことが起こるって聞いたことはあるけれど。あんた、本当に才能があるのよ。

——六十年に一度？　竹の花みたいなこといわないでください。

——本当よ、しかも三個でしょ、ざっと百八十年ぶりなんじゃない？

——そんなことより、どうしたらいいの？　取り出したら呻くんです。

——ああ。

叔母は絶句した。すごくリアルに呻きを追体験したのだとわかった。それから若干いらいらしたような口調で、

——じゃあ、おいとくしかないじゃない。私もそれからどうなるって話は聞いたことがないんだから。とにかくうちは忙しいんだからね。上の孫も来年小学校受験だし。何とかそっちで善処して頂戴《ちょうだい》。

そういって電話は切れた。何で死んだのがこの叔母でなくて時子叔母なのだろう、

と私は詮《せん》ないことを思った。いやいやこういう人間だから長生きするのだ。私は一瞬湧《わ》き上がった怒りを馴《な》れた手順で諦《あきら》めに変え、それから卵の始末を考えた。

……フリオの家に宅配便で送りつけてやるというのはどうだろう。

フリオ——不離男は私の実家のあったマンションの、同じ階に住んでいた。幼稚園のころから、幼、小、中、といっしょで、私は地元の女子高に入り、エスカレーター式にその系列の女子大に入った。彼はその女子大の学生とカップルになるのが多いことで知られている私学に入った。不離男という名は、両親がフリオ・イグレシアスのコンサートで知り合ったことから付けられたのだそうだ。続く事態にイマジネーションのない、安易なネーミングである。幼稚園のころはさして障害にもならなかったその名前が、小学校に入ると急にイジメの標的になった。子どもといえどもさすがに日本語のセンスが芽生えてくる時期だったのだろう。しかし、たとえ最初は変な名前をからかわれても、本人が毅然《きぜん》としていればそのうちそれが当たり前になって、いつのまにか市民権を得てゆくものだが、フリオの場合はそうは行かなかった。妙な節回しで名前を呼ばれるたびたじろいだ。そうすると当然のことながら事態はどんどんエスカレートしてゆく。知らんぷりしてればいいのに。幼なじみのよしみで、登下校、二人きりになったとき、何度か忠告したものだ。けれどそのたびにフリオは泣き笑いのような顔で、できないんだもん、と応《こた》えるのだった。校庭の真ん中に捨てられた靴を取りに行ってやり（彼は靴がないといって歩かない）、ぐちゃぐちゃにされた宿題のプリントをコピーしてやり、彼が気づく前にランドセルから蛇の死骸《しがい》をとってやるのは私だった。いじめっ子達の注意が彼に集中しそうなときは、さりげなくそのダイナミズムを崩そうとあの手この手で話題を提供した。実際陰になり日なたになりして、厖大《ぼうだい》なエネルギーを彼のために費やしたものだ。なぜあそこまで、と自分でも今になって思うが、そのときはそれが日常になっていて、そういう役回りが私に振られており、生まれた家が選べなかったのと同じように、その役から抜け出すことなんて、考えつきもしなかったのだ。私にはそれが普通の日常だったが、やはりそういう献身的な姿は人目には普通ではなかったのだろう。当然私もからかい半分の野次を受けそうになったが、そのたびに、だって、フリオのお母さんから頼まれてるんだからね。あんたたち、これ以上やると本当にいいつけるよと低い声でいい放ち、場をしらけさせ、難を逃れた。これは、場の空気を全然違う次元に――この場合は、軽々しい昂揚《こうよう》した気分の中に、私には大人から委託された仕事があるのだという、重々しい雰囲気を突然出現させる――有無をいわさず切り替える、というところがコツなのだ。だがそういう私の日常は、つまり、フリオへのイジメは、ある時を境にしてぴたっと止まった。

転校してきたスポーツ万能成績優秀の男の子が、体育の時、フリオの名前が呼ばれるのを聞いて、目を輝かせ、僕とフリオと校庭で！　と叫んだのだった。おお！　とそれにすかさず応えたのが、当時少し軽いがセンスはそれほど悪くない担任だった。フリオに対するイジメには気づいていたが、どうやって止めさせたものか、頭のどこかでは考えていたのだろう。都合良く次の時間は音楽だったので、早速ギターでその流行の歌を歌って見せた。それからフリオの名は外国風のかっこいい名前になったのだ。イジメがそのくらいで止んだのは、今と違って、まあ、牧歌的な時代だったといえるのだろう。そのかっこいい転校生はしばらくして交通事故で死んでしまった。死というものが身近に起こったのはそれが初めてだったので、私たちは正直どう対処してよいかわからず、呆然《ぼうぜん》としたが、通夜《つや》の席でフリオは突然大声で泣いた。フリオが私たちの群のリーダーとなって率先して手本を示したのはそれが初めてだった。そうか、こう表せばいいのか、私たちは即座に学び、皆泣き始めた。しかしそれも初七日の頃まででであった。なのにフリオはいつまでもいつまでもめそめそしていた。それは確かに、彼はフリオを救ったヒーローだっただろう。が、私だってフリオのために結構がんばってきたのである。私はフリオが彼に見せる執着が分からなかった。私は自分が恩着せがましい人間だとは思っていない。しかし、フリオは――私に対して――何らかの愛着を――感謝といわないまでも――見せてしかるべきではないか、もっと。だから、そのことを、私が過去、フリオを守るために傾けた厖大なエネルギーのことを、ぐちぐち説いて聞かせたことはない。しかし、私はフリオに少しは思い出して欲しかったのだった。フリオのめそめそは、いつかパタッと（彼へのイジメのときのように）止み、それから、まるであの転校生が乗り移ったのではないかと思われるほど、全《すべ》てに積極的でしかも成績も飛び抜けて良くなった。フリオは私の庇護《ひご》など必要としなくなったのだ。だがフリオと私の間には、すでに信頼関係のようなもの――私は少なくともフリオの中に、普通の子どもの持っているような残酷性だとか悪意だとかいうものは全く見たことがなく、そのことが健康なことかどうかは別にしても、フリオといることは昔から私にある種の安らぎを与えていた、と認めよう――が確立しており、普通の発達段階にあるような、思春期になったら互いを意識して云々《うんぬん》、というようなまともな展開は、フリオに関しては全く見られなかった。それで、小さい頃と同じように付き合い続け、中学に入りしばらくすると私たちは噂《うわさ》されるような仲になった。まあ、それもついでの成り行きのようなつきあいだったので、私が女子校に入ると疎遠《そえん》になるかと思われたが、女子校の友人というのはフリオの友だちにとって結構な魅力の一つだったようで、友人に頼まれたフリオに頼まれ、私たちはグループでよく遊びに出かけた。大学に入り、私の両親が死んだとき、同情したフリオはいっそこのまま結婚しようかといった。それがお悔やみの言葉の第一声だったが、何しろ間が悪かった。私は彼のデリカシーのなさに（もしくはデリカシーの過剰に）、愛想を尽かした。それから全く付き合わなくなってしばらくたったある日、私は彼がカップルで乗り込むところに気づかずに、つい同じエレベーターへ乗ってしまった。彼はまるで私など透明人間かなんかのようにふるまった。そうか、そういうことになっていたのか。それから私はそのマンションを売り払い、先日ここに転がり込むまであちこちを転々として今日まできたのだった。

そしてついこの間、十数年ぶりで彼に出会った。このマンションの名義の書き換えのため、叔母の知っている不動産屋の紹介で、司法書士の事務所へ行った、彼は何とそこの司法書士の一人だった。あいにく彼の他誰もおらず、彼は私と気づくと、まるで久しぶりにあった同級生のように（まあ、それで間違いはないのだが）、嬉《うれ》しそうだった。私は気まずいまま、事務的な話を続けた。それも一通り終え、私の戸籍を目にしていた彼は、ため息をつき、まだ独身なんだねえと呟《つぶや》いた。無性に腹が立った。だがここで椅子《いす》を蹴《け》って帰るのも大人げない。ええ、男運がなくてとさらりといった。それから何気なく、あなたは？　と訊《き》いた。僕？　ああ、結婚してる。子どもは二人。

子どもの数まで訊いてないだろう、と私は胸がむかむかした。そういう私の様子にはまるで頓着なく（この辺の無関心さは全く変わっていない）、昔を思い出すなあ、僕は今でも忘れられない人がいるんだと、窓越しに空を見ながらいった。お？　と、私は次の展開に注意を集中する。光彦《みつひこ》君。覚えてる？　転校してきて、僕をイジメから救ってくれた……。僕に救いの手を差し伸べてくれた唯一《ゆいいつ》の人だ。僕にとっては永遠のスーパーヒーロー。彼がいなかったら今の僕はない、といってもいいほどの人だ。彼の死と共にもう一人の僕も死んだような気がするよ。

私はそこで我慢出来ないほどの怒りに襲われ、そのまま書類を掴《つか》むと、ものもいわず席を立って帰ってきた。私は恩着せがましい人間ではない。けれど、僕に手を差し伸べてくれた唯一の人とは……。

私の腹立ちは容易に収まらず、その日はこれ以上できないほど、ぬか床を隅から隅まで激しくひっくり返したのだった。

卵が現れたのは次の日だから、私はそれ以前に卵が置いてあったわけがないと思うわけだ。まあ、何にでも思いこみとか、気のせいとかいうことはあるけれど。

フリオの家に宅配便で送りつけるというのも、ふと思いついただけで、そんなストーカーじみたことを自分が実行するとは思えなかった。第一、フリオの住所など分からなかった。まさか、まだ育ったマンションにいるわけもあるまい。

卵の青は益々《ますます》濃くなっていった。私はとっくに茄子《なす》を入れるのを止《や》めていた。なのにこの青はどこからくるのか。

卵が初めて現れてから明日で五十日目になろうかという日の朝、私は卵に小さなひびが入っているのを見つけた。気になったがしようがないのでそのまま会社に出かける。夕方、買い物もせず真《ま》っ直《す》ぐ帰ってくる。卵は割れ目を上にして、浅く埋めておいた。上のぬかを取り除いて様子を見る。ひびは大分拡《ひろ》がっていた。そこから、何か透き通った口笛のような音が聞こえる。これは懐《なつ》かしい、どこかで聞いた音だ、と耳を澄ます。風のような音楽。

その夜は時折思い出したように微《かす》かに流れてくるその音を聞きながら眠った。

翌朝、ベッドから降りようとして目を疑った。ドアの手前に、男の子が体育座りでぼうっとしている。半分透き通っている。

――うわっ。

思わず声が出た。まだ夢を見ているのかと一瞬思ったが、いやいやこれは現実だ。この足の裏からぐぐっとさかのぼり、しっかり捉《とら》えきれる空間感覚。では、幽霊？

もう朝だというのに。

——……何、そこで何してるの、あなた。

声がかすれている。相手は返事をしない。聞こえていないかのようだ。そりゃこれだけ透き通っていれば、五感も機能しそうにない。が、とりあえず、私はドアを出て洗面所に行かなければならない。その間に消えてしまったらどうしよう。いや消えていてくれるだろうか。そっと前を通り過ぎる。何の反応もない。まるでプロジェクターで投影された映像のようだ。どうやら半ズボンにシャツを着ているようなのだが、柄も色も判然としない。ドアを開け放したままにしておく。洗面所からそのまま台所のぬか床の所へ行く。ひび割れた卵は——なかった。では孵《かえ》ったのか。はっとして振り向く。あれか。孵ったのはあの幽霊もどきなのか。私は彼から目を離さないようにしながら紅茶を入れ、パンを焼き、バターを塗り、ジャムを塗った。食事が終わると同じものをつくり、トレイに載せ、供え物のように彼の前にそっと置き、着替えて会社へ出かけた。そんなもの、食べるとは思えなかったが、幽霊とはいえ、子どもだし、置いておいてもとりあえず、害はなかろうと思ったのだ。

会社の研究室に行ってもぼうっとして、朝から現実感がなかった。夏だというのに、窓の外は小雨が降り、冷房の効いた室内から見ると妙に寒々と見えるのだった。まるで金魚鉢の中の風景のようだった。雪江にもまだ話す気になれなかった。動転していたのだ。

上の空のまま退社時間になり、階段を踏み外しそうになりながら、多分すごい形相をしているのだろうと心のどこかで思いつつ、家のドアを開けた。途端にあの音が耳に飛び込んできた。おっかなびっくり靴を脱ぎ、中へ入る。男の子はいた。朝と同じ場所、同じ姿勢で、何か抱えていて――それは、パンフルートだった。男の子はパンフルートを吹いていたのだ。そうだ、懐かしい、と思ったのは、私が子どもの頃流行《はや》った楽器だったからだ。レコードを聞きすぎてすぐに飽きてしまったが、今改めて聞くと、当時、世の中全てがまだ新鮮だった頃のことが思い出される。まるで草原を吹きぬける風のような、葦笛《あしぶえ》のような、哀愁を帯びた音色。男の子の体も、朝よりははっきりしてきていた。まだ大部分透き通っているが、部分的には実体化している。彼の足下のトレイには、パンはそのままで、紅茶だけ若干減っていた。彼はパンフルートを吹くのを止め、ぼんやり一メートルほど先の床を見つめている。パンフルートは、彼が以前の棲《す》み処《か》から携えてきたものらしく、相応にぼんやりしている。

――もういいのね。

恐る恐る声を掛けて、トレイを下げる。もちろん返事はないが、声を掛けたことで、私の気分は大分落ち着いた。皿を片付けようとして、パンに何やら食べようと努力した跡のようなものを発見した。……もしかしたらああいう状態は、弱った病人のようなもの、赤ん坊のようなもので、固形食より流動食の方がよいのだろうか。離乳食のような？　腕だってあれだけ透き通っていれば、重くて皿も持てないに決まっている。

よし、と、炊《た》きあがったご飯を（帰宅したらご飯が炊きあがるようにセットしてあった）小鍋《こなべ》に入れて、水を加え、重湯を作り始めた。火にかけながら、自分でも何をやっているのだろうと、さすがに考え込んでしまう。

……代々伝わるぬか床、それの世話と引き替えに、私はこのマンションを貰《もら》ったようなものだ。ぬか床のメンテナンスには責任がある。だからぬか床から発生したと思われる現象には、それが何であれ、引き続き監督責任があるのだ……。

一応理由をでっち上げたが、自分でもこじつけがましいと思う。実のところ、何でこんなに夢中になっているのか戸惑っているのだった。

重湯を炊きあげ、茶碗《ちゃわん》に移し、スプーンを添えて持ってゆく。男の子の透き通った感じが、何というか、空に浮かぶオーロラが、消えずにいつまでも残っているような、この世ならぬ美しさなのである。そうだ、美しくて見とれてしまうのだ。

彼の美しさを認めてしまうと、（戸惑うような自分の行動にも）諦めがつき、私はすくったスプーンをふうふう冷まして、彼の口に運んだ。ゆっくりと口を開け、彼は呑《の》み込んだ。私は思わずため息をついた。この深い充足感を何に喩《たと》えよう。

そのとき突然電話が鳴った。

――もしもし。

――あ、もしもし。久美《くみ》ちゃん？　柳田《やなぎだ》ですけど。

――……。何か。

氷の女王のような声だと自分でも思う。フリオだった。

――ええと、この間の書類の件だけど、うっかりしていてもう一枚判子を貰うのを忘れていて。

それが分かるまでにこんなに時間がかかったのか。フリオよ、あんたはあまり有能な社会人にはなれなかったのだね、と心の中で呟いた。

――書留ででも送ってください。判子押して送り返しますから。

私は素っ気なくいった。早く彼に重湯を呑ませたい。こんな事に時間をとられている暇はなかった。

――でも、久しぶりだし、ほら、僕も久しぶりで光彦のことを話せる人と会えて……。

余程そこで受話器をがちゃんと下ろそうかと思ったが、そこは年の功で、そういう子どもっぽいことはやらない。

——忙しいのよ私。

——……誰か居るの？

——ええ。

半分は嘘《うそ》ではない。

——男？

——ええ。

半分は嘘ではない。

——あ、ごめん。でもそういうことではなくて、純粋にちゃんと話が出来たらなあ、って思うんだ。

そういうことって、どういうことだ、と怒鳴ってやろうかと思ったが、私は早く重湯がやりたかったので、

——何でもいいわよ、書留が嫌なら宅配便でも何でも。

——そうじゃなくて。

私の視野の中に、幽霊もどきがそっとスプーンに手を伸ばすのが見えた。しかし、

なかなか摑めないでいる。私ははらはらする。気が気ではない。

――忙しいのよ、私。

――じゃあ、明日の昼休み、君の会社の近くに行く用事があるから、お茶でも一緒に。

といって、その界隈《かいわい》では有名な喫茶店の名をあげた。

――わかったわかった、じゃあね。

――じゃあ、明日。

私は投げるように受話器を置くと、文字通りすっ飛んで彼のそばへ行った。そして丁寧にスプーンですくって重湯を彼の口へ運ぶ。飴《あめ》細工のような彼の喉《のど》の辺りが内部で上下して、その辺りから変化してゆくのが分かる。実際、一口呑むごとに、彼の体はどんどん実体化してゆくようだった。ということは普通の人間に近づいていっているということであり、SF的なこの世ならぬ美しさとはどんどんかけ離れてゆくわけで、私は軽いディレンマに陥った。

茶碗一杯の重湯を食べ終わると、彼はふうっと息を吐いた。何だか産声《うぶごえ》のように聞こえた。そして少し身じろぎをした。

そうだ、布団《ふとん》！　私は弾《はじ》かれたように立ち上がり、押入から客用寝具を一式取りだした。そして彼の横に敷いた。敷き終わった頃、彼はゆっくりと立ち上がった。そして多少ふらふらしながらも、真っ直ぐに洗面所に行った。ピンときた。そうか、歯を磨くんだ。食事の後は三分以内に歯を磨く！　そういう躾《しつけ》の子なんだ！　私は慌《あわ》てて買い置きの歯ブラシを出した。ああ、大人用の練り歯磨きしかない。子どもはやっぱり、メロン味とか、イチゴ味だとか、そういうものじゃないと……。案ずるより生むが易《やす》しで、彼は蛇口に大分生身の人間らしくなってきた手を伸ばし、まだおぼつかないながらも水を出すことに成功した。それで私から手渡された歯ブラシの先を濡《ぬ》らし、口に突っ込んでもごもごやり始めた。その後ろ姿をしみじみと見ながら、小学校の低学年から中学年の頃か。二、三、四年生のいずれかか、と考える。このぐらいの年の子のことってすっかり忘れてしまった。自分がその年の頃は、自分もそういう背丈なので、取り立てて自覚がないものだ。それにしても何でこういうことになっていったのか、疑問が頭を掠《かす》めるが、それに蓋《ふた》をするようにして、頭の中で何かが私を急《せ》かせる。そうだ、おふろ、えーと、まだこの子の着替えを用意していない、そんなに汚れていないだろうから、今夜はパス、後はトイレだな、この様子だと自分で出来るだろう。歯を磨き終わった彼をトイレに案内する。しばらくするとちゃんと水を流す音が聞こえる。よし。赤ん坊と違って一通りの動作は心得ているところが助かる。出てきた彼を、布団の中に誘導し、おやすみといって、電気を消した。そっと見ると、ちゃんと素直に目をつぶっている。誰かに似ている、えーと。でも、この年の子って、みんな互いに似通っている、幼虫のようなところがある。

キッチンテーブルに腰掛けてあれこれ考えているうち、まだ食事をしていないのに気づいた。ぬか床をひっくり返すついでに、漬けてあるものをとろうとして、例の卵がまだ二個、だんだん赤さびのようなものを滲《にじ》ませながら、依然として強い存在感を放っているのに気が遠くなりそうになる。この上これからも何か出てくるのだろうか。私の給料でやっていけるのだろうか。扶養者控除だって受けるのはまず無理だろうに。

しみじみと卵を撫《な》でて、それからその横の人参《にんじん》とキュウリを取り出す。今回の卵は茄子がないので赤いのだろうか。色に関する明確な解答がないことも何だか本当は少し不安だ。

食欲がないのでそれを切ってお茶漬けをつくって、さらさら食べる。もっと落ち着いて考えよう。けれど、なんだかおかしい。頭の中の回路が、もう他に選択肢がないかのように、決められたコースを点滅しながら猛スピードで立ち上がってゆく、そんな焦《あせ》り。このコースを一度降りてゆっくり考えたい、けれど、降りる方法が見つからない。

……脳がぬか床のようだ。

待てよ、と思う。ぬか床が脳のようなのか。


涼しい風が吹いてくる。こんな良い風は久しぶりだ。木々の間を駆けめぐって、地面に近いかぐわしい草の間を通り、実をつける花々の間を抜けてきた風だ。そう思って背伸びしようとしたところで目が覚めた。

男の子が布団の上でパンフルートを吹いていた。

慌てて起きる。

——もう起きたんだ。

独り言のように呟《つぶや》く。それから、

——おはよう。

と、何の期待もせずにいうと、

——オハヨウ。

と、かすれたひゅーひゅーひゅー風の鳴るような声で返したのには驚いた。子どもの成長というのはあっという間、というのは本当だ。不気味に思う気持ちを遥《はる》かに圧倒して、変な話だが、感動した。気を抜けば涙が出るかと思われた。

身支度を済ませると、自分の分のパンを焼きながら、別のパンをちぎって小鍋にミルクを入れ、パン粥《がゆ》をつくる。砂糖と、シナモンを加えようとして、子どもはシナモンが好きだろうかと考える。私はあまり好きではなかったのだ。それで、シナモンは控えめにする。

できあがったので、食卓に着くようにいうと、ハイと、返事をするではないか。これも感動だった。もう、自分でスプーンを使って食べられるぐらいにはしっかりしてきた。きれいな子である。腺病質《せんびょうしつ》の子によく見られる、白い、陶器のような肌。しかしこんなに美しいのは、やはり、もともと透き通っていたからだろう。思わず、自分のパンを落としそうになる。話しかけたい気がするが、話しかけるのが怖い。それは、非常に、怖い。が、私が怖がっているところを見せたら、相手はどう豹変《ひょうへん》するか分かったもんじゃない。まだまだ気が許せない。

私の不安を気取られないためにも、とにかく日常を演出するのだ。ぬか床のある日常。こんなこと、すぐに過ぎてしまう。どう決着が付くのか分からないけれど。そうだ、ぬか床を混ぜなければ。いつものように手を突っ込むと、何かがぐにゃっと当たった。夕べ入れておいた新しいキュウリだろうか。まさか、この上何が起きるというのか。暗澹《あんたん》たる気持ちで、そうっと取り出すと、あの赤みがかった卵だった。空気の抜けたビーチボールのように、へこんでいる。もう一つの方は大丈夫だ。何が起こったというのだろう。ああ、しかし、考えている暇はない。急いでこの子のお昼をつくって——もう、固形食でいいだろう、おにぎりにしよう——会社へ行かなければ。

バタバタと、準備し終えると、

——布団は畳んでおくように。十二時になったらこれを食べて、お腹《なか》が減ったらバナナでも食べておいて。

と、事務的にいい置いて、急いで部屋を出た。

外は、もあんとした湿気に包まれていた。会社に着いて、開発研究所からの依頼の、紙おむつの高分子特定に入る。慣れた作業を黙々とやっているうち、だんだん落ち着いていくのが分かる。しかしそれも表面上だけで、芯《しん》のところはまだ緊張を解いていない。昼休みになったら食事もそこそこに、急いで近くのデパートへ子供用の下着や服を買いに出かけた。そこで初めて身長もはっきり知らないのに気づいた。

——ちょっと大きめかな、と思われるぐらいがいいですよ。子供さんはすぐに大きくなられますからね。

独身としか思われない、年若い売り子にまでそういわれるほど、私はこういう買い物に馴《な》れていないように見えたのだろう。実際、子供用の下着、と一口にいっても、丸首U首ランニングに半袖《はんそで》、エジプト綿に無蛍光染料、アレルギー検査済み、と、思わず考え込んでしまうぐらいいろいろあるのだ。サイズの見方もよく分からなかった。なんとか買い物を済まし、急いで研究室に戻った。午後の分の仕事を済ませると、今度は食品の買い物だ。

両手で山のような荷物を持ち、ふうふういいながらスーパーを出ると、向かいの喫茶店の硝子《ガラス》越しにこちらをじっと見ている視線を感じた。いつもならとりあわないが、そのときはたまたま視線を合わせてしまった。……あれは……フリオだ。その瞬間、昨夜の電話を思い出した。フリオは怒っている風もなく、こちらにうなずいて見せ、伝票を手にレジへ向かった、ようだ。私はぼうっと待っている。若干の罪の意識が、フリオに対する態度を少し軟化させているのがわかる。

——待ってたんだよ。

フリオは走ってやってきた。そうだろう。

——何か都合が悪かったの？

そのとき、ごめん、忘れてた、と正直にいえばよかったのだ、本当に。だが、私は彼に謝りたくなかった。それで思わず、

——ええ、忙しいの。急に子どもが湧《わ》いて出て。

と、本当のことをいってしまった。強くいうには本当のことしかなかった。フリオは少し戸惑った顔をして、

——……湧いて？　もしかして、君、君のとこのぬか床、まだあるの？

といった。私は実際いくつかの荷物を取り落とすほどびっくりした。

——何で知ってるの、そのこと。

私の取り落とした荷物を拾いながらも、その真剣な反応に、フリオは面食らったようだった。

——……君のお母さんがいってたんだよ、昔。君のとこから知らない人が出てきたことがあって、おばちゃんとこ、お客さん？　っていったら、にやりと笑って、ええ、ぬか床から湧いてきたのよ、っていったんだ。へえって思って、家に帰ってそのことを母にいっても、笑って取り合わない。僕がからかわれたんだって思ってるんだ。でも、君のお母さんはそういうようなからかい方をする人じゃなかったから、僕はそれがすごく印象に残っていて……。今、君が湧いたっていったとき、そのことを思い出したんだ。

その話、詳しく聞きたい、と初めてフリオの顔をまじまじと見つめた。フリオは私

を見つめ返し、

――……やっぱり、冗談じゃなかったの？　どういうことなんだ？

フリオは母娘《ははむすめ》と続く遺伝的精神障害でも疑っているのではなかろうか、という疑問が頭をちらりと掠めたが、それより私は、母が、家族の一員である肝心の私にではなく、フリオ如《ごと》きにその重要な秘密を話していたということにショックを受けていた。

――生まれたときからうちはそうだったので、気にもとめなかったのね。親戚《しんせき》の出入りの多い家なんだとばかり思ってた。でも、何であんたなんかに……。

――子どもだし、わけわかんないだろうと、気を抜いてたんじゃないかな、ほら、僕って、子どもの頃、光彦に会うまではトロかったから。

また光彦か。うんざりしたが、前ほどの怒りは起こらない。それどころではなかった。

――で、あるの？　そのぬか床。

――うん、まあ。この間まで叔母が引き受けてたんだけど……。そうか、あれ、私の家にずっとあったんだ。すっかりそのこと忘れてた。

――で、子どもって？

――ああ、まあ……。

私は言葉を濁して、向かいの信号を見た。知らない間に私たちは歩き出していて、信号待ちをしていた。

——これ、君一人じゃ大変だから、送ってくよ。

確かに荷物を持って貰《もら》って助かっている。しかし……。釈然としない成り行きだ。マンションの管理人室の前を通るのに、思わず緊張した。何も後ろめたいことは（これっぽっちも）ないのに、買い物袋を下げて帰ってくる、しかもフリオと、というところに、非常な焦りを感じる。友人の女子学生マンションならともかく、夫婦者も事実上夫婦者もいくらもいるマンションなのだから、私が何もこんな思いをすることはないのだ。ただ、相手がフリオ、というところが問題なのだ。管理人は居なかった。ほっとすると同時にほっとしたことに腹が立った。

部屋のドアを開けると、中からパンフルートの音が流れてきた。曲名は知らない。好き勝手に音を出しているだけのようにも聞こえる。しかし、その音を聞いて、フリオの顔色が変わった。

——……これ。

——あの子が吹くのよ。パンフルート。

——失礼。

フリオは、私の許しもなく、上がり込んで真《ま》っ直《す》ぐリビングに向かった（そこは台所と兼用だから、食料品袋を抱えている彼の順路としては正しかったわけだが）。そしてリビングの隣の、開け放した寝室の入り口付近で相変わらず体育座りでパンフルートを吹いていた（らしい）あの子を見つけた。

――……光彦！

フリオの絶叫が聞こえた。……え？　光彦だって？　まさか。私も慌てて後を追った。

フリオが呆然《ぼうぜん》として座り込んでいる。光彦だって？　私はまじまじとその、益々《ますます》実体化してほとんど普通の子のようになった男の子の顔を見つめた。光彦だって？　光彦はこんな顔だっただろうか。もう三十年近く前のことだからほとんど覚えていない。あの子は卒業写真に写ることもなかったし。そういえば黒枠付きで載っていたか。けれどそんなものではわからない。この子の顔は……光彦というよりも……。

――……光彦……。

けれど、フリオが何度も何度もそう呼ぶので、終《しま》いにその子も光彦になる決心をしたんじゃないだろうか。やがて、

――ヤア、フリオジャナイカ。

と、今朝方よりは、はっきりとした、けれどやはりどこか風の吹いている感じを思わせる口調でいった。それを聞いて、フリオはぽろぽろぽろぽろぽろ涙を流した。

——よく帰ってきてくれたねえ、光彦。

——ちょっと。

私はやっとのことで声が出せた。

——光彦光彦って……。この子は昨日一昨日《おととい》出てきたばかりなのよ。幽霊かどうかも定かではないの——その辺が、曖昧《あいまい》なんだけど。とにかく、光彦って、なんでそんなこと。

——だって、君もたった今、聞いただろう、この子は僕をフリオって呼んだんだよ。

確かに。

——しかも、片仮名のフリオの発音だった。

そういえば。

——あんな呼び方するのは光彦だけだったんだ。

それは知らない。

——あんたと光彦……君の間に何があったか知らないけれど、それなら何で彼が私の家のぬか床から出てくるのよ。

——そんなこと知らないよ。

と、フリオはその間もうっとりと光彦を見つめる。光彦は相変わらず蠟《ろう》人形のような風情《ふぜい》で一メートルほど先の床の一点を見つめている。しかしそれも以前と違ってとりつくしまのない異星人のような感じではなく、ただ所在なげで、声を掛ければ応じる気配がどこか滲《にじ》んでいる。人間らしくなっているのだ。ご飯をやったかいがあったか。ああ、そうだ、ご飯だ、ご飯だ。

私は慌《あわ》ててスーパーの袋から食材を取りだし、すぐに使うものは調理台に、そうでないものは冷蔵庫に入れ、エプロンを着けた。何と流しに、光彦の使った食器が置いてあった。そういう躾《しつけ》を受けた子なのだ。——誰にか知らないけれど。そういう設定でこの世に出てきたのだ。

ほめてやりたい気持ちで一杯だったがフリオがいるのでそれも憚《はばか》られ、水道の蛇口をひねり、とりあえず洗う。

——すぐわかったよ、僕にパンフルート教えてくれたのは光彦だったからね。

フリオの声が背後でする。そうか、パンフルートを、私が懐《なつ》かしく思ったのは、あのころのフリオが夢中になっていたからだ、と思い出す。それから、ハッとして、家族もいるというのに、フリオはいつまでここにいるつもりなんだろう、と不安になる。

——そろそろ帰った方がいいんじゃない？

振り向いてそう声を掛けると、

——冗談じゃないよ、今夜はここに泊まる。光彦と一緒に居るんだ。

——冗談じゃないよ。ここは私の家よ。

思わず水道を止めて、大声を出す。途端に光彦がびくっとする。いけない、刺激が強かったか。フリオは慌てて光彦に向かい、

——大丈夫だよ、光彦。ほら、あれ、久美ちゃんだよ。覚えてるだろ。すぐご飯つくってくれるよ。光彦は——カレーが好きだったよねえ。

——今、それつくろうとしてるのよ！

偶然だった。カレーにしようと思ったのは、多分子どもが好きだろうと思っただけだ。しかし、あれ、久美ちゃんだよ、はないだろう。私はこの子がそもそもまだ海のものとも山のものとも知れない透き通った段階から一緒にいるのだ。あんたはさっき会ったばかりのくせに。

——やったね、カレーだよ、光彦。

——ヤッタネ。

光彦は、嬉《うれ》しそうに笑った。初めての笑顔だ。じんとする。よしカレーを作ろう。

大人のカレーではなく子どものカレーだ。――単に香辛料の数と手間を減らすだけだが。

いつもは入れないじゃがいもを加えた、子どものカレーはあっというまにできた。なんと郷愁をそそる匂《にお》い。塾帰りの暗くなった街角でどこからか漂ってくる匂い。成り行き上、フリオにもよそってやる。まったくへんなやつ。光彦、光彦とはしゃいで嬉しそうに食べている。フリオがこんなにはしゃぐとは知らなかった。子どもの頃だってこんな顔は見たことがなかった――もしかして、光彦には見せていたのだろうか。光彦が転校してきて亡《な》くなるまで、ほんの八ヶ月ぐらいしかなかったと思う。その間に二人はそういう関係をつくっていたのだろうか。

この子だって最初は何とも得体が知れなかったのに、フリオが光彦扱いするものだから、この数時間ですっかり光彦っぽくなってしまった。私は何だか面白くなかった。

――事務所の方はどうなってるの。帰らなくっていいの。昼休みに出たっきりなんでしょ。

フリオは突然黙り込んだ。私は嫌な予感がした。……もしかして。

――まさか、イジメられてる、とか。

冗談のつもりだったが、フリオは泣きそうな顔で、

——義父の事務所なんだ。でも……。

——義父って。奥さんのお父さん？

——そう。家も二世帯住宅で建ててくれたんだけど、妻も子も、ほとんど義父母のエリアに入り浸りで……。

私はあきれた。絵に描いたようなイジメられ人生だ。

——それでも、急にいなくなったら心配するんじゃないの。

——どうだか。そんなにいうなら一応電話するけど。

と、携帯を取りだし、ダイヤルを押し始めた。

——……もしもし。ああ、僕だけど。今日、急に小学校の時の同級生に会って……うん……大事だったんだ……それは悪かったと思ってる。わかった。うん。そうする。

そういって電話を切ってしまった。

——何だって？

——……僕が午後から大事な客と会う約束をすっぽかしたっていうんで、お義父《とう》さんがかんかんで、もう僕なんかに任しておけないっていってるんだって。納得できるような理由がない限り、もう事務所で雇うつもりはないって。僕にとっての光彦のことなんか、地球が終わりを告げたって絶対分かるような人じゃないからね、あの人は。

納得してくれるわけがないんだ。

——じゃあ、どうするのよ。

——さあ、どうするかな。

何でこんなことになるんだろう。……え？　ちょっと待って。これ、私の責任ってことになるんだろうか。私がフリオとの約束をすっぽかしたから？　けれど、次の予定を無視してまで私を待ち続けるなんて、誰が思うだろう。……ええと、そうか、納得できるような理由があればいいのか。

——納得できるような理由、考えなさいよ。

——無駄だよ。僕もう、小学校の同級生に会ったっていっちゃったんだもの。

万事、休すか。

頭を抱えている間に、光彦はどんどんカレーを平らげ、平らげながらますます人間っぽくなっていった。

——オかワリ。

——お、すげえ、早えな、光彦。

——フリオがオソいンだヨ。フリオ、カーブ、投げレルよウニなッタカ。

——カーブ！　まだだ。カーブは、とうとうだめだったよ、光彦。

フリオは喜びにふるえんばかりに返事をする。しかし語尾にいちいち光彦を付けるのは止《や》めて欲しい。そのたびにますます光彦化してゆくじゃないか。私にはどうも、本当の光彦のわけがない、と思えてしようがないのだ。いや、わけがないのだ、本当に。しかしこの、ぬか床由来の少年の、光彦ぶりはどうだろう。

カレーを食べ終わると、私にスカーフとサングラスを出させて、二人で仮面ライダーなんとかごっこを始めた。かなり盛り上がっている。ソファから飛び降りたりするので、階下から文句が来ないかと気が気ではない。

ああ、何でこんな展開になるのだろう……。

延々続けて汗びっしょりになった二人は、風呂《ふろ》にはいるといいだし、私は気を取り直して今日買ってきたばかりの下着とパジャマを袋から引っぱり出した。少し浮き浮きする。

——着替えだよ。

——コレなニ？

光彦は下着に付いた最近のアニメのキャラクターに興味津々《しんしん》といった感じで聞いてきた。

——さあ。

巷《ちまた》でよく見るキャラクターだが、私は正確な名を知らなかった。フリオは、

――ああ、それ、ポケモンのサトシだよ。ちょうどTVで明日やるよ。楽しみだなあ。光彦はきっと好きになるよ。

と、上気してポケモンについてレクチャーしながら、二人は風呂に入った。私は何だか脱力感で座り込む。何でフリオはあんなこと知っているのか。……ああ、子どもがいるのか……。

そうだ、ぬか床をひっくり返さねば。しばらくぼうっとした後、急に思いついて私は立ち上がり、よろよろと流しの下まで行き、扉を開け、壺《つぼ》を手前に引き、蓋《ふた》を取って、手を突っ込んだ。相変わらずのヌカミソの匂いが鼻を突く。ああ、こんなこと、いつまで続ければいいのだろう。一つ残った卵は、不気味に手に触ってくる。この卵からも何か出てくるのだろうか。大体、加世子叔母は六十年に一度、とかいってた。けれど、昔私の家に出入りしていた遠い親戚《しんせき》が、本当にぬか床から出てきた人たちだったとしたら、六十年に一度なんてものじゃないだろう。当たり年が続いたとでもいうのだろうか。

私は遠い親戚の顔ぶれを思い出そうとしていた。年齢も性別もまちまちで、二三日いたと思ったら、どこかへ出ていった。……どこへ？　どこかそういう人たちの宿舎

でもあるのかしら。故郷ぬか床協会、ぬか床出身者互助組合、とか。それなら、たとえぬか床から何か出てきたとしてもすぐにそこへ追いやれば、何とかやっていけるかもしれない。

とりとめのないことを、半ば真剣に考えているうちに、彼らが風呂場から出てくる気配がした。急いでぬか床を戻し、食器の後片づけをする。一人のときは、大したことのない仕事だが、二人分増えただけで結構な労働だ。よく、昔の肝っ玉母さん風主婦が、居候《いそうろう》を引き受けるとき、一人や二人増えたって手間は一緒だからと大らかに笑うシーンがテレビなどであるが、あれは嘘《うそ》だ。一人増えれば一人分、二人増えれば二人分、手間は確実に増える。それをさも何でもないことのようにいうのには、実はかなりの忍耐がその笑顔の裏に潜んでいたのに違いない。それをその笑顔のまま受け取って、人は主婦に寄りかかる。ぬか床を掻《か》き回すときだけ、女は本音の顔を見せていたのかも知れない。嫌いな相手のときは般若《はんにゃ》のような、気に入っている相手のときは慈愛に満ちた……。

そう思うと改めてぞっとするものがある。私はそんな怨念《おんねん》話が何より嫌いだ。面倒な係累《けいるい》を持つのが嫌だからこそ、この年まで結婚もせずに独身を通してきたのだ。

——なにか飲むものない？

フリオが風呂上がりの顔でいった。光彦は私の選んだパジャマを着ている。なんてかわいいのだろう。すっかり人間化してしまったが、今度は血の通ったかわいさが、風呂上がりの石鹸《せっけん》の匂いや上気した頬や濡《ぬ》れてあっちこっちの方向に立っている髪の毛を通してこちらに訴えてくる。よしよし、ちょっと待て。

――アップルジュースでいい？　オレンジ？

――僕はスポーツドリンクのほうがいいなあ。

――ぼくはオレンジ！

フリオの声は無視して、コップ一個にオレンジジュースをつぎながら、

――もう帰った方がいいよ、フリオ。

と諭した。

――いやだ。

フリオは体を固くして頑として呟《つぶや》く。

――いやだって、どうするのよ。冗談じゃないわよ。家族だって、いくらなんでも、心配してるでしょう。

――じゃあそのまま、その小学校のときの同級生さんのとこでお世話になったら？　っていわれたんだ、さっきの電話で。

何だそれは。私は一瞬絶句して、

——で、何て答えたのよ。

——わかった、そうする、って。

気が遠くなりそうだった。追い打ちをかけるように光彦が、

——くみちゃん、たのむよ、フリオがかわいそうだよ。

眉間《みけん》に皺《しわ》を寄せんばかり。真剣だ。光彦は、初めてここで私のことをくみちゃんと呼んだ。気持ちが急速に弱々しくなってゆく。

——……もう余分の布団《ふとん》なんかないわよ。

——いいさ、ぼくらいっしょにねるよ、なあ、フリオ。

光彦が力強く請け合うと、

——やったあ。

とガッツポーズを取り、フリオは小躍りして喜んだ。

冷や汗が出るのを感じた。が、私は自分でいうのも何だが、あまりその場の感情に溺《おぼ》れない、現実的な人間である。その現場処理能力は職場でも高く評価されている、と自負している。で、そうとなったら、と、早速気持ちを切り替えててきぱきフリオに指図した。

――じゃあ、とりあえず、今納戸《なんど》に使ってる方の部屋で寝て頂戴《ちょうだい》。そこに前に住んでた叔母のものがいっぱいあるから、いらないものは段ボールに入れて端っこに積み上げて。

引っ越した時の段ボールは、何かの時のために、たたんでその納戸部屋に押し込んであった。まさかその何かの時っていうのがこういう時とは思いも寄らなかったけれど。

フリオは嬉々《きき》として働き始めた。そしてほぼ同じ大きさの段ボールの立方体をいくつもつくり、段ボールに入りきらないものは押入を整理して隅から詰めてゆき、あっというまに自分たちのスペースを確保した。おまけに、その段ボールをブロックのようにして、秘密基地までこさえたのだった。モティベーションの高さが、仕事の出来にどう影響するか、という見事な一例であった。

二人は秘密基地の設計をあれこれ思案し、内部に布団を持ち込み、キャンプのような、巣のような寝床をつくってしまった。

――じゃあ、おやすみ、久美ちゃん。

――じゃあ、おやすみ、くみちゃん。

基地の窓から二人で声を揃《そろ》えて挨拶《あいさつ》されると複雑な気分だ。もうちょっとで、私も入れて、といいそうになった。危ない。

やっと一人になり、キッチンでお茶を入れ、怒濤《どとう》のようだった一日を振り返れば、思わず重いため息がでる。さあ、これからどうしよう。とにかく、フリオの奥さんと一度あって話をしなくてはならない。子どもまでいるのだから、どんなに虐《しいた》げられていようと、フリオの帰ってゆくところはそこなのだ。フリオの居場所がなくならないように手を打たねば。

あれこれ考えていると、もう時計は二時を回っていた。フリオは明日事務所に行くのだろうか。脳からこぼれ落ちそうな不安を抱えたまま、その日は眠った。

目覚ましの音で目を覚ますと、キッチンの方から人の声とカチャカチャ食器や什器《じゅうき》の触れ合う音が聞こえてきた。一瞬一体自分がどこにいるのか分からなかった。もう十数年一人暮らしを続けてきたので、そういう物音に慣れていないのだ。

……ああ、そうだった。

途端に胃の辺りが重くなる。のろのろとベッドから降りてドアを開けると、ベーコンや卵の焼ける匂いが立ち込めていた。白状すると、それは、悪い感じではなかった。

――あ、くみちゃんだ、おはよう。

光彦がはしゃいだ声を出す。フリオもこっちを振り向いて、

——おはよう。よく眠れた？

……そんなことを私に訊《き》ける立場なのか？

それには返事をせず、光彦に向かい、

——えらいね。朝ごはんつくってるの？

——フリオがくみちゃんのためにようい しようっていったんだ。

さりげなく私とフリオの仲を取り持とうとする、健気《けなげ》な子だ。洗面所から帰ってくると、テーブルの上には絵に描いたような朝食が待っていた。……悪くない。

そのまま三人でテーブルに着くと、何も知らない人が見たら、どう見ても朝の温かい家庭の図なんだろうなあ、という考えがふっと浮かび、慌《あわ》てて頭を振る。

——どう、卵？

フリオはわくわくしているのを隠しきれない、といった風で訊いてくる。訊かれたので正直に評価する。

——ベーコンはカリカリだけど、卵はもう少し半熟の方がいい。これだと固すぎてベーコンに絡《から》まない。

光彦がトーストをほおばりながら、顔色も変えずにさりげなく、

——あしたがんばるよ、な、フリオ。

——うん。

フリオは光彦に励まされ、気を取り直す。私はぬか床のことを思い出す。まさかとは思ったが、

——ぬか床、手入れしてくれた？

——ううん。やっていいものかどうか……

——やって、やって。

私は初めて積極的にフリオに訴える。是非とも代わりにやって欲しい。いい加減うんざりしてきていたのだ。フリオはもちろん消極的だったが、何しろ私の機嫌を損ねたくない、という弱みがあるので、いやいやながら、立ち上がる。私は早速流しの下からぬか床の壺を引き出す。フリオの緊張が伝わってくる。

——これか……。

——手を突っ込んでご覧なさいよ。

フリオは何かに魅入られたようにおずおずと手を入れる。

——うわ……。あれ、そんなに嫌でもないや。

フリオは何か思い出そうとしているような顔になり、

——あ、固いものがある。

——それ、卵よ。それは放っておいて、とにかく上下をかき混ぜて、空気に触れさせることが大事なの。そんなに徹底的にすることはないけれど。それを朝晩一回ずつ。そして私はあることに気づく。

——ぬか床が呻《うめ》かない。あなた、好かれてるのよ。

フリオはあまり嬉《うれ》しそうではなかったが、

——こうしてると、何だか懐《なつ》かしい感じがする……。

と、呟いた。そのとき、全く荒唐無稽《むけい》な考えが突然私の頭の中で閃《ひらめ》いた。それはあまりにあり得ないことだったので、私は、まさか、とすぐさまその考えを打ち消した。

——それくらいでいいわ。ありがとう。

光彦は、その間パンフルートを弄《いじ》っていた。彼はぬか床についてどう思っているのだろうか。それは興味のあることだったが、それについて訊くのは何だか痛ましいような気もした。

——じゃあ、私会社行くけど、あなたは？

——うーん。今日は光彦といるよ。

予想していた答えだった。それについては半分諦《あきら》めながら、

――自宅と事務所の連絡先を教えて。

と、これは有無をいわさずメモを取った。それから彼が外出してしまう場合を考えて合い鍵《かぎ》を渡した。

――帰るときは鍵かけて、ポストに入れておいてね。

玄関先で二人に手を振りながら見送られ、複雑な微笑《ほほえ》みを浮かべ、部屋を出た。今日も蒸し暑い。けれど耐えられないほどではない。そういえば最近きちんとした太陽を見ていない。いつもぼんやりとした曇り空で、大雨が来る前のような、変な湿度だ。台風でも近づいているのだろうか。会社まで、歩いて通っているせいか天気の崩れは気になるものだ。

昼休みに会社を抜け出し、フリオに教えられた自宅に電話をかけたが、誰も出なかった。夕方、会社を出るときもう一度電話をかけた。八回目のコールで漸《ようや》く出た。

――もしもし、柳田さんのお宅ですか。

――はいそうです。

聞き慣れない声に警戒しているのだろう、女性の、低い、抑揚のない声だった。思わず電話の向こうの部屋の中を想像する。

――私、フリオさんの同窓のものですが。

電話の向こうの声が絶句する。

――あの、私の部屋に親戚《しんせき》の男の子がきていまして、フリオさんはその子のことを小学校時代の親友と思いこまれてしまったんです。それで、昨夜、その子の部屋に泊まってしまったというわけなんですが……。

嘘は苦手だ。出来るだけ真実に近い線でまとめようとすればこうなった。しかし、説得力に欠ける。

――その子の部屋、というのはつまり、あなたの家の、ということですね。

感情を押し殺した声だった。

――ええ、そういうことです。

――それは……。変なことだわ。

――ええ、本当に。

私はからかうつもりは微塵《みじん》もなく、しみじみといった。考えれば怒り出しても無理のない言葉だったのに、彼女は少し考え込んだようだった。

――今からお会いできませんか。

――わかりました。

彼女は今私がいる場所から、地下鉄で二駅ほどいったところのホテルにあるティールームの名を挙げた。私も好きでよく行く場所だった。こういうことで、何となく好感を持つのは我ながら変な習性だと思う。

そのティールームはフロントの奥にあった。吹き抜けの高い天井と、全面硝子《ガラス》の壁を通して竹林や滝が見える。もちろん人工なのだが、それを感じさせない。テーブルとテーブルの間が広く取ってあるせいか、これだけ人工的でありながら、深山幽谷にいるような錯覚に陥る。私がそこに着くと、青いスカーフをしている（それが目印だった）彼女はすでにテーブルに着いていた。

——初めまして。柳田です。

——初めまして。上淵《かみふち》です。

上から下までさりげなく一瞬で値踏みされたのを感じる。まあ、こういう場合はしようがないだろう。

頃合いを見計らってやってきたウェートレスに紅茶を注文する。ウェートレスが行ってしまうと、

——このたびは、主人がお世話になりまして。

と、フリオの奥さん、柳田夫人が頭を下げる。小柄で、たっぷりの髪を肩の上でカールさせた、上品な印象である。しかし目が笑っていない——当たり前か。

——いえ、そんな。

相手の真意が読めずに私も紋切り型の対応をする。

——で、小学校の時の親友って……。

私はフリオと光彦の小学校時代の関係を手短に話した。

——でも、それは明らかに主人の勘違いなんでしょう、その親戚のお子さんは気味悪がっているのではないのですか。

奥さんは半信半疑だ。無理もない。

——それが、不思議なんですが、何か話が合うようで……

ああ、何と信憑性《しんぴようせい》のない。奥さんは案の定、

——ねえ、上淵さん、普通だったら、絶対、こんな話、誰も信じません。誰がどう見たって、昔の恋人と会って、その彼女の部屋に泊まった、ということになるでしょう、ねえ、そう思いません？

——そう思います。

私も認めた。柳田夫人は、ふうっとため息をつき、

——でも、私は、どうもそうじゃないような気がするんです。

ときっぱりいい切った。あら、と、私は彼女を見直した。ごく普通の、ブランド好き

の奥様のようにも見えるが、この人は自分の頭で考えている。

——今度のことがなくても、夫とは時間の問題だと思っていました。何というか、執着がない人なんです。粘着力がない、というか。さらっとして。炊《た》きあげたご飯粒を水で洗い上げたような。でも、家庭って、結局お互いの粘着力のようなもので作り上げていくものじゃありません？　日々の愛情で醸成させてゆくものでしょう？　そりゃ、私のことはそれなりに大事にしてくれましたし、子どものこともかわいがってくれました。でも、それだけなんです。私たちを何としてでも失いたくないとか、そういうところがないんです。そういう質《たち》の人なんです。だから、主人が、誰か、女の人と激しい恋に落ちるとか、そういうこと、まるで考えられないんです。そういう情念のようなもの……。かえって、その、小学校時代の親友、ですか？　その話の方が、彼にはあり得ることのように思えるんです。

私は深くうなずく。

——ええ、そして、それ、本当のことなんです。

私たちは暫《しばら》くじっと見つめ合った。互いの経歴も個人的なことも何一つ知らなかったが、その瞬間、フリオに対する認識を媒介にして、私たちは随分深い次元まで交流したのだった。私は一気に一番伝えたいことをしゃべった。

――けれど、正直なところ、私、このままご主人に居着かれては迷惑なんです。ですから、ご主人が帰られても、追い返さないでいてくれますか。実際、日常生活からドロップアウトしたというだけで、不道徳なことをしているわけではないのですから。それをわかっていただきたくて。

柳田夫人はすっと私から視線を外し、

――日常生活からドロップアウトした、ということが、どうして不道徳なことではないんです？　みんなそれを我慢して勤め上げているのではないですか？　そこから逃げ出すことは罪にならないんですか？

ああ、事態を甘く見ていたかもしれない。私は返す言葉もなかった。日常の義務から逃げ出すことは罪にならないのか。この問いは私をほとんど思考不能にした。私にはそういう自分が驚きで、いったい自分に何が起こっているのか訝《いぶか》った。夫人は独り言のように、

――そう、不道徳だとしても、そもそも道徳ということを持ち出すのが、すでにあの人にはそぐわないんだわ……。

と呟《つぶや》いた。おかげで再び私の頭の回路が動き出した。そうだ、私もそう思う。フリオに道徳をいって聞かせて何になる。フリオにはフリオなりの守るべき義務のようなも

のがあり、それに対して彼は忠実だ。それが世間の価値観とずれていようとも。フリオの執着のなさ、「粘着力」のなさは、「オレがオレが」の世の中では、かえって清らかで尊くすら感じられることもあった。フリオみたいな人間ばかりだったら、戦争だってとっくに世の中から消えていただろう。この人だって、フリオのそういうところに惹《ひ》かれたこともあったのではないか。此処《ここ》で負けるわけにはいかない。フリオのために。

――フリオを追い返さないでください。奥さんを前にして何なんですが、幼稚園のころからあの子を見てきているので……。あの子は、いえ、あの人は、世の中というものがまだよく分かっていない感じなんです……それは私もそうかも知れないけれど……どうか、お願いします。

私は頭を下げた。夫人は、じっと私を見ていたが、

――でもそれが、あの人にとって一番いいこととは限らないですよ。けれど、おっしゃるとおり、今回のことも世間の常識からはずれているけれど、そのずれ具合が彼らしいといえば彼らしい。確かに、彼が彼らしく行動したという理由で離婚をいい立てるのも、私には後ろめたいものがあるわ。そんなこと、いってみれば最初から分かっていることなんですものね。

――じゃあ……。

――しばらくこのことは棚上げにします。

ああ、ああ、よかった、よかった。

私たちはいっしょにホテルを出た。最後に彼女は、

――さっきおっしゃった、主人が世の中のことが分かっていないっていうの、本当に当たってるって思ったわ、変な話だけど。そういう意味ではうちの幼稚園の子どもの方がよっぽど分かってる。こういうこと、年齢ではないのよね。

そういって、帰っていった。

私は大きなため息をついた。とにかくやるだけのことはやった。後は知らない。

帰宅すると、部屋の空気が全く違っていた。何というのだろう、小学校の教室のような埃《ほこり》っぽさ。微《かす》かにカブトムシの飼育箱のような甘酸《あまず》っぱい匂《にお》い。一人のときは、いつでもしんと静まり返った動かない空気だった。今は空気が躍動している。これが家族がいるということか。――家族？　私は慌《あわ》てて首を横に振った。

――くみちゃん、おかえり。

光彦がばたばたと奥から駆けてきた。

――ただいま。

——おそかったね。フリオがテンシンハンつくってるよ。すごいよ、フリオは。

——へえ。

キッチンのドアの向こうから、私のエプロンをしたフリオがこちらを覗《のぞ》いて、

——お帰り。

と声をかけた。ただいま、と返しそうになってぐっとこらえた。これを日常にしてしまうわけにはいかない。

——すぐ食事にしていい？

——いいわよ。

何だ、この会話は。と、内心戸惑いつつ、寝室に入り、部屋着に着替える。テーブルに着きながら、

——帰らなかったんだ。

と、わかっていることだったが、形だけ念を押す。光彦が、さっと顔を上げ、フリオの援護に回ろうとする構えを見せる。男気のある子だ。フリオはしゅんとして、

——……うん。

光彦が、口を挟もうとするのを制しつつ、

——実は、今日、奥さんに会ってきたのよ。

――……うん。

――驚かないの？

――久美ちゃんのことだから、そうしてくれるだろうと思ってた。

私は呆《あき》れた。

――どうしてくれると思ってたのよ？

――僕の立場を弁明してくれたんだろ？

開いた口がふさがらない、というのはこのことだ。私を何だと思ってるんだ、と、一瞬我を忘れて怒鳴りだしそうな状態になったとき、絶妙のタイミングで、

――くみちゃん、たべようよ、おなかがすいたよう。

と、光彦が子どもっぽくだだをこねた。私は肩で息をするようにして自分を抑えた。

――……そうね。

――いっただっきまーす。

光彦はすっかり人間の子だ。この世に出てきたばかりの頃を思って（二、三日前のことだが）、依然怒りに占領された気持ちの片隅で、私は感無量だった。

あれもこれも、いろんな感情を一緒くたにして、食事が終わった。私は後片づけを無視して（そのくらいは許されるだろう）風呂《ふろ》に入った。風呂から上がると、キッチ

ンが騒がしかった。大急ぎで着替えて、ドライヤーを使う間もなく脱衣場を出ると、光彦が泣いている。

――どうしたのよ。

――どうもこうも。ぬか床を掻《か》き回そうとしたら、中の卵にひびが入っちゃったんだ。大変だと思って取り出したら、すごい声で呻《うめ》くじゃないか、それを聞いて光彦が泣き出しちゃったんだ。

――……ああ。

私は急いでぬか床を覗き、元通り埋められた卵を掻き出して、ひびの部分だけを検証するように大急ぎで浅めに埋め替えた。確かにひびが入っている。そしてその向こうから、何か、三味線のような音がしてくる。そして光彦はたぶんそれを嫌がっている。私はそう直感した。フリオと顔を見合わせ、

――どうしよう。

――捨てちゃえよ、そんなもの。

――そういうわけにはいかないわよ。私、引き受けたんだもの。

フリオは黙った。光彦は泣きながら秘密基地に入ったらしい。この子がこういう反応をするのは余程のことだ。重苦しい雰囲気の中を、三味線の音だけが微かに流れて

くる。

──あの日。

フリオはおもむろに語り始めた。

──僕の投げた球が、とんでもない方向に行っちゃって……。

──あの日ってどの日よ。

──光彦の死んだ日さ。

私は、思わず、うっと唸《うな》った。

──校庭の塀を越して、その向こうの道路に出ちゃったんだ。休み時間で、許可なく学校のボールを使っちゃいけなかったんだ。光彦は僕にカーブの投げ方を教えてくれようとしていた。どうしよう、と、狼狽《うろた》える僕に、光彦は、だいじょうぶだよ、すぐ取ってくるよって……。塀を乗り越えて……。

フリオは両手で顔を覆《おお》った。……そうだったのか。

──ぼくは光彦に謝らないといけなかったんだ、ずっと。今日、やっと、君がいないときにそれができた。涙が出て涙が出て……。そしたら、光彦は、にっこり笑って、なんだ、ばかだなあ、あれはぼくが、ふちゅういだったんだ、フリオのせいなんかじゃないよ。もうわすれろよ、っていってくれたんだ。

思わずじんとする。光彦、あんたは本当に光彦だったのか。

──だから、僕はこの光彦を一生かけても守ってゆくんだ。

わからないでもない、でも、

──あんたの子どもは？　奥さんはどうするの？

──ああ。

フリオの顔が曇った。

──彼女たちは僕が居なくても、いや、むしろ僕が居ない方が幸せかもしれない。けど、光彦は……。だから、光彦がここに住めないのなら、あんなに嫌がるのなら、僕は光彦を連れてここを出て行くしかない。

これは私にとっては願ったり適《かな》ったりの展開のはずだった。

──けど、どこに行くのよう。

私は思わず情けない声を出していた。

──とりあえず、僕の実家、かな。ほら、君の昔の家の真向かいの。

──……そういえば、おじさんおばさんはご健在なの？

私にも懐《なつ》かしい人たちである。

──父は入院中。母は病院と家とを行ったりきたり。留守番が居た方が都合がいいんだ。僕が帰ったら、ときには交代もしてやれるし。

複雑な事情がありそうだった。私はフリオの奥さんの顔を思い浮かべた。

――光彦のことは何て説明するつもり？

――親友の忘れ形見とでも。

私には反対する理由がなかった。これ以上フリオの事情に立ち入る義務も権利も私にはなかった。それで私は、フリオが光彦に、家替えの説明に行くのにも、それから光彦の泣き声が止《や》んで、フリオが実家に電話し、ここを出ていく準備を始めても何もいわなかった。ただ、紙袋に光彦の着替えだけは入れておいた。こんなものあっても使い途《みち》がなかったので。光彦はぬか床からの音に明らかに神経質になっていた。確かにこんな状況で子どもを育てていくのはむごい話だろう。光彦はかわいい。しかし、私は今、このぬか床から逃げ出すわけにはいかないのだった。

葛藤《かっとう》を感じる。が、彼らはこうしている間にもここを旅立ってしまう。

――じゃあ久美ちゃん。

――じゃあくみちゃん。

二人が玄関先で挨拶《あいさつ》する。私はのろのろと立ち上がり、

――じゃあ、元気でね。

と、ドアの外までいっしょに出た。

——じゃあ。

と、フリオと光彦が、同じような泣き笑いの表情を浮かべて、廊下の先のエレベーターの前でこちらを振り向いた。

……あれ？

私は目を疑った。あの二人……。あれは、あの子は光彦なんかじゃない。あの子は確かに……。そう思った瞬間、その子はこちらに駆けてきた。駆けながら、その顔はどんどんどんどん私のよく見知っていた子の顔になってゆく。

そうだ、間違いない。

これは、フリオだ。

小さいときのフリオそのものだ。

——い……ろいろ……ありがと、ありがとね……くみちゃん。ほんとに、いつも……いつも。

私を見上げて、あのときのまま、少し脅《おび》えたような泣き笑いの表情でそれだけいうと、あっという間にまた走り去り、ちょうどきたエレベーターに、大きなフリオと共にそのまま走り込んだ。突然のショックで、呆然《ぼうぜん》としている私を残して。フリオがフリオを連れて行ってしまった。

……それをいいに出てきたのか、あんたは。

何故《なぜ》か知らない、ただ、やられた、と強烈に感じた。

何が何だかもうわからなくなり――本当にわけがわからなくなり――その場に座り込んだ。すると、涙だけが、後から後からとめどなく流れてくるのだった。無意識に指でそれに触ると、ああもう一回洗顔し直さなきゃクリームが流れる、と頭の隅でぼんやり思った。

2 カッサンドラの瞳《ひとみ》

フリオたちを見送って、茫然《ぼうぜん》としたまま、とにかく部屋へ帰ろうと立ち上がった。いつまでもそんなところで涙を流していては、誰がどう見たって、「出ていった男への未練で泣き崩れたまま動けないでいる女の図」ではないか、人の来ないうちに早くほらほら、と、小市民的理性が私にうるさく働きかけたので。

ドアが重い。それを体で押し開けるようにして部屋の中に入った途端、ひどく神経を逆撫《さかな》でする騒音に直撃された。ぬか床の中から聞こえてくる三味線の音だ。外に出ている間にこれほど大きくなっていようとは。蓋《ふた》をガムテープででも密閉すべきだろうか、これはたまらない、と急いでキッチンに行くと、今まで見たこともない和服の女が、向こう向きに椅子《いす》に座っていた。

——うわっ。

思わず声を上げてしまった。……これもぬか床から？　半信半疑ながら、もう、そうでしかあり得ない、と腹をくくる。玄関の前には私がずっといたのだし、ここは五階で、外から入ることはあり得ない。ベランダ伝いに、ということも可能性としては考えられるが、何のために、ということを考えると現実性が薄い。ぬか床から出てくること自体が、現実性云々《うんぬん》以前の問題だということは、まあ、分かってはいるのだが、とにもかくにも、この状況が、今の私の抱えている逃げようのない現実なのである。女は弾いていた三味線を止《や》めた。音源はすぐそこに剝《む》き出しであったわけだ。どうりでうるさいはずだ。ぬか床の中の様々な菌による多様な化学変化が、一挙に激しくなったかのような、あまりの展開の速さに思わず逃げ出しそうになるが、ここは私の部屋なのだ。逃げ出すことはできない。

——あの子、行ったんだね。

と、女が粘度の高い声で呟《つぶや》いた。中年のようである。和服は太縞《ふとじま》、濃い紫と渋い緑。緩くパーマのかかったボブ、とでもいうのか、ずいぶん年代ものの髪型だ。うつむき加減なので、剃《そ》っていない襟足が妙に生々しい。徐々に体が出来上がっていった「光彦」のときと違い、随分と加速された事態である。が、三味線の音を最初に聞いたときから、どういうわけだか、私はこういう展開を予想していたような気がする。ぞっとする状況だし、いきなり話しかけられたって、さっきまで確認さえされていなかった存在と、当たり前のように会話を始めるわけにはいかない。物事には順序というものがある。それは心の準備が積み上げられる行程なのだ。それを無視されてまで、向こうの事情にあわせることはない。私が黙っていると、

——人の質問には、ちゃんと答えないといけないよねえ。

と、ますます粘ついた声を発しつつ、ゆっくり此方《こちら》を振り向き始めた。

誰が見るものか。私は踵《きびす》を返してフリオたちが寝室として使っていた部屋を、気が重かったが、覗《のぞ》いた。秘密基地の段ボール箱はそのままで、片付けられていなかった。フリオは私が内心、羨《うらや》ましがっていたのを知っていたのだろうか。

少しく感傷的な気分でいる私の背後から突然、

——ねえー。

と声が掛かった。ぎょっとして後ろを振り向くと、目の前に、ほとんど目鼻のない女の顔があった。いや、正確にいうと、大分下の方にそののっぺらぼうの顔はあった。つまり、相手は私より相当背が低いのである。目鼻がない、というのはほとんど怪談だ。そのとき私が悲鳴を上げなかったのは、「光彦」が、幽霊もどきの段階から次第に人間らしくなっていく過程に付き合ったせいもあったのかもしれない。つまり「人間になってゆく」途上の者に対して理解があった、ということだろう。ああ、しかし

どこまでも気味の悪いことである。

そのまま無視を続けるべきだったのかもしれないが、うるさかったので、つい、

――人に質問する前に、人の部屋に無断で入ってることを断ったらどうなの。名前ぐらい名乗りなさいよ。

と、嚙《か》みつくようにいった。名前、といったのは、「光彦」のときの教訓からだ。最初に相手に名乗らせておけば、あとで余計な混乱を生じなくてすむだろう、と咄嗟《とっさ》に思いついたのだ。私の反撃を予想していなかったのか、三味線女は思わず、

――カ…サンドラ。

と後ずさりしつつ答えた。言い忘れたが、目鼻はなくとも口だけはある。

――カ……何？

――……カッサンドラ。

一瞬返す言葉を失った。のっぺらぼうに口だけが、不気味に笑っているような形になっている。ぞっとする。カッサンドラ、というのは確かギリシャ悲劇に出てくる予言者の名ではなかったか。女はそれだけいうと、廊下によろよろと座り込んでしまった。横座りで、ガクンと頭を下げている。よく見ると、まだあちこち輪郭のしっかりしないところがある。よほどの情念で促成されたのかもしれない。

不気味なのには変わりなかったが、どこか見覚えがあるような体だ。漂ってくるおどろおどろしい気配には、懐《なつ》かしさすら感じる。「光彦」が人間になっていったときのことを考えても、出てくるのにはまだまだ無理があったに違いない。たぶん、しばらくはここで動けないでいるだろう。

しみじみと眺める。これから一体どうなるのだろう。目鼻は生えてくるのだろうか。このまま蛹《さなぎ》のように固まって、やがて中から何か出てくるのかも。

私は頭を振り、無理矢理寝ることにした。考えても仕方がない。

ベッドに入って薄い夏布団《ぶとん》を引き上げ、目を閉じる。けれど、「光彦」が最初に出てきたときのこと、初めて重湯を食べたときのこと、パジャマを着たときのことなどが、次々に脳裏に浮かんでなかなか眠れない。あの美しい子の代わりに、カッサンドラ、だなんて。思わずため息が出る。ため息は、遠くで響く車の音のほか何も聞こえない夜の静寂《しじま》の中に紛れて行く。あの二人は今頃、あのマンションに着いているだろうか、と、昔自分も住んでいたマンションを思い浮かべる。フリオの両親は、気のいい人たちだ。お父さんが入院中というのが問題だが、慣れれば「光彦」のことも気に入ってくれるだろう。ときどきは様子を見に行くことにしよう。学校のことだって考えてやらねばならない。戸籍とかはどうなるのだろう。とにかく、表向きは、家の前に突然現れた子で、記憶喪失らしい、ということにしよう。親が出生届もせずに全国を転々としていて失踪《しっそう》してしまった、ぐらいの過去をにおわせれば、何とかなるかもしれない。フリオも司法書士なのだから、その辺のことはいくらでも考えつくだろう。いや、フリオはこういう工作が昔から苦手だった。……こんなこと、いくら考えてもきりがない。もう眠ろう……。

寝返りを打とうとした瞬間、背筋を冷たいものが走った。じっと此方を見つめる、何かの視線を感じたのだ。緊張しながら、ゆっくり部屋の中を見回す。いた。細く開いた戸の隙間《すきま》から、「目」が二つ、此方を凝視している。「目」、だけである。瞬《まばた》きもせず、中空に浮かんでいる。冷水を浴びせられたように、ぞっとする。どうすればいいのか。一体私に何の用なのか。何か要求でもあるのか。話しかけても、返事は来ないだろう。口が、ないのだから。……え？　口？　まさか……あれは。カッサンドラの目、なのだろうか。

そういうことか。繋《つな》がりが多少なりとも見えてくると、少し、落ち着く。見たければいくらでも見ればいい、と腹をくくる。

自分でも信じられないことだが、この状況下で私はいつのまにか眠ってしまった。

朝起きると、女は昨夜の場所にいなかった。「目」もいない。どこに行ったのだろう、まさか、壺《つぼ》の中に帰ったってことはあるまい。が、念のため覗く。ついでに掻《か》き回す。乳酸菌の活性が高すぎるのではないか。そういうにおいがする。こういう場合はどうすればいいんだろう……。とりあえず、塩を入れておこう。その前に、今日雪江に渡すキュウリを取りだしておかなければ……。

そのとき電話が鳴った。フリオか。私は慌《あわ》てて簡単に手を洗い、大急ぎで電話機に走り、受話器を取った。

——もしもし。

——もしもし？　久美さん？

——……はい。

フリオではなかった。若くもない女性の声だ。私を姓ではなく名前の方で呼ぶなんて、どういう人だろう……と考えていると、

——私、お亡《な》くなりになった叔母様の、時子さんの友人で、木原と申します。

——……あ、その節はどうも……。

これも変な挨拶《あいさつ》だが、他に適切な言葉が思いつかなかったのでしょうがない。

——朝早く、突然ごめんなさいね。会社勤めでらっしゃるから、朝早くじゃないと

つかまらないと思って。私もそうだし。実は、急に変な話なんですけど、このところ、三日連続で時子さんの夢を見るので、ちょっと気になって……。よかったら、今日、一緒に夕食いかがですか。

木原さんは、とてもいい感じの人だったことを思い出した。

——ええ。喜んで。

私たちは、私が昨日フリオの奥さんと会ったホテルのレストランで会うことにし(たまたま彼女がそこを提案したのだ)、電話を切った。それから、カッサンドラが見あたらないことを思いだし、秘密基地のある部屋を覗いた。起きてから見ていない場所は、そこと風呂場《ふろば》ぐらいのものだったからだ。秘密基地の内側に、まあ、何でこんなにぴったりの場所を嗅《か》ぎ当てるのだろう、カッサンドラは蛹のように丸くなってい た。顔の造作の醸成は、少しは進んだのだろうか、と、横向きになった顔を覆《おお》ってい る髪を払いのけようとして、何だかのぞきのような後ろめたさを感じ、止めた。あの「目」はどうしたのだろう。本体と違ってスペースをとらないから、段ボールの隙間にでも入り込んでいるのかもしれない。ああ、早く会社に行かなければ。まだ顔も洗っていない。

洗面所に行き、蛇口をひねり、何気なく鏡に目を遣《や》って、思わず、

——うわっ。

と叫んで後ずさり、ドアに体をぶつけた。洗面所の鏡の上の方に、まるで巨大な蛾《が》が、羽根を下ろして平面上にぺたんと止まっているように、閉じられた目が二つ、そこにくっついていたのだ。……開くな、開くな、と念じつつ、奪い去るようにして歯ブラシと石鹸《せっけん》を取り、台所の水道で洗顔を済ませ、タオルで顔を拭《ふ》いた。それから、大きく深呼吸をした。化粧道具が洗面所に置いたままだ。私は鏡台というものをもっていない。これからも持つことはないだろうけど。小さなポーチ一つで十分な化粧道具は、私のごく常識的な社会人生活を保証してくれる欠かせない小道具の一つだ。……欠いてもいいけれど。けれど、あんなもののために日常のリズムが壊されることがあってはならない。私は恐る恐る、洗面所のドアを開け——視野の端にあの「目」が入ってくる。まだ閉じている——化粧ポーチをつかんで、引っ込もうとした。引っ込む瞬間、あの「目」の存在が露骨に目に入り、向こうも薄目を開けて此方を観察していたことを知った。私は頭を振り振り、朝食を食べ、ぬか床をひっくり返した。案の定、赤い卵は跡形もなかった。取りだしたキュウリをいつもの手順でバッグに入れ、会社に出かけた。

昨日までの湿気が、今日は少しましなようだ。風もない、淀《よど》んだ壺の中のようだった大気が、今日は少し動いているのを感じる。昼休み、キュウリを口にした雪江は一言、

——今日のはいつもより歯切れが悪い気がする。セルラーゼが働きすぎ？

セルラーゼとは、繊維分解酵素のことだ。

——そう？

といって、私も一つ口にすると、確かに漬かり過ぎの感がある。

——不思議なものねえ。いつもと同じ様な手順を踏んだわけでしょ。ぬか、足してる？ 塩も？ そう。室温とか、そういう微妙な条件なのね。

雪江は感心している。主な原因としてはカッサンドラが一番有力だったが、いくら雪江でもそこまで明かす気にはなれなかった。もしかしたらこれは、ものすごい家系の「恥部」かもしれない、という怖《おそ》れが、漠然と私の中に生まれていた。そのことが、私の中できちんと定義付けされるまでは、どう対応してよいか、保留にするしかなかった。

一旦《いったん》出社すると、いつものように次から次へ一日のノルマに追われ、気が付くと夕方になっていた。家に帰らず、そのままホテルへ向かう。ちょうど同じ道を、昨日、

フリオの奥さんに会うために辿《たど》ったのだ、と思うと、もうそれが何年も前のことのような気がする。

ホテルのドアマンにお辞儀され、レストランの入り口に立つと、係りがやってくるのと同時に、奥の方のテーブルからこちらに手を振る木原さんに気づいた。手を振り返し、奥へ歩く。

——すみません、お待ちになりましたか。

——いいえ、今来たところ。一度お会いしただけだから、分かるかな、って自信がなかったんですけど、入り口にお立ちになっている姿ですぐ分かった。

——え？

——時子さんにそっくり。いいえ、何というか、姿勢？　漂ってくるものが、同質のものがあるのね……。

複雑な気分である。

——もう、ご注文はすまされました？

——いいえ、まだ。いらしてから決めようと思って。

私たちはメニューを見て、ディナーコースの比較的軽い方を選んだ。ウェイターがメニューを下げて行くと、私たちは改めて挨拶を交わした。木原さんと叔母は、私と雪江のような関係で、雪江は結婚したが、木原さんは叔母と同じように独身のようだ。ずっとそうなのか、離婚したのかは知らない。ぎすぎすした感じはないし、変になれなれしいところもない。信頼の出来そうな図書館司書の小母《おば》さん、という感じだ。たぶん、叔母の思い出話、とか、彼女が見たという夢の話になるのだろうな、と予想していた私に、彼女はいきなり、

——久美さん、私、時子さんの死に方が腑《ふ》に落ちないでいるんです。

と、低い声でいった。

——死に方って……。叔母は心臓麻痺《まひ》だったんじゃなかったんですか。

——そうなんですけど。

木原さんはゆっくり水の入ったグラスを上げ、一口のみ、それからグラスを置いた。

——心臓麻痺って、そんなに簡単に起こるものなのかしら。彼女はいつも規則正しい生活、睡眠も十分とって、食べるものだって玄米主体の菜食主義だった。

——ああ……そうでしたね。

私はずっと昔、叔母の家で一緒にとった食事の質素な様を思いだした。あれでは、成人病はおろか、これっぽっちも心臓に負担などかかりそうもなかった。

——だから、よほどの急激な精神的ストレスがかかったんだと思う。恐怖、絶望、

驚愕《きょうがく》……。でも、一体それは何だったのかしら。

何だか嫌な胸騒ぎがしてきた。

――木原さん、叔母が倒れたのを最初に発見されたんですよね。

意識せず低い声が出てきたのに、我ながら芝居がかっているような気がした。

――ええ。

といって、木原さんは深いため息をついた。

――彼女が会社に来ないのを、おかしい、と思ったんです。その日は彼女の担当の客が来る日だった。しようがないので私が応対したけれど、もうそのときは彼女に何かあったんだって直感してた。無断欠勤なんて絶対する人じゃなかったし、ましてや客との約束を反故《ほご》にするなんて、あの責任感の強い彼女には考えられなかったから。電話しても誰も出ないし……。何かあったのには違いない。けれど、それが何かっていうのまでは分からなかった。気になってしようがなかったので、会社を早めに出て、彼女のマンションの――ああ、今はあなたのマンションです――ドアノブに手をかければ、開くじゃないですか。そのとき何かのにおいが鼻についた。死臭？　まさか。私は大声で彼女の名を呼びながら、中に入っていった。そしたら、キッチン手前の廊下で、彼女が倒れていた……。パジャマのままで。思わず抱き起こしそうになった、けど、もし、揺すったらいけない病気だったら、と思って慌てて救急車を呼んだんです。その間、一生懸命彼女の名前を呼んだんだけれど、返事はしないし、恐る恐る脈を取っても何の反応も感じられなかった……。

木原さんは涙ぐみながら、もう一度そのときのことを話してくれた。前にも一度、病院でこの話は聞いた。しかし、今回は、ある言葉が妙に引っかかってくる。……におい？

――においって、何でそれを死臭だと？

――死臭？　ああ、そういえばなぜかしら。そうよね、死んでいるのが予《あらかじ》め分かっていたって、死後丸一日だって経《た》っていないんだから、そんなものするはずがないのにね……なぜかしら……ああ、分かった、それは何かの、発酵したような臭いだったんです。それで、きっと。

――発酵臭……例えば、ぬかみそ？

――そう、そう、それです、彼女、おいしいぬか漬けよく持ってきてくれたわ。ぬか漬け漬けていたのはまちがいないわ。

ええ、それはまちがいないんです、と呟《つぶや》きながら、

……死臭、と間違えるほどの臭気であるなら、それは大分空気中に放っておかれて、

脂肪分が変化したぬかみそに違いない。ぬか床の構成成分中、その二割近くを占める脂肪分の、大部分がリノール酸、これは成分分析が趣味の雪江が調べ上げた情報だ。と、いうことは、酸化を始めとした複雑な変化が容易に生じやすいということだ。だから、ぬか床から取りだした漬け物はすぐ食すのが正しい。その辺に放っておくと……。たぶん、そのにおいに違いない。でも、なぜ、あの几帳面《きちょうめん》な叔母が……。いや、それが、あの壺の中のぬか床のにおいであったわけがない、なぜなら、私が最初に手渡されたとき、あの壺の中は、腐敗とはほど遠い状態だったもの。

——部屋の中はどんなふうでした。

私は、鼻をかんで軽い気分転換をすませた木原さんに訊《き》いた。

——警察に話した通りです。それは彼女にしては、ちょっと荒れていたといえるかもしれないけれど、部屋の片付けにかかる前に倒れたとしたら、それほど不思議ではないぐらいの散らかり方。

——誰かいたような形跡は。

——まるで警察みたいよ、久美さん。

木原さんは、ちょっと微笑《ほほえ》んで、それからまたすぐ真面目《まじめ》な顔になって、

——それがあったともいえるし、なかったともいえる。コップが二つ出てたけど、

一つ使って、それから暫《しばら》くしてまた別のを使ったってことは十分考えられるでしょう。警察はそういって、鑑定もせずに、事件性は薄い、って断定したわけなんだけど、あの時子さんが、そんなふうに出しっぱなしにしておいて、どんどん食器を使うかしら。ねえ。

確かに私の知っている叔母は癇性《かんしょう》で、食器は使ったらすぐに洗っていた。しかし、叔母も大分歳《とし》を取ってきていたし、そのくらいのライフスタイルの変化は誰にでもあることだろう。

——それに……。

木原さんは声を低めた。そして暫く何か躊躇《ためら》っていた様子だったが、思い切って、というように、

——それに、あなたのご両親の亡くなり方。

え？　と、私は面食らった。何でここに私の両親が出てくるのか。二人はとうの昔に亡くなっている。

——私の両親って……。二人は交通事故で亡くなったんですけど……。

——現場を見ましたか？

——……いえ。

私は当時、大学のゼミで旅行に出ていた。遺体の確認も何もかも、叔母たちが仕切ってくれたのだった。あのとき、知らせを受けて帰ってきた私は、喪主を務めるのがやっとだった。

急に動悸《どうき》がしてきた。

――両親は、交通事故ではなかったのですか？　でも、私は病院から帰ってきた遺体と面会した……。

いや、包帯でグルグル巻かれていて、私は包帯から出ている目とか、見ただけだった。その目も、ずいぶん腫《は》れ上がっているようだったが、それは事故の後遺症だと思っていた……。目……。

――事故と考えるのが一番妥当だろう、というので、表向き交通事故になっているんだけれど、実は事故に遭う前に、お二人は心臓麻痺で亡くなっていたらしいんです。

――え？

そんなこと聞いてはいない。

――運転中に？

――ええ。

――でもなぜ……。

頭がくらくらしてきた。

――なぜ、そんなことを私に隠す必要があったんです？

――だって、不自然でしょ、二人同時に心臓麻痺、だなんて。すごい偶然でそういうことが起こらないともいえない、同じ様な食生活をし、ライフスタイルも同じだとしたら、と当時の警察は、首をひねりつつも調書を収めたらしいんだけれど。

――どんなに不自然でも、それが事実であるのなら、何で実の娘に隠す必要があるんです？

私は、思わず声が大きくなりそうなのを、意識して抑えつつ、訊いた。

――だって、もしそれがわかったら、あなたは調べ始めるでしょう。

――え？

――実はね。

と、木原さんはまた水を口にした。ここからが本題らしかった。

――時子さんに生前いわれていたことを思い出したんです。私が死んだら、私の姉夫婦の直接の死因が交通事故ではなかったんだって、姪《めい》に話して欲しいって。運転中に心臓麻痺を起こしたんだって。何で、今話さないのって訊いたら、今はだめだって。彼女はそれを調べ始めるからって。別に調べたっていいじゃないの、っていったら、いろいろとややこしい話があるのよ、って口をつぐんだ。どんな家にも、ちょっと他人には知られたくない話の一つや二つはあるから、私もそれ以上は深入りしなかったんです。たぶん、姪御さんには知られたくない話なんだろうなって思って。でも、それはずいぶん前の話で、私もすっかり忘れていた。彼女の夢を見るまでは。夢の中で時子さんは、木原さん、ほら、ほら、って私を促すの。なあに？　なんなの？　って、私は訊くんだけれど、彼女は、ほらほら、ってじれったそうに繰り返すの。三晩それが続いた。三晩目に、ああ、と思い当たって、分かった、久美さんに話すのね、っていったら、彼女はほっとしたように笑って消えていったの。夢から覚めて、私は、彼女の死因も心臓麻痺だったたって思い至って、慄然《りつぜん》としたんです。

慄然とした。

——……ということは、叔母は、自分の死後に、私が調べることを期待していたわけですね。

——そういうことになりますね。

前菜の、チコリやスモークサーモンなどが、彩《いろど》りよく上品に盛られた皿が運ばれてきた。私たちはウェイターが去るまで、何となく話を中断した。それから、じゃあ、と、ナイフとフォークに手をかけ、私は、

——加世子叔母は——お葬式の時にお会いになられたと思うんですけど——何か知ってたんでしょうか。

と訊いてから、皿のものを口に運んだ。

——さあ。時子さんは、あのお姉さんのことについてはほとんどしゃべらなかったけれど、でも、彼女が何も知らないってことはないと思いますよ。

——そうですよね。

加世子叔母に連絡しなければならない。今までとぼけていたのだとしたら、大したものだ。

次々に運ばれてくる食事に、手を着けながら、木原さんは思いだしたように、

——故郷の島、って、行ったことあります？

——いいえ。そうですね……。「故郷」っていうのも、一度確認しておかなければなりませんね。

そういってから、私は木原さんに「先祖伝来のぬか床」についてまだ何も話していないのに気づいた。これはこの話の核心部分に当たるのではないか。……しかし、どこまで信じてもらえるか。暫く躊躇ったが思い切って、

——実は、その、叔母のところにあったぬか床ですけれど、今、私のところにある

んです。

そういってしまってから、それが空間的にはまったく同じ場所のまま、つまりぬか床は全然動いていないことに気づいた。木原さんは、微笑んで私が先を続けるのを待っている。叔母の持ち物ごとマンションを引き継いだのだから、ぬか床を貰《もら》うぐらい傍目には何も不思議はないわけだ。

——それ、少しおかしいんです。変な、卵みたいなのが湧《わ》いてくるし……。まだ確証はないんですけれど、それ以外のものも……。

それだけ、様子をうかがいながら恐る恐るいうと、木原さんは急にぼんやりした表情になって、

——ぬか床ねえ……。何かの化学作用で猛毒ガスが発生したとか……。

と呟いた。それから、

——そうだ、時子さんの、いえ貴方《あなた》のマンションの上の階に、発酵化学研究所に勤めている人がいるはずです。そうそう、久美さんと同じ会社の研究所じゃなかったかしら。すっかり忘れていたけれど、一時ぬか床の手入れについて時子さんが何かその人に訊いたことがあったはず……。私が訪ねていったとき、ちょうどその人が来て、いっしょにお茶を飲んだ覚えがあるから。何を話したかは忘れたけれど……。

引っ越してきたときに真上の部屋には挨拶《あいさつ》に行った記憶がある。けれど、場所が違うとはいえ、同じ会社の人間であるならそのことを覚えているはずだ。

——名前とか、部屋の番号とか分かりますか。

——そこまでは……。でも、それは五年ほど前の話で、まだ彼がそこにいるとは限らないけれど。

——彼？ 男の人なんですか。叔母がぬか床の話をしたとか、上がってお茶を飲んだ、とかおっしゃったので、てっきり女の人かと。

——それが……。

木原さんは少し困ったように微笑みながら、

——あの人は、彼女、と呼ばれても、構わないと思いますよ。かえってその方がいいかも……。

——え？ じゃあ……。

——ええ。外見は、そうね、優男、すごくボーイッシュな女性っていう感じかしら。そういう人たちが、ことさらにフェミニンな格好をしたがるのとはちょっと違う。勤め先が勤め先だからでしょうけれど、まあ、中性的ってとこかしら。けれど言葉遣いなんかでねえ、分かってしまう。時子さんとは、会社の行き帰り一緒になることが多くて、最初は会釈《えしやく》するぐらいだったらしいんだけれど、帰りにコンビニで一緒になって、彼が漬け物を買おうとしているのを見て、それならって、思い切ってぬか漬けのキュウリを貰ってもらったのが、知り合うご縁だったたっていってたけれど。

ずいぶんとロマンチックなご縁である。ぬか漬けが取り持つ縁。しかし、そんな人がいただろうか、と私はマンションで出会った人々を思い浮かべる。

――管理人さんに訊いてみたら。

――ええ、そうしてみます。

少なくとも、叔母がその人に、ぬか床について何か漏らしていたかもしれない。

帰宅するのが気が重い。木原さんと別れてから、本屋に立ち寄ったり、遅くまで開いている子供服のブティックを覗《のぞ》いたり、そこで子供用の野球帽を買ったり。買ってしまってからはっとして、ぼやぼやと何をしているのだと自分自身を叱《しか》りつけ、その勢いで自宅まで、ずんずん脇目《わきめ》もふらずに猪突猛進《ちよとつもうしん》、えいやっとドアを開けた。

三味線の音がしていたがすぐに止まった。廊下を大きな蛾《が》がひらひらと飛んでいる。ぎょっとしてまじまじとよく見ると、今朝、洗面所の鏡にへばりついていた「両眼《りようがん》」だ。ああ、蛾のようなものなのか、そうやってあちこちに飛んで移動しているんだ、と思っていると、奥からずるずると目鼻のない和服の女が這《は》うようにして向かってきて、途中で力つきるように座った。まるで旅館の部屋の掃除の途中、廊下に洗濯前のシーツを固めて置いてあるようだ、と感心する。いや、のんびりと感慨に耽《ふけ》っている場合ではない。これはまるで、ホラー映画じゃないか。叫び出さないでいられるのは、認めたくないが、その女を全く知らないような気がしないからだ。

――あんたがいない間にペリカンのやつが、やってきて、イチジクの実がなりはじめたから、まだ小さいうちに捥《も》いで、ウグイスの巣に落としに行こうよ、っていうんだ。ウグイスのやつ、馬鹿《ばか》だから、一生懸命温めるだろうよ、愉快だろう、っていうんだ。

構わずに廊下を歩く私に、まとわりつくようにして、女は粘っこい声でしゃべる。ああ、と一度ため息をつき、諦《あきら》めて、相手をする。

――何でそんなのが愉快なのよ。

――知らないよ。わたしゃいってやったんだよ、そうさ、いってやったんだ。そんなことをしちゃいけないよって。そしたらさ……

振り切るようにして洗面所に入る。うがいをして、反射的に鏡を見る。……どす黒い隈《くま》が出来ている。思わず片手を目の下に持って行く。廊下から声がする。

――歳だねえ、あんたも。

鏡の上に、「両眼」がひらひら飛んでいるのが映っていた。振り向いて手を伸ばし、それを蛾のように摑《つか》んで両手で粉々にしてやろうかと思う。さぞかし鱗粉《りんぷん》のように涙を辺りにまき散らすだろう。ぬらぬらとした痕《あと》が、なかなかとれないかもしれない。それも困ったことだ。

私は後ろを振り返り、

――これがあんたの「目」なのね。自分の目ぐらいきちんとくっつけてなさいよ、だらしのない。

そう怒鳴ってから驚いた。だらしのない、なんて言葉は普段の私の語彙《ごい》にはないはずだ。使ったことのない言葉が思いもかけず自分自身の口から飛び出すと、人は一瞬虚をつかれるものらしい。

――食べさせてもらってないからねえ。

廊下で声が続く。考えてみれば、今朝見たときは蛹《さなぎ》のようだったので、まさか食事をするだろうなどとは思いもしなかったのだった。私は木原さんと夕食をすませており、今夜は何もつくる予定はなかった。

――子どもじゃないんだから、何か作れるんでしょう。ご飯ぐらい炊《た》ける、でしょう？

　私は相手の出方をうかがうようにゆっくりと訊《たず》ねる。その途端、

　――ぎゃーんにゃーぐぅわー
と、とんでもない奇声を発してカッサンドラは廊下に大の字になった。それからハア
ハア息をしながら、

　――二度とあたしに食事をつくれ、なんていうんじゃないよ。

　奇声にはさすがに度肝を抜かれたが、命令口調でいわれると腹が立つ。

　――じゃあ、私にもご飯を炊けなんていわないで貰いたいわね。

　こういうと、何を考えたか相手は沈黙した。暫《しばら》く様子を見ていたが、変わらなかったので、私は今のうちに風呂《ふろ》にでも入ろうか、とそろそろ着替えを取りに行こうとした。すると、変な呻《うめ》き声が聞こえた。え？　とよく聞こうとすると、何かぶつぶつと呟《つぶや》いている。

　――……なんてことだろう。なんて情けない……まだそんなことしなくちゃいけないなんて……。

　突然頭のてっぺんに水滴がパラパラと落ちた。まさか、雨漏り、と、見上げると、「両眼」からはらはらと涙が落ちてきているのだった。

私は首を振り振り、台所に向かった。冷凍庫から冷凍のご飯を取りだし、電子レンジに入れタイマーを回す。湯を沸かし、インスタントの味噌汁《みそしる》を作る。梅干しを出し、ぬか漬けの茄子《なす》を出し、ついでに掻《か》き回す。思わず深く長いため息が出る。冷凍の魚のフライを出し、チンと鳴ったレンジの中のご飯を取りだし、代わりに入れる。

こんなものなら、ものの十分もあれば簡単だ。

――できたわよ。

カッサンドラの本体より早く、ひらひらと「両眼」が飛んできて、テーブルの上をチェックしている。一つ一つじいっと見つめる様が、いかにも不出来さ加減を「目踏み」しているようでいやらしい。

「両眼」は、目玉というには当たらない気がする。ひどく二次元的なのだ。奥行きがない。違う次元が重なり合って、その隙間《すきま》から目だけ覗いている、という、本来あるはずの目玉の後ろ部分が消えている。ちょうど、もしこの目玉に顔や頭がきちんと備わっていたら、後ろ向きになったときには当然目の部分が見えないのと同じように、「両眼」が反対側を向くときはその存在は消えている。

カッサンドラの本体が、ズルッズルッと足を引きずる音と共にやってきて、テーブルに座る。

――いただきます。

きちんと頭を下げるところがまあ、しおらしい。箸《はし》を持ち、味噌汁をすする。それからご飯を口に入れ、フライをつつく。その動作の一つ一つが、まるでサルが人間の真似《まね》をしようと努力しているような、奇妙なもどかしさがある。やはり本体に目が備わっていないからだろうか。

――どうなの。

文句があるならいってみなさいよ、という喧嘩腰《けんかごし》で、私はカッサンドラに感想を求めた。

――……こりゃ、愛がないねえ。

私は空を仰ぎ、目を閉じた。この上私に「愛」を要求するのか。それを要求できるだけの何を、あんたは私に与えてきたのか。

そう思ってはっとする。何故《なぜ》こんな感慨を持つのだろう。カッサンドラとは昨日会ったばかりなのに。

――愛がないから、漬け物だってうまくいかないんだよ。主婦に愛がないときの、ぬか床の、意地の悪さったら。

カッサンドラは私への気遣いなどまるでなく、ぶつぶつと何かが発酵して炭酸ガスのあぶくを出すように呟き続ける。

一体彼女は何なのだろう。私の母では、断じて、ない。母はきれいな人だった。時子叔母だってこんな感じではなかった。二人とも、少なくとも私に食事の用意をさせて、自分一人のうのうと食べていられるような人間ではなかった。こんな底意地の悪いしゃべり方をする人間ではなかった。

――一体、夜の遅くまでどこをほっつき歩いてたんだよ。

――ほっつき歩いてたんじゃないの。私は時子叔母さんの友だちの木原さんと会っていたの。

――ふうん。

カッサンドラは背を丸めてフライと格闘している。私は何でこんな質問に馬鹿正直に答えているのか。

――何話してたんだよ。

何話そうがあんたに何の関係があるんだ、といいそうになったが、ふっと、

――どうも、木原さん、時子叔母さんの死因に疑問を持っているのよねえ……。

カッサンドラの動きが止まった。私はそれを横目で確認しながら、

――それだけじゃなくて、我が家に何か、変なところがあるんじゃないかって、調

べたいみたいねえ。それで、私も、ちょうど変なぬか床に困っていたところだったし……。

――……しゃべったのかい。

カッサンドラは、低いけれど、繊細に研がれたかみそりの刃のような声でいった。思わず背筋がぞくっとした。……冷静に冷静に……私はカッサンドラに気取られぬように小さく深呼吸した。そして負けないくらい低い声で、

――しゃべられたら具合が悪いの？

と訊《き》いた。カッサンドラは何も答えなかった。しばらくもぐもぐと口を動かしていたが、急に、

――この恩知らず。

と呟いた。

――え？

と聞き返すと、

――おまえは本当に恩知らずだよ。覚えていないのかい。一体誰に育てて貰《もら》ったと思ってるのか。

私はこんな女に育てて貰った覚えはない。私の母は美しい女性だった。小学校の教

師をしていて確かに忙しかったが、家事も仕事もきちんとこなしていた。母の帰りが遅いときはフリオのお母さんがいろいろと気を配ってくれた。それに、家にはしょっちゅう親戚《しんせき》の出入りがあって、誰彼となく……。私はまじまじとカッサンドラと、その「両眼」を交互に見比べ、それを重ねて思いだそうとした。その、「誰彼」のうちの一人なのだろうか。しかし覚えがない。私は慎重に、

――一体誰に育てて貰ったのかしら？ 私はてっきり両親だと思っていたけれど。違うの？

食べ終わったカッサンドラは、箸を箸置きに置き、軽くお辞儀をすると、両手を膝《ひざ》の上に置き、

――あんたは何にも分かっちゃいない。

と、きっぱりいい放った。そういわれると、情けないことにすぐに反論できない。実際何も分かっていない、という状態なのだから。

それきり黙ってしまった。

風呂に入ろうと洗面所兼脱衣室に入る。服を脱ぎ裸になりバスルームの戸を開けようとすると、なにか視線のようなものを感じる。はっとして鏡を見ると、はたしてそ

に「両眼」がとまっており、心もち薄目にしながら此方《こちら》をじろじろと無遠慮に眺めているのだった。脱衣場の戸を閉めるとき抜け目なく入ってきたのに違いない。不快さに顔が歪《ゆが》む。洗面所付きのシャワーに手を伸ばし、思い切り水をかけてやる。熱湯にしなかっただけ理性が働いているということだろう。「両眼」はすかさず目を閉じて――嵐《あらし》に備えてシャッターを下ろす、という感じで――けろっとやり過ごしていた。癪《しゃく》に障《さわ》るがこんなものを相手にしていて、私の生活がめちゃくちゃにされるのも――これ以上めちゃくちゃにされるのも、不本意であるので、シャワーノズルを定位置に片付けて風呂に入った。

湯船に浸《つ》かり、シャワーを浴び、髪を洗う。その間ずっと、カッサンドラについて考える。

……時子叔母の死について、何か知っている。それは確実だ。けれどあの様子ではなかなかしゃべりそうもない。さっき、ペリカンが何とかかっていってた。あんなこと、本気でいってるんだろうか。妄想だろうか。まったく、早く何とか一人前の体になって出ていってもらいたい……身の振り方、とか、私が考えなくてはならないんだろうか……。

風呂から出て、バスタオルに手を伸ばそうとすると、「両眼」がすごい勢いで飛んできて、好奇心を抑えきれない、といった異様に光る瞳《ひとみ》で私の体近くホバリングする。後ろから声が聞こえる。

──やっぱり子どもも生まずに朽ちてゆく体だね。いったとおりだ。

やっぱり、とは何だ。いつそんなことをいった？　その疑問と共に猛烈な怒りがこみ上げてくる。それに気づいてか気づかないでか、

──乳房はまだ形を保っているね。いかにも一度も赤ん坊に死にものぐるいで吸われたことのない乳房だね。腹もまだまだ引き締まっている。命を孕《はら》んで弾《はじ》けそうになった覚えのない腹だ。いったとおりだね。これで一生終わるね。

と、ひらひら「両眼」を飛ばせながら、競《せ》りにかけるマグロか豚の品評でもするように、淡々と呟く。私は自分でも意外なことに、怒りを通り越してそのとき、急激な悲しみのようなものに襲われ、バスタオルをひったくって寝室に駆け込み、さめざめと泣いた。

しばらく泣くと、落ち着いたので、着替えをすまし部屋を出た。台所の後片づけはすましてあり、カッサンドラは気味が悪いぐらい機嫌が良かった。私が泣いて、カッサンドラの何かの溜飲《りゅういん》が下がり、何かの情が湧《わ》いてきたようだった。

——お茶、飲むかい。

私は断った。泣いたことは、確かに、自分でも予想外の反応だったけれど、まあ、身に覚えのない悲しみだったわけではない。私は自分の中にその悲しみがあることを知っていた。ただそれに拘泥《こうでい》することをしなかっただけだ。そこまで私を支配する問題ではなかったので。だから何もカッサンドラにそれの存在を「教えて」もらったわけではなく、彼女に得意げな手柄顔をされるいわれはないのだ。

——あなたが、さっきいってた、「ペリカン」のことだけれど。

私は方向を転換した。ふっと、私はカッサンドラについて、もっと知らなければならない、という義務感にも似た思いが湧いてきた。

——この部屋にやってきたの？

——ペリカンは沼地に来るんだよ。

カッサンドラは小さい子を諭すように気味の悪いぐらい優しくいった。私を泣かしたことで優位に立っている感じが心地よいのだろう、余裕さえ感じさせた。

——沼地って？

カッサンドラは流しの下を顎《あご》でしゃくった。ぬか床のある場所だ。

——ぬか床のこと？

カッサンドラは何も答えなかった。口がへの字に曲がり、いかにも不愉快そうだった。私はため息をつき、寝室に戻ろうとして、カッサンドラには「光彦」に対するようなケアをまるでしていないことに気づいた。

——お風呂に入るんだったら、下着はね、段ボールが置いてある部屋の箪笥《たんす》に入ってるから。時子叔母さんのものだけれど、どうせ……。

そのあとを何と繋《つな》げていいものか困った。どうせ、何？　親戚なんだから構わないだろう？　カッサンドラは私の親戚なのか。ともかく、潔癖さに拘《こだわ》るような人格ではない気がした。

——何でそんなもんをいつまでもとっとくんだよ。死人の下着だなんて。馬鹿《ばか》じゃないか。誰がまた使うっていうんだい。本当におまえはいやらしい。

——まだ使っていないものもあります。時子叔母さんは準備のいい人だったから、いつでも入院するときに備えて寝間着や下着は予備を準備していたのよ。時子叔母さんのことを死人だなんていわないでちょうだい。ああ、もういやだ。

よかれと思ってやっていることに、なぜいちいち文句をいわれなければならないのか。なぜ、私ができるぎりぎりのケアの、それより上をいつも求めるのか。これでは私もいつも不愉快だし、自分だって不満だらけでは気分も悪かろう。何故それで有り難く満足しない？　私の生活の中心に、いつも自分が居座っていないと我慢できないのか。

私は腹を立て、寝室のドアの鍵《かぎ》を内側から閉め（ノブについている釦《ボタン》を押すだけのものだが今まで使ったことはなかった）、頭から布団《ふとん》を被《かぶ》って寝た。

翌日、私は朝出かけるときに管理人室に立ち寄り、例の「フェミニンすぎない」男性の住人のことについて尋ねた。

管理人は、山村さんという初老の夫婦で、そのときはご主人の方が外出していて、奥さんが出てきた。いつも玄関ホールやらの掃除をしている人である。

——ああ、それはきっと、風野《かざの》さんのことでしょう。あなたの叔母さんがお亡《な》くなりになってから、すぐに引っ越されましたよ。

私は叔母の生前、交流があったようだから、訊きたいことがあるのだ、と説明し、今の住所を訊いた。

——そういうことなら。ちょっと待ってて下さいよ。

そういって、奥に入り、すぐに紙切れを持って出てきた。

——これ。ここが新しい住所と電話番号。

私は礼をいい、去ろうとしたら、そこへパン屋の袋を下げたご主人が帰ってきた。中肉中背の、目玉のギョロッとした人であるが、短く刈り上げた頭髪が白髪であるので、実際以上に歳《とし》をとって見えるのかもしれない。奥さんの方は、昼間はシニアのスイミングクラブに通っていると聞いたことがあったが、彼女もまた実年齢は不明だ。頭髪は黒々としているが、染めているのかも知れないし、化粧もけばけばしくない程度にいつもきちんとしている。もちろん腰なんか曲がっていない。最近の五、六十過ぎの人たちの年齢はまったく分からない。七十代かも知れないし、八十代かも知れない。

私は軽く会釈《えしゃく》して、会社へ急いだ。彼らに会うと、なぜか落ち着かない気分になる。

その日のうちに、私は風野さんと連絡を取ることができた。同じ会社ではあるが、彼の所属する研究所はちょっと離れた所にあり、彼とは面識はなかったが、何人か知り合いがいたので、電話で彼の名前を出すとすぐにわかった。数日後、喫茶店で初めて風野さんに会った。

風野さんは頭骨が小さく奥行きのある、北欧の人によく見られる形をしていて、それはみかん形の多い日本人には珍しい造形だった。私は風野さんの頭骨に見とれた。

ストレートの長めの髪を後ろで一つにまとめていた。それは私と同じ髪型だった。

——時子さんの姪御《めいご》さんなんだ。すぐわかった。入り口で。

風野さんは、にっこり笑いながらアイスコーヒーを飲んだ。やはり女性というには低い声。けれど「女言葉」。細くて長い指。けれど節々がゴツゴツと目立っている。ひげ剃《そ》り跡が青々としている。ファンデーションでいくらでも隠しようがあるのに。女としてやってゆくとしても、いくつか改良の余地がある。だが彼はそのことに殊更《ことさら》時間を割くほど、ナルシスティックな強迫性はなさそうだった。これは何とか話が出来そうだ、と、私は心の中でほっとした。

——研究所の方にいらしていたなんて、驚きました。

——私の専門はもともと清酒酵母なの。今は海やら山やら、野外で生活している酵母菌との出会いを求めて走り回ってるって生活だけど。

研究者の中には、研究対象の菌をすっかり擬人化しペットのようにかわいがっている人たちもいる。出会いを求めて、というのを聞いて、風野さんがそういう類《たぐい》の研究者と重なった。

——新しい製品の開発のためですか。

——正確には、新しい製品の開発の可能性のため、ね。

——叔母からぬか床を貰っていて……。酵母について教えて頂きたいと思ってたところです。

——時子さんのぬか漬け、懐《なつ》かしいわあ。

風野さんは目を細めた。そして、

——酵母についてねえ……。酵母って一口にいっても、本当にいろいろあるのよ。清酒の場合は、日本醸造協会が、各地の優秀な酵母を培養して、きょうかい酵母として配布しているけど……。そうね、家々に伝わるぬか床の酵母に匹敵するようなのは、清酒の場合、家つき酵母、蔵つき酵母というところかしら。老舗《しにせ》の蔵には、壁や柱や天井なんかに何十年何百年というその蔵独自の菌が棲《す》み着いていて、空気中に漂うそれが酒造りに働くの。癖もあるけど、それが家の伝統ってことね。

——自然に着いたに任せてほったらかし、なんですか。それで安定した供給が出来るんですか。

行き当たりばったりの、何だかすごくいい加減な気がして、聞き返した。

——そりゃ、すごく危険なとこもある。野生酵母なんかも入り込んでくるしね。蔵には女を入れない、とか、神聖視されるのも、偶然の要素が大きく作用する、神の領域のものと思われていたからなんでしょう。

——叔母も風野さんにぬか床のことについて質問した、ということなんですけど。

そろそろ、と決心して、私は思いきって一番気になっていたことを訊《き》いた。風野さんは、私をじっと見つめて、

——……ええ。

——どういうことを？　もし、覚えておられたら。

風野さんは小指をぴんと立てて、ストローの入っていた袋を丹念に折り曲げながら、

——自分の受け継いだぬか床は、手入れが大変で、他の家のとも違うように思う、このぬか床の、成分分析は出来ないものだろうかと。それは私の勤め先を知ってでないと出てこない台詞《せりふ》よ。私は彼女に私の職場のことを話したことはなかったから、もしかして、そのことを誰かから聞いた時子さんは、故意に私に近づいたのかしら、とも思ったわ。それほど真剣な顔だったの。

私も思わず引き寄せられ、真剣な顔になる。

——それで。

——そう、そんな顔。あなた、叔母さんによく似てるわね。

風野さんはまた目を細くして私を見た。目を細くすると目尻《めじり》の皺《しわ》が浮き立ち、風野さんがそんなに若くないことを思わせた。そして、

——ぬか床中の微生物群が生息する微生物叢《そう》、つまり、ミクロフローラを解析するには、まあ、まず分離培養法。知ってるわね？　でも、そういう環境中の微生物ってほら、ほとんど分離培養できないのよ。難培養性なの。他にはDGGE法で、直接ぬか床から微生物DNAを抽出して解析する方法が考えられたけれど、そのときはまさかそこまで専門的にやらなくても、って思ったの。私、せいぜい彼女はぬか床の手入れに関することが知りたいのだろうと思って。それで、彼女に、菌種を特定することはちょっと難しいけれど、ぬか床っていうのは、乳酸菌や酵母、それからそれらが作り出す乳酸や酢酸、エタノール、ラクトンなんかが組んずほぐれつ牽制《けんせい》しあって、長期間安定して絶妙のバランスを取っている。このバランスは、毎日の手入れで、奇跡的に保たれてるの。欠かすと、あっという間に腐敗菌が繁殖して崩れてゆく。だから一度始めた手入れは、ずっと欠かさず続けていかなければしようがないわねえ、っていうようなことをいったと思うわ。

私は、そのときの叔母の落胆ぶりが手に取るように分かった。

——叔母は、がっかりしていましたでしょう。

——ほとんど絶望的な表情、に見えたわね、私には。

風野さんは、真面目《まじめ》な顔で少し私に近づき、うなずきながらいった。それから少し

眉根《まゆね》を寄せて、

――何なの、いったい。その、ぬか床。

私はしばらく考えて、それからため息をつき、

――信じてもらえるかどうか……。

と、叔母のマンションを譲り受けてからこの方のことを話した。風野さんは瞬《まばた》きもせずに聞いていた。そのあまりの無反応と冷静さに、この人は私の正気を疑っているのではないかと、心配になったほどだ。

全部聞き終わると、急に風野さんは落ち着かない顔になり、

――そりゃ、酵母っていうのは真核生物だから、細胞構造としては人間に近いものがあるわねえ、細菌なんかと較《くら》べれば。

何故《なぜ》較べるものが細菌なんだ、と思ったが、風野さんの口調は、先ほどまでとは打って変わっておろおろと響いた。それから、

――ちょっと待って。もし、それが本当なら、彼女の依頼は切羽詰まったものだったんだ。私……。

と、少し泣きそうにした。確かに風野さんは一般男性としては情緒的に動揺しやすい質《たち》かもしれない。さっきまでの無表情さは、社会生活を営むために（彼の長い歴史の

うちに）身につけざるを得なかった「技」の一つだったのかもしれなかった。

――私、なんてことを……。もしかして、私があそこでもっと一生懸命彼女の依頼に応《こた》えていたら、彼女、死なずにすんだ？

風野さんは身を乗り出して、テーブルの上で組んでいた私の両手を自分の両手で包んだ。私は一瞬たじろいだが、目を大きく見開いて悲痛な表情を浮かべる風野さんを前にして、誰がそうだといえただろう。だが、その場しのぎの気休めをいうことも、私には出来ない。優しくそういうことが出来る人間であったら、私の人生はもっと違ったものになっていたに違いない。

――正直にいって、わかりません。けれど、仮にあのぬか床のミクロフローラが解析できたとしても、叔母がその死を免れえたとも思えません。

風野さんは、私の手を包む自分の手を見ながら、

――ありがとう。あなたって、誠実。信頼できる人ね。

と呟《つぶや》いた。この言葉は私の中の彼への好感度を一挙に高めた。自分について、美人、といわれるのは事実と違う。優しいといわれるのも正確ではない。そういうふんわりやんわりした風情《ふぜい》は私にはない。だが、自分でいうのは何だが、「信頼できる」という評は、私の数少ない美質を見事にいい当てていると思う。風野さんの人をほめる言

葉の的確さに、私は素直に敬意を表した。

——嬉《うれ》しいです。そういっていただけると。

風野さんはにっこり笑って手を引っ込めた。そして、

——十七世紀、オランダのレーウェンフックっていう人は天才的な顕微鏡の作り手で、発見した微生物を、アニマキュール、って呼んでいた。彼は自分の歯垢《しこう》とか唾液《だえき》の中にいる、アニマキュール、にも気づき、老若男女、あらゆる人々にも協力して貰《もら》って観察したんだけれど、あるとき、生まれてから一度も歯を磨いたことがない、という老人の歯垢を観察したの。そしたら、その中には、今まで見たこともない「アニマキュール」がいた、っていうのね。まるで原始大気にでも出会ったかのような興奮の仕方で。でも、もし、万が一、その老人の両親祖父母、延々と「歯を磨かない」人々だったとしたら、彼の一族の口腔《こうこう》が、「見たこともないような微生物」の世界だったとしても不思議はないわけよ。——そしてあなたの家に伝わるっていうぬか床もね。

——歯を磨かなかったと。

念のためにいうがこれは冗談である。私は風野さんのしゃべり方に好感を持ち始めており、楽しくなったので、つい慣れない冗談をいってしまったのだが、風野さんは

更に生真面目だった。

——すでに絶滅しているような菌が生き残っている可能性があるってこと。ぬか床内のは、みんな耐塩性なんだろうけど、或《ある》いはとんでもない菌が生成、醸成されてきたっていう可能性があるということ。

ふうん、と私はうなずいてから、

——人の脳にまで入り込み、思考や行動を決定してゆくような？

風野さんは片眉を上げ、怒ったような真面目な顔をした。それから、

——……まさか。でも、わからないけれど、可能性としてはいろいろ考えられるわね。想像だにできないような、新種の菌株……。それも一種や二種ではなく……。

と呟いた。

——その、カッサンドラ、だっけ？　あなたはその人を過去実在した誰かのゾンビのようなものに思っているみたいだけれど、もしかしたらオリジナルなのかもよ。過去繰り返し繰り返し、現れたことのある、オリジナル。そのぬか床に棲みついている……。

本気だか冗談だかわからない。本気だとしたら、風野さんは、研究者にしてはずいぶんと想像の翼の発達している人である。この感受性を持って現実に処してゆくには、

いろいろと困難の多い人生であることだろうなあ、と頭の隅で同情しつつ、

——「光彦」もそうだと？　でも……。

私は「光彦」を繰り返し現れるオリジナルだとは思いたくなかった。それにしてはあまりにも無垢《むく》だ。かといって、ゾンビのようなものだとも思っていない。大体、その実在自体が不確かなんだから。で、そのことをいうと、風野さんはうーんとしばらく考えてから、

——ぬか床を手入れしている人の手に反応して、決定されてゆく何かがあるんじゃないかしら。「光彦」だって光彦そのものじゃない。「フリオ」になったりする……。でもフリオそのものじゃない……。

——でも、フリオが初めて私のマンションに来て、あの子を見て光彦って呼んだとき、もちろん、フリオはぬか床を手入れするどころか、見たことすらなかったんですよ。だからフリオの手に反応して、彼が「光彦」になったわけではない。

——フリオに光彦って呼ばれた瞬間、その子は「光彦」であることも始めたわけよねえ……。その子にはそういう性質があるのよ。カッサンドラとその子を、同じ種類の菌株、失礼、同じ特性で同定できる生物と見なさなくてもいいんじゃないかしら。カッサンドラはカッサンドラ、その子はその子。ただいえることは、あなたの何かに

反応して出てきたの。

　私は思わず考え込んでしまった。風野さんは時計を見、ああ、こんな時間、じゃあ、今日はこれで、といい、私たちは店を出て、別れた。

　歩き方さえ堂々としていたら、宝塚の男役、ぐらいの風格は備わっただろうに、やはり去って行く風野さんの腰つきは、堂々、とはいかなかった。柳腰といっていいようなしなやかな風情があった。

　コンビニに寄って買い物をする。とりあえずカッサンドラがお腹《なか》をすかせていたときのために弁当を籠《かご》に入れる。

　八時を過ぎているのに塾帰りなのだろうか、それとも塾の休み時間なのだろうか、小学生が隣でおにぎりを物色していた。「光彦」のことを思い出す。無事でやっているだろうか。小学校には入れただろうか。フリオはちゃんとご飯をつくってやっているだろうか。そのうち様子を見に行かなければ、と思いつつ、通りがけに籠の中にチョコレートを一つ入れる。

　冷蔵中の硝子《ガラス》のドアの向こうには、きれいな色のカクテルの小瓶やチューハイなどが並んでいる。清酒の小瓶もある。桃色にごり酒、という文字の踊るものもある。風野さんが、昔こういうものの開発に関わっていた、という話をしたのを思い出した。

……酵母の中には、おもしろいことにキラー酵母、キラー性を持った酵母、っていうのも出てくるの。キラー、つまり殺し屋。これが他の酵母の成育を阻害するのよ。昔、赤色キラー酵母の研究をしていたことがあった。赤色酵母っていうのは、アデニン要求性酵母ともいわれて、文字通り赤色をしているの。アデニンは細胞が核酸を作るのに欠かせないものだけれど、それが自分で供給できない酵母で、細胞中に色素が溜《た》まって赤色になっちゃうの。それにキラー性を導入すると、すごく色が鮮やかになるの。なぜキラー性を入れるのかって？　これはジョーカーのようなものでね。へたすると環境をめちゃくちゃ異常にするけれども、例えば優秀な酵母にその性質を付けると、他の酵母の影響を受けることがないし、自分にはキラー因子への免疫《めんえき》がつくから、ほとんど純粋培養が可能になるわけ……。

キラー形質はジョーカーか……。私はもう一度その言葉を反芻《はんすう》しながらレジで会計を済ませ、外へ出た。蒸し暑い夜だ。昔なら、家族連れが三々五々、涼みに川辺に出てくるところだろうが、ヒートアイランドと化した都会を流れる川の両岸には、蛍ならぬネオンと、呼び込みのお兄さんたちが立ち尽くしているだけだ。様々な組み合わせの男女が、あちこちでカップリング、ときに風野さんのような存在の発現もある。今のこの町の状態は、微生物を培養するシャーレのようなものかもしれない。異様に人工的で閉鎖的。

マンションに着くと、ちょうど管理人さんの旦那《だんな》さんの方が散歩にでも行くのか、出てくるところだった。此方《こちら》を認めると、

――あ、おかえりなさい。

と、いってすれ違った。こういうとき、「ただいま」といわなければならないのだろうけど、いつもモゴモゴとやり過ごしてしまう。へんに馴《な》れあった感じになるのが、私は嫌なのだ。こういう性格だから、家庭を持つ気もしないのだろう。

管理人さんたちにはもう結婚した子どもが二人いる。男か女かは忘れたが、たまに若い夫婦が孫を連れて遊びに来ているのを見る。甲高い子どもの声やそれをたしなめる若い両親の声、祖父母である管理人さんたちの笑い声。家庭を営める、ということは、選ばれた特殊な人々の特権のような気がする。論理で動いているのではない、家族の成員のそれぞれの生理がぶつかり合う場なだけに、どこか力が抜けた、ある種の感度の鈍さ、感受性の低さが求められる。鋭すぎる感性はそのミクロフローラを生き抜けない。家庭という、世間とは隔絶された暗黙のルールで支配された世界を醸成し

て行くためには、異分子は早めに排除される運命なのだ。

雪江とは別の、結婚した大学時代の友人がこうぼやいていた。

……結婚前、ドライブで偶然彼の実家の近くまで行ったので、彼が家に寄ろうといい出したことがあったの。夕食時だし、と私は渋ったんだけれど、彼は無造作な人だから、近くまで来たんだから当然家に寄るのは当たり前ぐらいに思っていたのね。彼の両親とはその前にあったことがあって、こういう言葉は何だけれども、不気味な印象があったので、私はあまり気が進まなかった。でも、まあ、とにかく家におじゃましたの。案の定、お母さんは夕食の準備。ご主人と二人きりの夕食だから、もちろんそんなに沢山のおかずは用意していない。そんなことわかっているのに、ああ、ちょうどよかった、ここで晩ご飯もらっていこう、って彼はいうの。いや、それは悪いから、って私が帰り支度をすると、なんだ、家の食事は食いたくないのか、って彼の父親が気を悪くしたような声を出すので、仕方なく、お母さんの作った料理を運ぶ手伝いをしたの。そしたらおかずが三人分しかない。私はそのとき、まあ、いわば何の屈託もない太平楽な娘だったので、あ、一つ足りませんよ、ってお母さんにいったのね、そしたらお母さんがにこやかに、あ、あなたのはね、ないのよ、って応えるじゃない。

まったく予想もしていなかった言葉だったので、私は、はあ、といったきり。ご飯だけは一人分もらえたので、しかたなくぼそぼそ口に運んだけれど、さすがに彼は気がとがめたのか、僕のを半分やろう、とか分けてくれたんだけれど、それを見て、お母さんが、そんな、おまえ、っておろおろして涙を流さんばかりなの。ご主人の方は――つまり私の舅《しゅうと》になった人だけれど、一言も発しないで黙々と食べているの。どういうことなのか、まったくわからなくて。つまり、帰れ、っていわれたってこと？それにしてはお母さんはそれはそれはにこやかだったのよ。自分の息子がガールフレンドにおかずを半分ゆずるまではね……。

それならばそんな結婚は止《や》めてしまえばいいと思うが、結局もやもやとした疑問符の山を抱えたまま、彼女は彼と結婚した。私が思うに、彼女は一つずつ、その疑問符を開いていきたかったのだと思う。自分の納得できる理由を見つけたかったのだ。そうでないと気持ちが悪い。一つの答えを希求する理科系気質が彼女を深みにはめていった。

しかし未《いま》だに疑問符はどんどん膨れ上がっていて、久しぶりに会うとまずその家族の理不尽なしきたりの話を聞かされるので、最近はあまり連絡を取っていない。

疑問符が日常に畳み込まれていくたび、家庭という不可思議なぬか床は醸成されていくのだろう。その曖昧《あいまい》さは、考えただけでも窒息しそうなほどだ。

三味線の音がドアの内側から洩《も》れてくる。部屋に入るとすぐ音が止んだ。「両眼」がひらひらと飛んでくる。いつものように上から下まで、何か変わったことはないかとじろじろと調べ上げる。蝿叩《はえたた》きで叩き落としてやろうかと一瞬思う。しないだろうけれど。

——食事は済ませた？　まだならお弁当買ってあるけど。

キッチンの椅子《いす》に正座しているカッサンドラに声をかける。カッサンドラはそれには応えず、

——どこに行ってたんだい。

いつものように皮肉混じりに訊《き》く。

——人に会っていたのよ。

——男かい。

口元がにやりとする。ちょっとしたお追従《ついしょう》のつもりなのだ。品性の低いことである。

——……違う、正確には。

うんざりする。もうさっさとぬか床を掻《か》き回して寝てしまおう、と思う。手を洗っていないのに気づき、立ち上がり、水道をひねる。生ぬるい水だ。

——水を一杯おくれ。

後ろから声がかかる。「両眼」が私の前に回り込んでじっと見つめる。

——この水でいいの？　浄水器のでなくて。

——何だってかまやしないさ。もう長くもないんだから。

ほう、と私はカッサンドラを振り向く。この台詞《せりふ》、確かに聞き覚えがあるような気がする。でもそれがどこでだったのかわからない。コップに汲《く》んだ水をテーブルに置く。

——長くないって、どういうこと？

——ほら、蓋《ふた》開けっ放しだよ。

カッサンドラは話を逸《そ》らし、「両眼」はぬか床の上に静止する。私は憮然《ぶぜん》としてぬか床を掻き回す。そういえば最近卵が出来ない。私は何気なく、

——やっぱり卵がないと掻き混ぜやすいわ。

と呟《つぶや》く。すると、

——もうできないよ。

カッサンドラが口元を歪《ゆが》めて楽しそうにいった。

――なぜ？

――……忘れたのかい。

忘れたのかといわれても……。カッサンドラが現れたのはここ数日で……。

――まったく誰も私の警告をきかないんだからね。せっかくいってやってるのにさ。誰かがいってやらなくちゃならない。憎まれ役をかって出るものが必要なんだよ。

――もしかしてあなた、私の昔を知っている？　両親が生きていた頃……。

カッサンドラの「両眼」が激しく上下に動き始めた。

――ここまでひどくなると、物忘れではすまないんじゃないかい。

カッサンドラはきつい口調でいった。

――大体、なんでおまえは結婚しないんだい。

余計なお世話というものだろう。私は返事をしなかった。カッサンドラは重ねて、

――したくてもできないのかい。する気もないんだろう。何でする気がないかというと、おまえが結婚を毛嫌いするような理由があるからなんだよ。おまえは自分の両親のことをほとんど覚えていないだろう。

私はこれも返事をしなかった。今度は前とは違う理由で。

調子に乗ったカッサンドラは、

――それは思い出したくないからなんだよ。

抑圧、といいたいのだろうが、これはさすがにカッサンドラのボキャブラリーにはなかっただろう。――抑圧。これは抑圧なのだろうか。父は優しく、頼もしかった。母は優しく、美しかった。……しかし年月は彼らとの思い出を波のようにさらっていってしまった。時々そのことを思うと、私は自分に若年性の痴呆《ちほう》症が起きているのか、軽い記憶障害かと、そらおそろしくなるのだった。

もし今の私の、「家庭」というものに対するこれほど否定的な見解が、自分の両親の結婚生活に起因しているとしたら、私の両親のつくった家庭、私のかつて所属していた家庭は、忌《い》まわしいものであったのか。私の、彼らに対する好ましいイメージは、長い年月の間に自分で書き換えたものなのだろうか。実は私は秘《ひそ》かにそれを疑っている。わずかに思い出す断片的なシーンのどれも、私には懐《なつ》かしく慕わしいものに思える。学校から帰ったとき、にっこり笑っておやつを差し出す母。それはドーナッツであったり、蒸しパンであったり。それから帰ってきた父が、近くの空き地で私に自転車を教えてくれた。父の顔は夕日に逆光になり、見えない。しかしそういう思い出はすべて、昔見たホームドラマの一場面のような気もしているのだ。ステレオタイプの笑顔と仕草、笑い声。

……ちょっと待て。そう、私の両親は共働きであったはず。学校から帰ったとき、母がにっこり笑っておやつを差し出してくれたわけがない。父だってそんなに早く勤め先の学校から帰ってこれたわけがない。

視界が急に暗くなったような衝撃に襲われる。心臓の鼓動が速まっているのが分かる。

ではあれは誰だったのか。父母ではなかったのか。それとも……。

自分の「家庭」が、確実に自分のものであると思える「家庭」が、実はとっくの昔に思い出から喪《うしな》われていた、ということか。すり替えの代用物が、私の精神を何とか正常に維持するために、機能してくれていた、ということだろうか……。

翌朝、強い臭気で目覚めた。いや、目覚めた瞬間に強い臭気に気づいたのかもしれない。

あ、と思い、慌《あわ》ててぬか床に直行する。やはり臭《にお》いの元はここだ。数日前から何だか発酵が進みすぎているような気がしていた。とりあえず手を突っ込んで思い切り混ぜる。ここしばらく卵があったので巧《うま》く混ぜられず、そのままおざなりに混ぜていたせいだろうか。

頭の中で、風野さんの言葉が鳴り響く。

……このバランスは、毎日の手入れで、奇跡的に保たれてるの。欠かすと、あっという間に腐敗菌が繁殖して崩れてゆく。だから一度始めた手入れは、ずっと欠かさず続けていかなければしようがないわねえ……。

何で、朝起きた瞬間から、ぬか床に一日を支配されなければならないのだろう。この世話は、一生、生きている限り、ついてまわるのか。思わず倒れ込みそうになる。私が死んだ後はどうなるのだ。加世子叔母のところの長女か。逃げられないのか。もしかしたら、私の一生はぬか床に捧《ささ》げられるためにあるのじゃないか……。

情けなくて涙が止めどなく出てくる。これは呪《のろ》いだ。呪縛《じゆばく》だ。毎日毎日ぬか床をひっくり返し続けていた、律儀《りちぎ》な代々の女性達。その日常に捧げられた果てしないエネルギーの集積がこのぬか床なのだ、きっと。そして子々孫々そこから逃れられないように呪縛をかけたのだ。

そうやってしゃがみ込んで、不覚にも弱気になり、むせび泣いていると、目の前の床から数センチほど上に「両眼」が静止して、いかにも興味津々《しんしん》といった熱心さで、こちらを下からのぞき込んでいたのに気づいた。目と鼻の先、というのはこういう距離をいうのだろう。思わず大声をあげて立ち上がった。

――びっくりするじゃないの！

怒鳴った声が奇妙にひきつれてかすれていた。いやらしいったらない。本当に泣いているのか、泣いているなら、どんな顔で泣いているのか、のぞき込んでみたのだろう。「両眼」は私の剣幕に押されてひらひらと上空に避難した。

私は徹底的にぬか床をひっくり返し、酸素を送った。バランスが崩れたのだ、酵母菌と乳酸菌と腐敗菌の。しかし、それだけでこの強烈な臭気が発せられるのだろうか。私は少し冷静になり、考え込む。これは、何か、このぬか床自体の持つ、異常信号なのではあるまいか。

その日会社が昼休みになるのを待って、私は加世子叔母に電話した。いずれにしても、木原さんとの件もあって、彼女には連絡しなければならなかったのだ。

私はまず、努めて冷静に、なぜ両親の死の詳細について教えてくれなかったのか、と訊いた。案の定叔母は絶句した。沈黙が、この厄介な問題についての叔母の葛藤《かっとう》を表していた。叔母がなかなかしゃべりだそうとしなかったので、

――私のため、を思って、私にショックを与えることを避けるために、当時はそういうことにしたのかもしれないけれど、もう、私も十分大人です。何より、ぬか床を

たいんです。

世話している当人なんですから、知っておかなければならないことは全部知っておき

——……私も、詳しく知ってるわけではないのよ、本当は。

叔母は疲れた、低い声で呟いた。

——……私たちはこっちで生まれ育ったでしょう。私たちの祖父母の出身の島へは、行ったこともない。そのぬか床が、祖父母が島を出るときに持ってきたものだ、ということは確かなの。それが私たちにとってものすごく神聖で、重要なもので、同時に……でも、何ていって良いのかしら……。

——忌まわしいもの？

——……そう、そういいたければそういってもいい、けれど……そんな簡単なものではないのよ……一族そのもの、のような感じ。でもなぜなのかは、私には理由は知らされていないし、知ろうとも思わなかった。そんなもの、係わり合いになったら、大変だ、と思っていた。あ、ごめんね、つまり、私はその器でない、って思ってたのよ。あんたの方が私なんかよりよっぽど信頼できる人格だし……。

叔母は慌てて私にぬか床を押しつけたことの弁解をした。同じ「信頼できる」という言葉でも、風野さんにいわれたときと違い、このときは全く嬉《うれ》しくなかった。それ

どころか馬鹿《ばか》にされ、切り捨てられたように感じた。自分が感情的になる前に、聞くだけのことは聞いておこうと、

——ぬか床、今ひどい臭いがするんです。こういうとき、どう手入れしたらいいのか聞いてませんか。

叔母は話題が変わったので気が楽になったのか、急に明るい声で、

——ああ、そういうときは、芥子粉《からし》を入れるらしいんだけれど、それは本当に最終手段、ってことらしいわよ。

——芥子粉？

——でもうちの一族に、今まで芥子粉使った人いないんじゃないかしら。

加世子叔母は遠回しに脅すような話し方をする。

——あんたの両親の死に方も、別に隠していたわけじゃなくて、いわなかっただけなの。

——それを、普通、人は「隠す」っていうんです。

私はいい加減うんざりする。

——だってぬか床を沼地に返そうなんてするから……。

——え？

——え？　あら、それは聞いてないの。

私は頭のどこかが非常な速度で覚醒《かくせい》してゆく感じがした。

——聞いてません。

——そう。でも、もう知ってたっていいわよね。どうも、故郷の沼地にぬか床を持っていこうとしたみたいなのよ。事故現場から、飛行機のチケットが見つかった。空港に向かっていたようなの。でも皮肉なことに、ぬか床の壺《つぼ》は、ひびすら入ってなかったの。無傷で見つかっているのよ。それで、時子が観念したってわけ。

……沼地……カッサンドラも沼地、というようなことをいっていた。

——沼地って、何なんですか。

——私も行ってみたことはないから分からないけれど、もともとぬか床にはそこの土壌の成分が入っているって聞いたことあるわ。

——それ、気持ち悪くないですか。

——ぬか床には、明礬《みょうばん》とか鉄釘《てつくぎ》とか入れることあるじゃない。そういう成分のことでしょうよ。

加世子叔母にしては化学的なことをいう。

——で、それが私の両親の死とどう関係してるんですか。

――分かんないのよ、それが。ただ関係はしているんだと思うの。だって奇妙じゃない、ねえ？

それはこちらがいいたい台詞だ。埒《らち》があかない。私は早々に話を切り上げた。

次の日、私は会社帰りに少し遠回りして、商店街で芥子粉を買った。芥子粉は普通のコンビニではありそうもなかったので、近くのちいさなスーパーに行ったのだがそこにもなかった。結局、香辛料の品揃《しなぞろ》えのいい大きなスーパーに行くことになった。そこで店員にきくと、やはりぬか床のために買っていく人が多いという。私は漠然と、それぞれの家のぬか床のことを思い、夜空の星に思いを馳《は》せるような、少し気の遠くなるような感覚を味わった。もちろん、他の家のぬか床はうちのぬか床と違うだろう。しかし、みんながもしかしたらそう思い、自分の家の独自のぬか床は、他人には分からない、と、ひっそりした孤独と諦観《ていかん》を抱えているのかもしれない。

マンションに帰り着き、ドアを開けるといつものように三味線の音がしている。今日はどういうわけだか、彼女は「秘密基地」の部屋にいる。

私はそうっと、カッサンドラに気取《けど》られないようにして台所へ行き、流しの下の壺を引き出した。ひらひらと、早速「両眼」が飛んでくる。今のうちだ、私は急いで芥子粉の袋を開け、ぬか床にかけた。

その途端、声を立てない断末魔のような、空気が収斂《しゅうれん》してゆく気配が辺りをつんざいた。外部の空気に触れている皮膚や産毛《うぶげ》が、その動きに呼応して、一瞬私自身が声を上げそうになったほどだった。それはぬか床自体からと、廊下を伝って此方《こちら》へ来る途中らしい、カッサンドラの辺りからしていた。私は振り返り、カッサンドラに、

――腐敗防止にはこれがいいんですって。菌の活性を抑えるらしいわ。

と、いい訳がましく声をかけた。カッサンドラの方から返事はなかった。カッサンドラの存在に、芥子粉が何かの影響力を持っているのではないか、という気は最初からしていた。だから、カッサンドラに芥子粉のことを知られたくなかったのだ。でも、まさか消えてゆくんじゃないだろう、まさかそれほどの……でも……もしかしたら……。私は焦《あせ》った。今のうちに聞いておかなければ、と、

――ねえ、何でカッサンドラって名前なの。それはトロイアの王女の名前よね。あなたの雰囲気は、どちらかといえば、クリュタイムネストラって感じじゃないの。

カッサンドラは、まるで軟体動物のように這《は》って廊下から出てきた。そして、

――おまえがいったんじゃないか。

と、力のない声でいった。まるで体が一回りも小さくなったようだった。

――……おまえがいったんじゃないか。あんたは嫌なことばっかしいう、でもあんたの言葉なんて誰も信じない、って。忘れたのかい。まるで、トロイアの王女、悲劇の予言者、カッサンドラのようだ、って。

次第にカッサンドラの声がすすり泣き、しゃくり上げてくる。それを聞いているうちにだんだん耳鳴りがしてきた。思わず目を閉じて座り込む。何かが、霧のかかった記憶の底から浮かび上がる。……あれは……ぬか床の前で膝《ひざ》をつき、せっせと掻《か》き回している女の後ろ姿。振り返ったその女の疲れた顔が、学校から帰ってきた私を認める。私はその日、初めて生理があったのだ。それを知った女の目が侮蔑《ぶべつ》的に光る。そして――何か――ひどく――傷つけられたのだ。頭が痛い。思い出せない。そして、私は――そうだ、私は、いったのだ。あんたはまるでカッサンドラだ。あんたのいうことは本当かも知れないけれど、人の不幸しかいわない、と。

そうだ、このカッサンドラだ、あのときの女だ。私は目を開けてまっすぐに、今、目の前にいるカッサンドラを見つめた。

――思い出した、あんたはこういったのよ。おまえのような不細工な娘は、結婚もできなければ子どもも産めるわけがない。それなのにそうやって体は妊娠の準備をする、って。嗤《わら》ったんだ。

急激な感情の波に襲われて、私は手にしていた芥子粉の袋の残りを全部ぬか床の上に空けた。先ほどの倍以上の、激しく何かが収斂するような感覚が再び辺りを襲い、同時にカッサンドラの姿はどんどん希薄になっていった。希薄に、そして透明に。まるで「光彦」が現れたときの逆回しのようだった。そして空中に浮いていた「両眼」が、吸い寄せられるようにカッサンドラの本体に収まっていった。カッサンドラは——最後になって、すっかり目鼻を取り戻したカッサンドラは、どんどん飴色《あめいろ》になり、まるで別人のように変容してゆく。儚《はかな》げな、まるで少女のようだ。悲しそうに、こちらを見つめている。騙《だま》されるまい、騙されるもんか、と私は歯を食いしばるようにして思う。

——……久美ちゃん……。

消え入りそうな声だ。あの憎々しげなカッサンドラの面影はどこにもなかった。

——……久美ちゃん、おやつのドーナッツ、テーブルの上にあるからねえ……。

これは……母だ。私の思い出の中にいる母だ。私は慌てて立ち上がり、やっと会えた母を夢中でかき抱こうとする。ああ、私は、どんなに母に会いたかったことだろう。一人の夜、何度母が恋しくて泣いたことだろう。しかし、透明になってようやく姿を現した母の体は、寸前でかき消えてしまった。

反射的にテーブルの上に目を遣《や》ると、紙ナプキンの被《かぶ》さった皿が置いてあった。覆《おお》いを取ると、私の帰りを待っている間につくったのか、いびつなドーナッツが皿の上に載っていた。手を伸ばそうとして、その瞬間、長い時を越え、同じ様な場面の幼いときの自分の感覚と重なった。カッサンドラを消したことを後悔はしない。けれどただただ胸が詰まり、切なく悲しく、伸ばした手を戻し、そのまま顔を覆って泣いた。

3　かつて風に靡《なび》く白銀の草原があったシマの話　I

大樹林帯の向こうを目指した日

あんたはおかしい。

と、その「叔母」は以前、質問した僕に、授業の後いった。そんなことを普通は知りたがらない、知る必要がないのだから、と。そういう「叔母」もまた、無数にいる叔母たちの中では変わり者なのに違いなかった。その質問以前の、僕の（たぶん無難であった）質問には出来るだけ答えようとしていたし、ときどき会話の途中で、目の奥がきらりと面白そうに光るところなどは、他の叔母たちには見受けられないものだった。

叔母たちは、皆一様にウェストから円錐形《えんすいけい》に広がるドレスを着て、髪をスカーフで巻いている。勤勉で、明るく、ときに陽の光を仰いで憂鬱そうな顔もするが、それぞれの部署でのプロフェッショナルたちだ。

毎日夕食が始まる少し前に、決まって市庁舎勤務の叔母たちが歩く規則的な跫音《あしおと》が響く。家の窓から、丸い敷石が夕方の陽の光に柔らかく輝く舗道の上を、彼女たちが列をつくって帰宅するのが見える。青灰色の円錐形のスカートが、橙色《だいだいいろ》の夕暮れの光を浴び、淡い薔薇色《ばらいろ》に染まる。数十ものそれが動くたび、微妙に輝きが波をつくってさざめいてゆく。僕はそれを見るのが好きだった。単調な生活の中に美がある。僕がその「叔母」にそういうと、その「叔母」は怪訝《けげん》そうな、それから少し眩《まぶ》しそうな不可思議な顔をして僕を見つめた。そのときは何もいわなかった。今にして思えば、そのとき彼女は「知覚するに及ばない領域」について話されているのかどうか、検証していたのだろう。僕は生まれてからその生活しか知らなかったわけだから、それを「単調」と呼んだことに対して、僕自身、不思議な感じがしたのを覚えている。大げさにいえば、自分自身であることを少し越えたような。誓ってもいいが、その他「僕たち」の中で、この感覚を持ち得たのは僕だけだっただろう。「僕たち」は皆、同じ姿形をしていて、同じ行動をとる。同じ行動――このシマを、滞りなく「移動」させるため。叔母たちもそうだ。彼女らは「移動」のため、このシマの運行が滞りなく運ばれるように生きている。

けれど一体、何のための、そもそも何に向かった「移動」であるのか。

僕たちは、何に向かって進んでいるのか。

僕が「叔母」に訊《き》いたのはそのことだった。至極まっとうな質問だったと今でも思う。

その「叔母」は、僕の声をきちんと受信する能力があった。だからこそ僕も質問する気になったのだ。問いかけてもまるで聞こえていないかのように――実際聞こえていないのかも知れない。僕の声など、「知覚するに及ばない領域」のことなのかも知れない――答えてくれない相手では、僕も質問する気になどなれなかっただろう。僕のことを、あんたはおかしい、とわざわざ忠告してくれる「叔母」は、やはり有り難い存在だったのだ。

「知覚するに及ばない領域」という言葉は、そのときその「叔母」から教わった。その「叔母」はまたその一世代前の誰かから教わったのだろう。「普通」の「僕たち」は、その「知覚するに及ばない領域」のことなど、最初から知覚しない。だから余計なトラブルもない。知覚能力を予《あらかじ》め限定されていて知覚「出来ない」のか、知覚してもそれを無視するようなシステムが脳内にできあがっているのかそれは分からない。

どちらにしても大した違いはないようだが、もしも能力が封じられているのであれば、それを解くことが出来さえすれば、他の僕たちも、僕と同じように「考える」可能性がある。そうなれば僕は、他の僕たちと、様々なことを話し合えるわけで、それは夢のような話だった。もしそうだとして、なぜ今、僕にだけそれが解かれているのか。それは特権と考えるよりも、数万製造されたうちに数個出てくる「封印し損なった」単なる不良品、製造の段階で手順が一つ抜けてしまった欠陥品、と考える方が、僕の毎日にはなじみやすいイメージだった。

「叔母」は僕の質問に対して、結局何も答えなかった。それは「知覚するに及ばない領域」だというほかは。だから、僕は学校で習った数学であるとか、気象だとか地理だとか、もてる限りの知識を総動員してこの不可思議な「移動」についてずっと一人で考え続けているのだけれど、未《いま》だにそれは分からない。

全《すべ》ての遺跡も建物も地面ごと、僕らの移動と共に移動する。半透明のゲル状流動物質が、僕らのシマの真下を覆《おお》い尽くしており、それは僕らを獰猛《どうもう》な大地から守り、同時に僕らの大地との接触を遮断していた。僕らの地面は、だからごく表層的なものだ。「移動」しながらでも毎日栄養物資は配られるし、学校でそれなりの学問は与えられた。しかし学問は、僕たちに一定の教養は与えても、この「移動」に関する何等のヒントすら与えなかった。もしかしたら、「移動」そのものについて考えるという習慣をつけないためにあった学校ではなかったかと思うほどだ。巧妙な手段で僕たちのエネルギーを削《そ》ぎ、関心をそらすための。

なぜ昨日進んでいた北北西の方角から急にまた後戻りしないといけないのか、後戻りしたと思ったら、また時計回りに十五度ずらさないといけないのか皆目分からず、せめて規則性のようなものが知りたいと思ってしまう。分からない、そう思ったとき、僕の顔は不安に満ち、周りの様子を窺《うかが》う。周りは、自信に満ち、為《な》すべき事に取りかかっている。

理由のはっきりしている「移動」もあった。それは、やがて加工場で栄養化されるための「資源」を捕獲するための「移動」だった。しかし、何か、確かにずっと、ある目的のために「移動」している、その目的が分からない。

僕たちの「家」は市庁舎の横に建っている。それはシマにある多くの「家」の中でも最も古い方に属する。円形のドーム型で、床下に大きな「推進棒」がついており、「家」はこれに載っかる形になっている。内部は、端の一部に「推進棒」を微調整するための「コントロール室」があるだけで、残りの部分は大きなホールで、半分に食事用のテーブルがおかれており、もう半分にはベッドが並んでいた。僕たちはそこで縦五列、横二十列のベッドの半分を使い、それぞれ眠った。つまり、百ある寝台のうちの五十だけを使うのだ。寝台はもちろん一人用のシングルだから、僕たちはそこに五十人、横たわるわけだ。そして朝になるといつのまにか残りの五十の寝台が埋まっている。つまり倍の数の百人になっている。新しく出現した「僕たち」は、起きると僕たちと同じように食堂で朝食を食べ、それから隊列を組んでシマの外れまで出かける。食堂で僕たちの賄《まかな》いの世話をするのは配膳《はいぜん》職にある叔母たちだ。新しい「僕たち」の最初の仕事は、学校へ行き、新しい「家」をつくること。それが毎晩繰り返されるので、家の数は増える一方、それに伴ってシマも膨張してゆく。午前中はそれぞれの家ごと、「移動」のエネルギー補塡《ほてん》のために「推進棒」を押す。

そうそう、「推進棒」だ。「推進棒」は実際、ずいぶん長い棒で、一方の端に僕らが二十五人並んでも充分ゆとりがあるほどだ。そして反対の端に残りの二十五人。そのまん中に止めボタンみたいに、ドーム型の「家」が載っかっている（実際には「止め」ているわけではなく、浮いている形なので、「推進棒」を回すたびに家がグルグル回るというわけではない）。「推進棒」を押した（結果的にはぐるぐる回した）エネルギーは地下に蓄えられ、それが「移動」の推進力として利用される。

新しい「僕たち」は、家を造り上げるまでの間、学校へ行かなければならない。家造りは、学校での実習の時間に行われる。つまり、学校は、よりよい家を建てるため、その後の家の運営のためにあるようなものだ。学校は、市庁舎を挟んで「家」の裏側にあり、午後に開かれる。そこでは教師職の叔母たちが、新しい「僕たち」に「教養」を教える。このシマの大まかなシステムについて。気象と地理。数学と化学。それから楽器。楽器の種類は、そのとき担当した叔母によって決まる。僕たちのときはパンフルートだった。僕はそれがとても気に入った。僕はパンフルートに夢中になり、「僕たち」の誰よりもうまくなった。学校を終えるとき、パンフルートもこれでおしまいかと思ったが、担任であった例の「叔母」は、僕がそれを「私物化」することを、重々しく許可した。

学校の時期を終えた古い僕たちは、午後、自由時間だ。パンフルートを吹く時間はたっぷりあった。

僕たちのシマは、周囲をぐるりと辺境と呼ばれる砂地に取り巻かれている。遺跡群の向こうには壁、ウォールを中心とする大樹林帯があり、学校ではその向こうの砂地は重要な「狩場」になっていると教えられた。そこでは「狩足」と呼ばれる叔母たちが、常に双眼鏡で外部を観察しながら「資源」を探して歩き回っている。発見すると、まず無線で市庁舎に連絡し、市庁舎は、シマがその「資源」に接近するのに必要なだけの移動を、各「家」に伝え、「家」では叔母たちがコントロール室で推進棒で蓄えられたエネルギーを適切に消化させる。そしてシマを載せたゲル状物質が動き始める。地面が少し揺れ、雲の位置が少し変わる。それは僕たちに衝撃を与えない程度の「変化」だ。一方、現場に集まった「狩足」たちは、接岸した「資源」を皆で協力して引き上げ、手際《てぎわ》よくその場で分解作業を始める。この辺りの所を、僕たちは授業中スライドで見た。叔母、という人たちは、概して表情を変えたりしないもので、それは「狩足」たちも同じなのだが、その、「資源」を発見したときの、静かに集まってくる叔母たちの体の内側に、さあ、これから一仕事、というピンと張った緊張感のようなものが感じられて、その共同作業に手を伸ばす動作にまでどこか感動的なものがあり、僕は思わず涙ぐんでしまった。そしてそのことは僕に少なからぬショックを与えた。僕は感動し、動揺する「僕たち」など他に見たことがなかった。

午後の傾いた太陽の光を受けながら、長いドレスを着た叔母たちが皆黙々と作業をする。それは確かに牧歌的だった。けれどその牧歌的な風景の、僕は何に感動したのだろう。この辺りが、僕に関する「謎《なぞ》」の中核の部分だ。

僕はそう確信し、それが知りたくて、ある日、その自由時間を使って、大樹林帯の向こうにある砂地へ向かった。しかし大樹林帯までの道のりは思ったより遠く、僕はいくつもの遺跡を通り越した。遥《はる》か向こうにそれらしい壁のようなものが見える、と思った頃にはすでに陽が沈みかけていた。
その時点で僕は、明るいうちには「家」に帰り着かない、と悟った。仕方がないので途中にあった遺跡のモニュメント群の中で一晩過ごすことにした。

「燈台《とうだい》」の傍らで一夜を過ごす

それは僕が好んでいる種類のモニュメントだった。他のモニュメントはたいてい、崩れてほとんど固まった粘土状になっている泥煉瓦《どれんが》の床から、まるであつかましい侵入者のように柱状に伸びているのだが、その類《たぐい》のモニュメントに限っては、何か違う素材で出来ているように、くっきりとそこに立っていた。何が違ったのだろうか。それは色の鮮やかさとか、少し大きめだったとか、いろいろな差異は認められたが、そういうのは些末《さまつ》なことだった。それは、もっと根本的な何かの違いによってもたらされた、単なる結果に過ぎなかった。「もっと根本的な何かの違い」。それは何なのか。例えば、まるで違う目的で作られたとか。それであれば細部にわたって他のものと全く違うのは当たり前だった。若《も》しくは、このシマが出来るときの、太古の基礎のなれの果てであるとか。

そういえば、「伝承」の時間に聞いたことがある。まだ、このシマに僕たちが現れる前、大樹林帯すら出来上がっておらず、ようやく壁、ウォールがかろうじてシマを形づくっていた、そんな太古の時代。このシマは、一面白銀の草原に覆われていた。そして、僕たちではない獣神が、その草原を闊歩《かっぽ》していた。獣神がどんな姿形をしていたのか、伝承はそのことを伝えない。ただ獣神がいた。獣神とその神殿。遺跡群はその神殿の遺跡だというのだが、それならその獣神たちはどこへ行ったのか。なぜ彼らは獣神と呼ばれるのか。なぜ、僕たちが、こんなシステムの上にこのシマで暮らすことになったのか。そういう肝心のことは、「学問」は何も教えてくれないのだ。

そんなことを思い出しながら、そのモニュメントの間を歩いていた。それらの醸《かも》し出す雰囲気には、どこか、僕を落ち着かせるものがあった。きっと、どこか、変わってる、という共通点のせいだったのかもしれない。その立ち竦《すく》んでいるようなモニュメント群の中に、更に一際高く聳《そび》えているものがあって、それは「燈台」と呼ばれていた。

なぜそれが「燈台」と呼ばれていたのか。

それはきっと、それがたぶん、このシマで一番高い塔であったこと、そのてっぺんの辺りに、いかにも明かりを灯すのにぴったりのように空洞が見て取れたこと、などからだろう。だが未だかつてそこに明かりが灯されたことはない。なぜなら、そこに至るまでの肝心の階段が、ないからだ。これは「燈台」としては致命的な欠陥ではないか。

僕がこの「燈台」に親近感を抱いていたのも、この欠陥ゆえだったかも知れない。永遠に明かりが満ちることのない暗い「燈台」。

永遠に「僕たち」らしくなれない僕。

この「燈台」は、シマのどこからでも見ることが出来た。あまりに高いので。それを見ると僕は安心し、少し悲しくなる。

とにかく、今日は、この「燈台」のそばで一夜を過ごすのだ。

満天の星が、一斉に瞬《またた》くように輝き、吹く風は大樹林帯から届くため息のようだった。

今頃叔母たちは、僕がいなくなっていることに気づくだろう。もう市庁舎には連絡したかしら。「消失」届けが出されたとしたら、僕のベッドはもう消されているかも知れない。そうしたら、僕の「家」はどうなるのか。四十九という欠落のある数字のまま、万事に例外として存続してゆくのか。四十九はいくら何でもまずいだろう。消失個体はペアでなければならない。水鼬《みずいたち》は必ず二体を消してゆく。そうでなければ「推進棒」のバランスが取りにくくなる。もう一体が何の落ち度もないのに消失するのだろうか。それとも他の奇数の消失個体を出した「家」たちと同じように、没落し、やがては消えて行くのか。僕が知っている中で最も悲惨な「家」は、三ペアもの消失が同時に起こった「家」だ。当然、生産エネルギーも落ち、配給される食糧も目減りする。一体一体に配給される量はどこも一律とされているけれど、そういう家のもの寂しさ、活気のなさは隠しようがない。そして遠からず、「家」全体が消失してゆく。エネルギーの落ちた「家」は、水鼬に狙《ねら》われやすいからだともいわれているが、なぜそうなるのかわからない。僕の「家」もそういうことになってゆくかもしれない。もしも僕の消失届けが出されたとしたら。

けれどそれはよほど叔母たちの体調が良くてきぱきと連絡事項がスムーズにいったときのことだ。叔母たちの体調が最近全体にトーンダウンしていて、（たぶんそのせいで）集団の機構は部分的に不活性を起こしていた。もしかするとまだ消失届けは出されておらず、僕のベッドも空いたままの可能性がある。明日中に戻れば何とかなるかも知れない。

けれどそれは賭《かけ》だ。と、僕は大して深刻にもならずに考えた。どうせ僕のような個体は、遅かれ早かれ雨期になったら消えるだろうとみんな漠然と思っていたのだ。僕自身そう思っていたのだから。例の心やすくしていた「叔母」が（僕の学校時代の担任だった）、いったものだ。

――気を付けていないと、雨期には簡単に消えてしまう。よほどね、心持ちをしっかりして。

実際はクラス全体に、雨期を迎えるに当たっての注意点を述べている最中にいったことだったが、僕はそれが他ならぬこの僕自身に向かっていわれたと確信した。そして周りの「僕たち」も、そう思っていたと。

騒々しいぐらいに瞬き続ける星々の下でそんなことを思い出していた。そして少しうとうとした。それはどのくらいの時間だったのだろう。突然、周囲に「異変」を感じた。何かの気配を感じたのだった。はっきりとした息づかいを。それは、夜、初めて野外で過ごして、五感が本能的に研ぎ澄まされていたせいかもしれなかった。僕は辺りを見回して、モニュメントの反対側に、もう一人「僕」がいることを発見した。

――やあ。

と、僕は声を掛けた。一瞬、誰か「僕たち」の一人が僕を迎えに来たのではないかと思ったのだ。

――ヤア。

と、まだ羽化したての蟬《せみ》のように頼りない「僕」が応じた。そうか、と僕は合点した。半分のベッドが朝には全《すべ》て埋まっていた理由を。僕たちは睡眠中に「分裂」していたのだ。「分裂」という言葉は、それまでにも叔母たちの会話から聞こえてきたことがあった。これは学校が教えてくれなかった現象だ。かわいそうに、この「僕」は、僕の気まぐれで出現場所の予定が大幅に狂ってしまったのだ。

そのとき、「僕」の向こう側の空を流星が長い尾を引いて流れた。

――あ、流れ星だ。

僕が呟《つぶや》くと、

――ナガレボシ。

と、「僕」が繰り返した。

夜の静けさの中で、世界の空気はどんどん新鮮なそれにつくりかえられてゆく。どんどん心が深みに向かう、満天の星空の下。なんだか宇宙の核心に近づいているような気がした。こんな感じは好きだ。

――君は本当は、「家」の中で目覚めるべきだったんだよ。

僕は「僕」に呟いた。

――「イエ」？

「僕」は聞き直した。

――そう、屋根のついている、ね。屋根がつくと、実感として、宇宙と君との間は遮断されてしまう。こんなふうに星を見ることも出来ないんだ。言い訳のように聞こえるかも知れないけれど、僕は、「家」のベッドの上でもの心ついたものだったけれど、今の君のように星空の下で生まれたかったな。でも、それは、「普通」ではないんだ。だから君には僕の予想も出来ない困難がこれから待ち受けているかも知れない。最初にそのことについて、僕は君に謝っておかなくちゃ。ごめん。これは、普通じゃない。

――僕ハ、カマワナイ。

「僕」は、しばらく黙っていたが、立ち上がると、星空に向かって大きくのびをした。

そのさらりとした返事を聞いて、僕はこの「僕」に親近感を覚えた。そのとき、地面の下から地鳴りのような低い響きが伝わり、それと同時に小さな振動が伝わってきた。「僕」は当然のように相手に答を期待できる人のような顔をして、僕を見た。

――「移動」してるんだ、ここ。

僕はとりあえず簡単に答えた。「僕」は最初怪訝《けげん》そうな顔をしていたが、僕が、

——学校へ行かないといけないね。夜明け前になんとか家に辿《たど》り着こう。僕と君に運があれば、まだベッドが残ってるよ、きっと。今は動かない方がいいんだ。夜歩くと、水鼬にやられる。それは致命的なんだ。

というと、黙って頷《うなず》き、またおとなしく坐《すわ》った。

貯水池の方で、寝ぼけたアビが鳴いた。どこまでもどこまでも半信半疑で闇《やみ》をノックしていくような、身にしみる声だった。

水鼬、というのを、きちんと見た人のことをまだ僕は聞いたことがない。けれども、それがどんなにずるがしこく僕らの息の根を止めるものか、僕らは学校で学習した。奴らは歩いている最中に何の予告もなく僕らの血を抜いてしまう。血を抜かれた「僕たち」は(たぶん)それと気づかぬまま、その場で消失してしまう。夜は本来水鼬たちの領分で、それは尊重されないといけない。そのことを無視して、無遠慮に夜を歩いていたりすると、そういう悲劇に遭遇する。水鼬は夜行性で、そのために目撃されることはほとんど無かった。市の資料館に、古いエッチング画が残っており、教科書にはそのエッチング画が、写真の代わりに載っていた。黒いマントのような不可思議な形状をした外観をしており、エッチングのせいか、細部がもう一つよく分からなか

った。作者は叔母の一人だったのか僕たちの一人だったのか。いずれにしても遠い昔のものだ。黒いマント、というのもエッチングのせいでそう見えるのであって、本来は黄色やピンクかもしれない。けれど、その正体不明の不気味さが、水鼬の残酷さを想像するのに実に効果的で、夜に出歩くことの危険性を僕たちに刷り込んだ。

——水鼬ニヤラレル。

随分たって、「僕」が繰り返した。そして、

——ヤラレル。

と、再び繰り返した。何だか奇異な感じがしたが、やられる、ということの意味を摑《つか》みかねているのだろうと思い、

——消失するっていうこと。

——消失。

——消えてしまうってことだよ。ああ、そうか。だいじょうぶだよ。そのこと自体は、怖がることはないんだ。僕らはたくさんいるからね。一つや二つ、個体が消えてしまうこと自体は何てことない。ただ、そうなると、「家」の構成人員にアンバランスが生まれる。それから、その水鼬ってのが、得体の知れないやつで……。

遠い彼方《かなた》で、群れる動物のざわめきのようなものが微《かす》かに聞こえた。「僕」はその

音の聞こえてきた方へ頭を回した。

——あれは、直接僕たちには関係ない。辺境地帯の向こうの海原で、何か起こってるんだろう。じきに学校で教わると思うけど、僕たちのシマは、辺境と呼ばれる砂浜に周囲をぐるりと取り囲まれている。海原は外の世界だ。僕たちの仲間が、そこにある資源を取り込んで、工場で資化し、それが栄養として僕らに配分される。

僕は訊《き》かれてもいないのにしゃべり続けた。こういう事を話す相手というのに、考えてみれば初めて巡り会ったのだ。

——フウン。

「僕」は興味深そうに聞いていたが、

——海原、ドンナトコロ？

と尋ねた。

——知らない。見たことがない。僕らはそこへは出て行かないんだ。

——ドウシテ？

どうして、と訊かれて一瞬戸惑ったが、

——必要がないからさ。もともと、「出て行かない」ものなんだ、僕たちは。

と応《こた》えると、

——フウン。

「僕」はそれきり黙ったが、僕の方は不思議な感慨に打たれていた。思えば、「どうして」とか、「なぜ」という言葉は、僕が時たま使う以外、ほとんど聞いたことがなかったのだ。

夜空がその漆黒の度合いを少し薄め始めた頃、僕は「僕」を促して立ち上がり、「家」を目指して出発した。歩くにつれ、モニュメントはだんだん小さくなった。もうすぐ遺跡群を抜けるだろう。それでもあまりしゃべらない方がいいかも知れない。夜はまだ、充分辺りに漂っており、水鼬が出没する時刻の一番後の方に引っかかっている可能性があった。

いよいよ遺跡を完全に抜けて、草原に入った。風が吹くたび、草の群が道をつくる音がざわざわと聞こえてきて、そのうちのいくつかが僕の首筋に届くたび、水鼬ではないかと一瞬身構えた。ここで消失してしまうわけにはいかない。「僕」を「家」まで届けるまでは。時々小走りになりながら、僕たちは出来るだけ急いだ。

やがて道が丸石敷きになったのが足裏の感覚からも分かった。一瞬また辺りが闇に戻ったかのように暗くなったのは、風垣と呼ばれる横一列に並んだ大木群の陰に入ったからだ。ここを超したら、幾つかの倉庫の前を通り、それから真っ先に僕たちの

「家」がある。

空の向こうから朝焼けが始まりつつあった。僕は急いで階段を上り、「家」のドアを押した。しんとした中に、むっとする、何かが発酵するような熱があった。僕は「僕」を導きながら、もうほとんど埋まっていたベッドの中から空のものを探した。どうか、叔母たちがまだ、消失届けを出していませんように。新しい「僕たち」は、皆、同じ顔をして同じ横向き、くの字形の姿勢で寝ていた。見慣れた光景とはいえ、今回ほど一生懸命それを眺めたことはなかった。そして、それはあった。

無数の「僕たち」のベッドの中から、たった一つ、「僕」のためのベッドが。改めて見るそれは、思いもかけないほど感動的な眺めだった。僕にとっては。

そう、これなんだ、と思った。僕は自分が「感動する」理由を探しに、出かけたようなものだったのだ。それは結局分からず、相変わらず「感動する」僕がいた。

「家」を外れ、馬に乗る

いくら叔母たちにところどころ不活性が起こっているからといって、やはり無断で一夜「家」を空けたことは、すでに気づかれていた。考えてみれば夕食の時もいなかったわけだ、分からないはずがない。起床後、朝食が終わるとすぐにコントロール室に来るようにいわれた。

朝食の時、いつものように目の前の平皿にキューブ型の栄養物資が配られ、カップに水が注がれるのを見ながら、僕は向こうのテーブルにいる新しい「僕たち」の中から「僕」を探そうとした。星空の下生まれの「僕」を。けれどそれは難しく、「僕」はすでに「僕たち」に紛れてしまっていた。僕は朝食を終え、立ち上がり、コントロール室に向かった。

コントロール室に入るのはこれが初めてだった。暗い臙脂色《えんじいろ》のどっしりとした緞帳《どんちょう》が入り口と奥を隔てており、その前に数名の叔母たちが立ったまま僕を迎えた。相変わらずの、明るい無表情といったような顔つきで、まん中に立っていた叔母が（それはあの「叔母」ではなかった）、

——昨夜第七遺跡で過ごした理由は？

と、いきなり訊いた。

——暗くなってきたので、これ以上歩くと水鼬に襲われる、と危惧《きぐ》したため。

と、僕は応えた。端の方に立っている叔母が、僕の答を記録していた。

——第七遺跡まで出かけた理由は？

と、別の叔母が尋ねた。

——砂浜へ行き、「資源」が捕獲される様子を見たかったため。行き着かなかったけれど。

——それは以前、スライドで見ましたね。

と、入り口の方で声がして、振り返るとあの「叔母」だった。僕は少しほっとして、

——はい。でも、実際に見てみたかった。

——なぜ。

——僕がなぜ、それにそんなに感動したのか、その理由が知りたかった。

その「叔母」が応答の相手だったせいか、僕は正直すぎるほど正直に答えた。

すると、叔母たちが小声で何か互いに囁《ささや》き始めた。変種、という言葉が飛び交っているのが分かった。あの「叔母」がひどく真面目《まじめ》に皆を説得しているようだった。何かの了解が得られたようで、

——市庁舎の第一準備室へ行くように。その後で、また指示が出ます。

と、「叔母」が僕に近づいてきて少し疲れたような声で囁いた。

コントロール室を出て、足早に市庁舎の方へ向かうと、新しい「僕たち」が隊列を組んで、新しい家を造りに出発するところに行き合わせた。この中に昨夜の「僕」が

いるはずだ。僕は一寸《ちょっと》足を止め、目だけでさっと探した。「僕たち」は皆、同じ顔に同じ体格同じ服。ほとんど考えることも同じ筈《はず》だから、何かを話し合うなんてことはおろか、互いに目が合うなんて事もほとんど無かった。必要がなかったのだ。僕の他は。だから、僕がその「僕たち」の中から一瞬目が合った個体を見つけたとき、僕はそれがあの「僕」だと確信したのだった。それで充分だった。「僕」の方も、「立ち止まり、感激のあまり僕に向かって駆け出す」、なんていう突拍子もない真似《まね》はしなかった。それは正直にいうと少し寂しくもあったが、「僕」があんな普通でない生まれ方をしていながらも、何とかこの群でやっていけるのではないかといういいサインでもあったので、心密《ひそ》かに安堵《あんど》もした。

市庁舎は五階建ての建物だ。前庭から中央玄関まで緩やかな階段が続いている。清掃作業中の叔母たちが、そこかしこに散って、作業をしている。午前の遅い陽射《ひざ》しは、間延びしたようなのどかさで、彼女たちの作業を平和そのもののように照らしていた。僕たちが「推進棒」を動かしている間、ここは毎日こういう光景が繰り広げられていたのだろう。例えば、こういうことも僕は知らなかった。シマについて、何と多くのことを僕は知らないでいるのか。

中央玄関では、叔母が一人僕の到着を待っていて、「第一準備室」へと、案内してくれた。真ん中の廊下を途中で二度ほど曲がったところにあるそこは、壁が不思議な厚みを持っている部屋だった。発する声が、全部吸い取られていくような。触ると硬いのだか柔らかいのだか分からない、変な材質だ。少なくとも「推進棒」よりも遥《はる》かに後代に創《つく》られたのだろう。僕は触り慣れた「推進棒」の素朴な質感を思い出した。あれをもう一度握る日が来るのだろうか。これから一体どうなるのだろう。次の展開が全く見えない緊張感で僕は座ることも出来ずにそこに立っていた。座ろうと思えば、その壁の一部がベンチ状に飛び出したところに腰掛けることが出来た。それがそのためのものだということはすぐに分かった。ただ、ゆったりとそこに腰掛ける気持ちにはなれなかった。

どのくらいの時間、そこにそうやってただ立っていたのか、今ではよく分からないが、さすがにちょっと座ろうかと、思い始めた頃、ドアが開いて、叔母の一人が入ってきた。

――水門（ロック）へ行くように。

と、彼女は無表情に僕に告げた。水門、と聞いてもそれが何を意味するのか、一瞬思い出せなかった。けれど、

――そこで、ロックキーパーに会い、仕事を教わる。ロックキーパーは老化が進ん

でいるから、そろそろ助手が必要です。そして彼の跡を継ぐものが。

と、続けざまにいわれたとき、ああ、と思いだした。それは確か、地理の授業の補足のような項目、「様々な職」という見出しで出てきた職の名だ。水門は、海原の水分をシマの中に取り込む設備で、その微妙な開閉操作は、ロックキーパーと呼ばれる専門職の仕事である。ロックキーパーは、文字通りこのシマの生命線ともいえる重要な水脈を管理する職にありながら、ほとんど話題に上ることはなく、そのときも確か、そういう「職」がある、という紹介の仕方だったと思う。だから印象が薄いわけだ。

――水門の場所を覚えていますか。

――いいえ。

僕は正直に答えた。叔母はうなずき、

――正確な場所までは教わらないことになっていますからね。馬を付けますから、それに乗って行くように。

学校時代、乗馬の時間があったので馬は何とか乗れると思うが、肝心の場所までどうやって、と思っていると、

――だいじょうぶ、その馬は市庁舎と水門との往来が専門の馬ですから、乗っていれば自然に到着します。

と、まるで僕の不安を見透かしたように叔母が答えた。

——「家」はどうなりますか。

僕は思いきって訊いた。叔母はそこで僕を初めて見るように見つめた。

——まだ分かりません。

短くそういうと、僕の肩を両手で軽く摑み、押し出すように玄関の方へ向けた。

——さあ、急ぎなさい。もう今夜はあなたの夕食は用意されません。これは途中で食するのです。

そういって、包みが渡された。

——ええと、私物は何も、持っていったらいけないのですか。

僕は慌《あわ》てて訊いた。

——シブツ？

その叔母は、意味が分からない、というように繰り返した。

——パンフルートです。学校で、習った。

——ああ。そういえば。

と、叔母は大きく頷《うなず》いた。

——あなたがそれを持って行きたがったら、持って行かせるように、と指示が出ていました。ごめんなさい、何のことか、理解しなかったので。ちょっと、ここで待っていなさい。

叔母は急いで部屋を出ていき、それからすぐに帰ってきた。驚くことに手には僕のパンフルートがあった。

——我々の一人が、持ってきてくれていました。

あの「叔母」だ、と僕は思った。行く前に一目会いたい、とも思ったが、

——さあ、早く。

と急《せ》かされ、パンフルートと包みを持たされて、僕は仕方なく玄関へ向かった。そこを出るとき、二度とここへは来ないだろう、と直感した。前庭にはもう、誰もいなかった。厩舎《きゅうしゃ》は、この前庭の奥にある。僕が行くとすでに栗毛《くりげ》の一頭が、飼育係の叔母の手で引き出されていた。

——これが、水門行きの馬ですか。

念のため確かめると、叔母は頷いた。

——そうです。

そういって、僕に手綱を渡した。鞍《くら》の横に物入れが付いていたので、荷物はそこに入れた。馬はこちらを見ようとせず、長い睫《まつげ》は伏せたままだった。僕は足をかけて鞍

に乗り、手綱を捌《さば》いて出発しようとし、挨拶《あいさつ》のために叔母の方を見たら、叔母はすでに厩舎へ向かっていて、こちらを振り向きもしなかった。

——じゃあ、行こうか。

僕は馬に話しかけ、僕たちは駆け足で出発した。

4　風の由来

訊《き》きたいことがあって、風野さんの研究室に電話をかけたが、休みだという。電話をとった相手の女性は、昔、こちらの部署にいた、顔見知りでもあったので、

——どうも襲われたみたいなのよ。

と、声を潜《ひそ》めて教えてくれた。

——えっ。痴漢？

——いえ。暴漢。たぶん。

我ながら間抜けなことを、驚いて思わず、といえども口走ったものだ。電話でよかった、と顔を赤くしながら、誰に、どうして、と重ねて問いただすと、

——さあ。詳しいことはよくわからないけど。向こうもしゃべりづらそうにしていたので。

——重体なんですか。

——自分で電話をかけてきたし、入院にまでは至らなかったらしいから。ただちょっと体と心にショックが残ってるから、今日は休むっていってたわ。彼らしいいい方だけれど。

礼をいって電話を切った後、しばらく考え、それからもう一度受話器を取って、アドレス帳を見ながら以前訊いていた風野さんの自宅に電話した。

——もしもし、風野さんのお宅ですか。

——……その声は、久美さん？

いきなり名前で呼ばれてたじろいだが、その声が以前よりくぐもって、しかも気力のないように聞こえたのが気になった。

——今、研究室に電話したら……。

——ああ。

風野さんは少々うんざりしたような声を出した。

——そういうことなの。サンドバッグのようにやられちゃったの。ひどい話よ。こんな顔じゃ外も歩けない。口が腫《は》れちゃってものを飲み込むのもやっとなの。

——誰に……何で……。

——それはまたゆっくり。

——食事は？

——できるわけないでしょう。買い置きもなかったから、踏んだり蹴《け》ったりだけれど、あってもどうせ食べられなかったから。

私はまた悪い癖が頭をもたげてくるのを感じていた。

——ちょっとこれから行っていいですか。訊きたかったこともあるし……。

——……いいけど。私、ナイチンゲールも親戚《しんせき》のおばさんもいらないよ。放っておいてくれたら自然に治るから。

釘《くぎ》を刺されてしまった。ふうん、そうか、と思いながら、風野さんの家への道順を聞いていたら、最後に向こうから、それじゃあスポーツドリンクだけお願い、と小さな声で前言をいとも簡単に翻《ひるがえ》して無心したのは、本当に外へ出にくかったのだろう。了解、と答えつつ、受話器を下ろし、試作で余った開発途中のアルファ米の小袋をいくつか、バッグに入れて退社した。

風野さんの家は、位置的には私のマンションと会社と、正三角形を結ぶような場所にあった。私の家から会社まで歩いていけるように、会社から風野さんの家までは、十分徒歩圏内だった。

——ええと、クリーニング屋の角を曲がって……。

途中のコンビニエンスストアで、いわれたスポーツドリンクの2リットルサイズをとりあえず二本買い、風野さんの家の方角、今までどういうわけか縁がなく、歩いたことのなかった方面へ向かった。

喧噪《けんそう》に満ちた表通りを一本入っただけで、空気というものはこんなに違うものだろうか。その辺りは、都市開発の波を奇妙に避け得て、昔からの庶民的な住宅地の名残を残しており、私がそこに行ったことがなかったのも、めぼしい店や役所関係がなく、つまり、何も用事がなかったからなのだ、と、歩いていてすぐに気づいた。考えれば当たり前のことだった。犬でも飼っていれば散歩ぐらいには来たかもしれないが。

それぞれの玄関横の道路には、違法占拠に違いない植木鉢や、植物の植えられた発泡スチロールの箱などが、競うように並んでいた。生活のにおい、そうだ、生活感。マンション暮らしに欠けているのはこれだったのだ。むしろそれは、マンションを建てようというときのコンセプト自体が意図して避けていたものだったのだろう。が、この感じは、私に何かを思い出させようとしていた。この感じは何かに似ていた。

そういうことを考えているうちに、「竜宮城のような銭湯の向かいの」風野さんのアパートの前まで着いてしまった。

本人がいっていたとおり、今にも崩れそうな小さな古い木造のアパートだ。診療所のような観音開きの戸を開けると、一階に大きな玄関があり、学校のそれを思わせる靴箱が両側にあった。薄暗い中廊下が真ん中を通っており、両側に三室がそれぞれ並んでいる。マンションでは考えられないことだが、この中廊下も、途中の家々の玄関脇《わき》と同じように、ドアとドアの間を物が占めていた。だが、それが植木の代わりに木彫りの彫刻なのだった。木彫りの彫刻はほとんどが等身大で、列を作っている人々のように端然と、しかも林のような静けさを漂わせて、壁際《ぎわ》に並んでいた。若い女性、老人、子供たち……。住人に彫刻家の卵がいるのだろうか。思わず一つ一つ丹念に見て歩きたい衝動に駆られたが、本来の目的を思い出し、風野さんの部屋を探した。左側の二室を使っているということだったが、手前から二室なのか、奥から二室なのか訊くのを忘れた。常識からいって、並びの二室だと思うから、真ん中は間違いないと思うのだが、案外真ん中を挟んだ二室、ということかもしれない。

悩んでいたら、一番玄関側の部屋のドアがバタンと開き、思わず飛び上がるほど驚いた。東南アジア風の綿スカーフで顔をぐるぐる巻きにした風野さんだった。

——何してるの、こっちよ、入って。

早口でそれだけいうと、私を手招きしてドアを開けたまますぐに引っ込んだ。慌《あわ》てて中へ入ると、

——戸を閉めて。

と、奥から切迫した声が響いたので、反射的に内側のドアノブに手をかけて戸を閉めた。

六畳ほどの和室に、青い絨毯《じゅうたん》が敷いてあり、同じような青のカーテンが向こうの窓を覆《おお》っていた。入って左横には、後から付けたらしい簡単な流しがあり、使った形跡はなかったので、風野さんは料理をしない人なのだろうと思った。

——どうぞ。

といわれて、部屋にたった一つだけ置いてあるソファに座った。風野さんは座布団《ざぶとん》のようなクッションを絨毯におろし、その上にあぐらをかいた。そうか、風野さんは、あぐらはかくのか、と思った。何もかも新鮮である。

——とっていい？

風野さんに訊かれて、私は大きくうなずいた。暑かっただろう。風野さんは、

——では。

と厳かにいって、包帯をとるようにスカーフを解いた。私は思わず息をのんだ。殴られた人、というのをそもそも見たことがなかったので、これほど顔面の変化した人を見るのは初めてだったのだ。視界もほとんどきかないのではないかと思うぐらい、左

のまぶたが大きく腫れ上がっていた。右はそれよりはましだったが、それでもやはり相当腫れていた。唇の端は切れて青黒い痣《あざ》ができていた。鼻のあったところは大仰にガーゼで覆われていた。なるほどこれではものも食べにくいだろう。

——どう？　すごいでしょう。

その声が心持ち得意げに響いた。

——すごいです。エレファント・マンという映画を思い出しました。それは人間存在の悲哀に満ちた映画でしたが、風野さんの場合は回復の見込みがあるわけなので、状況的には彼よりは幸運というべきですね。

風野さんは吹き出し、そのいい方が冷静で率直でおもしろいと、向こうを向きつつひとしきり笑っていた。その顔が、笑ってさらにゆがむところを、見せたくなかったのかもしれない。

——何があったんですか。

ようやく私も訊きたかった本題に入れた。

——どうもこうも。

風野さんは振り向きつつ苦々しげに口を開いた。

——電車のプラットフォームで、若い男の子たちの喫煙を注意しているおじいさんがいたの。その子たちはただ喫煙しているんじゃなくて、何というか、態度がいかにも傍若無人で、そのおじいさんは見かねたんでしょうね。ゴミは辺りに散らかし放題で、通行人の迷惑も考えず、音楽かけたりして。どうなることやら、ってはらはらしながら見ていたら、その中の一人がひどい言葉でおじいさんをののしり始めたの。ののしるっていうか、威嚇《いかく》し始めたのね。怒りのあまりか恐怖のあまりか、おじいさんは蒼白《そうはく》になってしまった。で、私が、そんないい方はないでしょう、って思わず入っていったら、私、外形がこんなだから、甘く見られたのか、あっというまにこのざまよ。袋叩《だた》きとはあのことね。おじいさんがすぐに救急車とパトカー、呼んでくれたんだけれど……。おじいさんは救急車に一緒に乗ってくれたらしいんだけど、私は情けないことに朦朧《もうろう》としていて、よく覚えていない。看護師さんにおじいさんが残していった名刺は渡されたけれど……。別にあのおじいさんが悪いわけじゃないし、あの人に連絡して責任とってもらおうなんてつもりはさらさらないけど。よくある話よ。

――いやいや、あまりない話です。実際注意するおじいさんの存在も、今ではとても珍しいし、おじいさんを庇《かば》ってさっと出て行く風野さんのような態度も非常に珍しい。この結果には同情しますが、けれど、風野さんがこそこそ逃げ隠れするような成り行きではありませんよ。もっと堂々としていらっしゃればいいのに。

――そう？　でも、別に誇れるようなことでもないのよ。このアパートの他の住人も、親しくはしているんだけれど、いちいちこの話をしなければならないのが億劫《おっくう》で、まだこの顔を見せていないのよ。でも、話したあなたにそういって貰《もら》えると、ちょっと気が楽だけれどさ。あ、スポーツドリンク、買ってきてくれた？

――あ、そうだ。

私はとりあえずの二本を取り出した。

――ありがとう。

そういって立ち上がり、コップを二つもってきて二本のうち一本のキャップを外し、注ぎ入れた。

――あなたもどうぞ。

――……どうも。風野さん、ストローがあった方が良くはないですか。

――……そうね。

――私買ってきましょうか。

――いいえ、ストローぐらい、台所に転がってたはず。ちょっと待ってて。

風野さんはもういちど丁寧にスカーフを巻くと、部屋の外へ出て行った。台所というのは、もう一つの部屋にあるのだろうか。そこでは風野さんは炊事をするのだろう

か。まだまだ謎《なぞ》の多い人物だ、と考えていると、あっという間に風野さんは戻ってきて、

——あった、あった。

と嬉《うれ》しそうに目の前でストローを振って見せた。良かった、と私もいった。スカーフをとった風野さんは（私はここでまたぎょっとしたのだが）、紙袋を破ってストローを取り出し、おそるおそる口を付けた。

——ああ、よく飲める。鼻のガーゼがじゃまで、なかなか水が飲めなかったのよ。ありがとう、なんで思いつかなかったんだろう。

——良かった。

私は前から気になっていた風野さんの生い立ちについて、ますます興味がわいてきた。

——風野さん、小さい頃から正義感が強かったんですか。

——正義感？　いいえ。

風野さんの声が急に小さくなり、黙り込んだ。話そうか話すまいか迷っている人のように見えた。そして、

——正義感どころか。自分が正しいと思っていることすらなかなかいえないような

卑怯《ひきよう》な人間だったのよ。でも、今回のようなことがあると、いつも思い出す子がいるの。

といって、また黙った。私は話の続きが訊きたかったので、

——男の子ですか？

風野さんは、無言でうなずき、それから、

——小学校の同級生で、山根君っていった。私が生まれた地方は、もともと封建的な土地柄で、私が育った時代も、ぎりぎりそういうものが残っている、最後の時代だったの。

風野さんはずずっとストローを吸って、喉《のど》を潤《うるお》し、

——山根君は大して勉強が出来たわけでもスポーツが出来たわけでもなかった。そうね、勉強は中の中の上、体育は中の中の下、というところかしら。容姿もごく普通で、いわゆるその他大勢の中間層を支える群の一人だった。それだけだったら、ほとんど記憶にも残らず忘れ去られていたと思うけれど、他のマスを構成する一分子のような子どもたちとは違って、この子はほとんど友だちがいないの。いつも孤立して。休み時間も一人で机に座っていた。別にいじめられていたわけでもなかったのよ。ただ冗談も解さないし、他人にすり寄ってもいかない。友だちがいないことを苦にして

いた風でもなかった。

ある日担任の教師が、私たちの大半が宿題を忘れたかなんかでひどく怒ったことがあった。忘れた者は全員立たされて、担任は絶対明日忘れずに持ってくる者は座れ、といった。で、ほとんどが座った。山根君をのぞいて。思わぬ事態に担任は面食らったのか、一瞬言葉を失った。

この担任は郡部の出身だった。その地方の教育委員会で指導力優秀と見なされて、地方の中央である城下町の小学校に赴任してきたわけ。だからすごく張り切っていたの。なんというか、意気軒昂《けんこう》？　いつも「俺はここだー」って声を上げているような。背が低くて眼光鋭い、がっしりした、濃いキャラっていうの、とにかく集団があるとそこで自分が中心でないと我慢できないタイプ。そういう俺が俺がの積極性が、教育委員会にはアピールしたんでしょうよ。そういう人間は上には巧妙にかわいく立ち回るのよ。日本の男が出世するにはかわいげが不可欠なの。で、そういうやつが出世して、また実力が無くてもかわいげのある男を登用する。背景にある儒教的風土が結局社会をどんどん先細りさせていった。まあ、それはともかく。

担任は、思いも寄らぬ山根君の態度に一瞬茫然《ぼうぜん》とはしたものの——数十年の小学校教師生活で、初めてのことだっただろうからね——すぐに立ち直り、烈火の如《ごと》く怒った。町の生徒に甘く見られてなるものか、ということなんでしょう。持って来るつもりがないのか！　って怒鳴る。山根君は平然として、持って来るつもりはあります。だったらなぜ、絶対持ってくるといえないのか。持って来るつもりだとはいえますが、絶対持ってくるとはいえません。絶対ということは、どんな場合にもいえません。さあ、担任は怒った怒った。血相変えてつかつかと、彼の目の前まで歩いていって威嚇する。それでも前言を撤回しないとなると、理屈をいうなって怒鳴って殴る蹴《け》るの打《ちょう》擲《ちゃく》ぶり。山根君はそれでも「絶対」とはいわなかった……。

――まるで昔の軍隊じゃないですか。風野さんはそのときどうしていたんですか。

私は憤慨しながら、けれど内心、まあ、その場にいたら、子供なら反論できないのも無理がないな、と共感しつつ問うた。

――それよ、それ。

風野さんは眉《まゆ》をひそめながら、人差し指で私を指した。

――教育というのは恐ろしいものでね、いやいや教育のせいにしてはいけない、とにかく私はそのとき、山根君って、前から少し変だったけど、何とまあ不器用な、偏屈な子だろう、とただ呆気《あっけ》にとられていたの。当時私は、いわゆる「ひいき」されてた組で、いわば体制側の生徒だったの。でも、山根君の強情さに呆《あき》れながらも、どこかにしこりのようなものが残った。だってやっぱり、彼のいってることは真実の一つだったもの。そのことを、私の中のどこかで強く共感しながらもそれを無視していたの。それに理屈をいうな、ってどういうこと？　教室って、理屈を教えるところじゃないの？　そういう疑問がずっとくすぶっていたけれど、正面からは考えないようにしていた。ほかに学ばなければならないこと、興味があることがいっぱいあったからね。考えてもしようがないことに時間を割く気にはならなかったんだろうね。小心で、ずるがしこいよね。

　その頃私の実家では、家柄だけを自己アイデンティティの全《すべ》てにしたような父親が、君臨していた。当時父親は勤め先を解雇されて、ずっと家にいたの。母親が昼間働いて帰ってきても、疲れた体にむち打って、急いで風呂《ふろ》を入れ、父親の晩酌を整えつつ夕食の準備をする。父親はほとんど家にいたのに、ただ食卓の前に座って待っているのよ。私が女だったら母を手伝えるのに、っていつも思ってた。私？　だって小さい頃から男の子は台所に入るものではない、って諭されつつ大きくなったのよ。大変だなあ、と思ったけど、そういう空気を吸って育っていたので、世の中はそんなものなんだろうと受け入れて育った。そうこうして私が大学に入ってすぐ、母親が倒れた。その前年から、舅《しゅうと》と、つまり私の父方の祖父と同居していたの。いよいよ生活が苦しくなったのと、祖母が死んで祖父の生活が不如意《ふにょい》になったのなんかがあって、私の大学入学を期に祖父の家に入ったのね。この祖父がまた、父をもっと強力にしたような父権主義者だったから、大変。一人息子の私は大学進学で家を出て行くし。今にして思えば、倒れるのは時間の問題だったんだけれど、気づいたときは末期癌《がん》。それでも父たちは入院させるのを渋った。最期《さいご》は家で迎えさせたいなんていって。一応は情のある言葉じゃない？　私も半信半疑ながら騙《だま》されたんだけれど。結局最後の最後まで母親には病名を告げずに、二本の足で立てるぎりぎりまで食事をつくらせ続けた。たまに帰ったときは、それは壮絶なものだった。やせ細ってふらふらして、台所でもしょっちゅうしゃがみ込んで、それでも炊事場にしがみつくようにして。母親ってこんなすごいものなのかって思った。

風野さんは、組んだ両手に力を入れた。

——今なら、やめろって怒鳴ってる。でも、あのときはまだオロオロしていた。ただ、おかしいおかしい、これは何かが間違ってる、とは思い続けていた。それが爆発したのは母親の葬式が済んで、一ヶ月ほど経《た》った頃、偶然祖父が父に、母のことを話しているのを聞いたとき。祖父はこういったの。「二十二年か。良子も、結納金《ゆいのうきん》のわりには案外もたなかったな。病院でもずいぶん金をとられたし」つまり、消耗品として耐久年数が短かったことを苦々しく思っていたのよ。私の母親よ。そのとき私の中で何かが覚醒《かくせい》したの。それは一応形だけでも受けてきた、戦後民主主義、男女平等教育の成果だったかもしれない。若《も》しくは体を離れて自由になった母親の、積年の怒りが乗り移ったのかもしれない。母親を助けてやれなかった自分自身への怒りもあったのかも知れない。

気づいたら、私は障子を押し開けて祖父の前に立っていた。祖父は落ち着いた低い声で、おまえ、それでどうしようというのだ、と訊《き》いた。何と私は、床の間にあった日本刀を持ち、鞘《さや》から抜こうとしていたのよ。愕然《がくぜん》とした。私はそのとき、自分も属していた横暴な父権社会の身勝手さに憤慨していたわけだけれど、その腹の立て方、抗議の方法は男そのものだったわけよ。問答無用、よ。愕然とした。本当に愕然とした。まるで自分の存在そのものが、母親を死に追いやった遠因になっていたような気がした。それから家を出て、今に至るまで帰っていない。

風野さんは、さすがにしゃべり疲れたのか、ちょっと息を置いた。そしてストローで残っていたスポーツドリンクをすすった後、

――それで男を捨てたの。手術したわけじゃない。精神的、意識的にね。でも、女を選択したわけでもないから。強いていえば無性であることを選んだ。

それはとても魅力的な生き方のように私には映った。でもそんなことが可能なのだろうか。それで、そう訊《たず》ねると、

——意識に限っていえば、可能よ。決意の問題よ。まず、有性ということ、それが最終目的とする有性生殖ということを自分の存在の埒外《らちがい》に置いてしまうの。

——でも生物にそんなことが。

——あら。無性生殖って言葉を知ってるでしょ。性は本来生殖を目的にしたものであるけれど、生殖自体は無性でも——むろん、生物を選ぶけどね——可能なわけよ。それで、より下等な動物に可能なことなら、何故《なぜ》もっと高等な動物である人間にそれが不可能なわけがある？

——風野さん、その論理はおかしい。意識的にそうあろうと努めるのと、現実の問題は別でしょう。それに、結局今の話、クローンに行き着くわけでしょう。

——あら。ええ、今のところはちょっと飛躍していた。それは認めましょう。じゃあ、クローンよ。まるでクローンというと生命倫理に反することのようにみんな騒ぎ立てるけれど、それって、本当にそんなに悪いこと？

——でも、やっぱりバラエティがあった方が種としても生き残る率が高いわけで……。

──そう、結局みんなそういうわけよ。けれど例えば植物でも竹なんかは全部クローンよ。ヒガンバナなんかも。クローンで増える植物はいっぱいいる。でも、彼らはそう簡単に絶滅なんかしない。そういう意味では優秀な遺伝子なのよ。ある程度の進化に達した段階で、これでよし、としたわけよ。潔《いさぎよ》いじゃないの。それに生育条件の違いで、全く同じには育たない。それなりの個性はどうしたって出てくる。その程度の個性で充分よ。

──それって優生思想ですよ、結局。全面的に賛成は出来ない。それに、進化の可能性が……。

──進化？　進化なんかより退化、劣化の可能性の方が遥《はる》かに高い。どんどん悪くなる可能性もあるわけよ。優秀な両親の間に、彼らを上回る優秀な子が産まれたなんて話、滅多にあることじゃないわ。だとすればよ、調和的で平和を好む人々がいれば、その人たちの間でクローン再生産をした方が、人類はよっぽど明るい未来への展望が開けているわけじゃない。それが優生思想ってんなら、優生思想で結構よ。もう、進化なんかまっぴらよ。繁栄もいらない。これ以上、どこへ行こうってのさ。

風野さんはほとんど息もつかずに一気にまくし立てた。私は圧倒されてただひたすら謹聴していた。しゃべり疲れたのか、風野さんがちょっと黙ったので、ようやく恐

る恐る、

——でもやっぱり、性別があった方が楽しいような気もするけど……。

このささやかな反撃もどきが呼び水になってしまったのか、風野さんはさらにエスカレートし、

——その楽しさと、有害さとどっちをとるかよ。性器が服着て歩いているような、脳の中身が全て海綿体でできているような男はざらにいるわよ。

——それをいってしまえば、女だって。子宮に全て取り込みたい、っていう欲求があるんじゃないんでしょうか。私はそれほど意識したことはないけれど、最近、つくづく女って、いやだなあ、って思うことがあって……。

私はカッサンドラのことを思い浮かべながらいった。

——そりゃそうだけど。そっちは実害の範囲が比較的少なくてすむのよ。男性性の自己アイデンティティの基盤には勝利者、支配者があるのよ。勝手に一人歩きさせておいたら世界はあっというまに滅亡への道まっしぐら、よ。強姦《ごうかん》を繰り返すような男は、法において去勢すべきよ。その方が本人もよほどほっとするだろうに。そんなものに振り回されて生きてきたわけだから。その方が本人も解放されて救われるでしょう。

勢いづいた風野さんは、

——そういう刑がないということ、そういう犯人がまた繰り返すであろう犯罪をわかっていて放っておくというのは、どこかにそういう犯罪に対しての軽い容認のような空気が昔から男社会にあったわけよ。

私は思わずため息をついた。

——なんか、すごいエセフェミニストの会合みたくなってきましたね。

——クミさん。

風野さんは改まった声で私を呼んだ。

——はい。

——あなたね、さっきから、優生思想だのエセフェミニストだの、こちらを牽制《けんせい》しているつもりかもしれないけれど、そういう言葉の糾弾を怖《おそ》れてはだめ。そういう言葉の括《くく》りは、人が本当に正しいと思うことを発言するときの、一番の障碍《しょうがい》なのよ。

——……はあ。

お見舞に来たつもりが、いつの間にかハッパかけられている。妙な展開だ。想像もしなかった。

——……けれど……でも、そしたら、風野さん、一体、世の中をどうしたい、って思ってるんですか。

――……どうしたい？

風野さんが片眉を上げたので、私はそれが、風野さんの主張とは逆行する、男性的ものいいだったと気づき、慌《あわ》てて、

――もとい、どうなったらいい、と望んでいるんですか。

――別に世の中がどうなるべき、なんておこがましいことは考えていないわよ。少なくとも、私はもう、そういう意味での「男」は、いちおりた、って感じなの。

――……でも、風野さん、十分攻撃的だと思いますけれど……。

風野さん、はため息をついた。

――痛いとこつくわねえ……。それが悩みどころなのよねえ……。わかんないのよねえ……。

といって、風野さんは仰向けに倒れてしまった。本当に悩んでいるのだろう。眉間《みけん》に皺《しわ》が寄っている。

――今度の事件もさあ、結局目上に対する敬意の徹底的欠如からきているわけよね。それって、少なくとも数十年前まではあまり見られなかった現象でしょう。それまで、私があんなに憎んでいた儒教精神みたいなのが、結局それが根っこになって日本人の

文字通り根幹を支えてきたっていうの？　で、それが崩壊した途端、モラルも秩序も総崩れになるっていうの？　ねえ、ちょっとそれはないでしょう。日本にはそれしかなかったの？　例えば原日本人は。仏教や儒教が、宗教が入ってくる前の日本人は？　アニミズム？　シャーマニズム？　そもそも人間っていうのは宗教がなくっちゃ野獣化して行くわけ？　あの子たちみたいにさ。そうじゃないでしょう。きっと、別の道がある。

風野さんはそれだけいうと、目を閉じてしまった。考え込んでいるんだろうか。大体、目上に対する敬意の徹底的欠如、なんて言葉がすっと出てくるところから、風野さんの生い育ったバックグラウンドが透けて見えた。だが、この人はそういうこと全てと対峙《たいじ》しながら今までやってきたのだろう。

私も思わずため息をつき、

——私も、なんか、いちおりた、って感じだったんですよ。

と、ぽつん、といった。

——え？

と、風野さんが片目を開けた。

——何を？

——女を。

風野さんの両目が開いた。私はそのもの問いたげな両目に向かってうなずいてみせた。そして、まだ彼にいっていなかった、カッサンドラ事件の顛末《てんまつ》を話した。前回いわなかった、カッサンドラの嫌らしさについても、たっぷりと。

——うーん。

聞き終わると、風野さんは呻《うめ》くような声を上げた。

——でもさ、それだけで、女、いちおりた、ってなるわけ？

——人のことよくいえますね。

私は呆《あき》れた。

——私のは、年季が入ってるのよ。物心ついてからこっち、ずっとだからね。それに、カッサンドラのその嫌らしさって、別に女性に限ったもんではないわよ。覗《のぞ》き趣味、物見高さ、ってことでしょう。単に品性の問題に還元できるものなんじゃない？それならむしろ、男性の方が多いくらいよ。あなた、男の嫉妬《しっと》や妬《ねた》みなんて、どれだけ根深いか。

——うーん……なんかちょっと、違うんだけどなあ……。

もちろん、私が漠然と女を止《や》めたいというのと、風野さんがその存在をかけて、男性を止めることにしたのとでは重みが違うだろうけれど。女性性もいや、男性性もいや、って、結局、人間がいやって、ことじゃないのか、それは。女性性でもない男性でもない、人間性——それかな。風野さんの探している道って……。でもねえ……。女性性も男性性も全否定されていいものじゃなし。いいところだってあるのだ……。

風野さんはよっぽど疲れていたのか、私が声に出さずに考えている間に、眠ってしまった。仕方なく、辺りを見回す。片づきすぎてもいないし、病的な散らかり方もない、異様に本が多いことを除けば、まあまあ健康な部屋だ、と思う。そんなに男性の（違うのか？　この場合）部屋に入ったこともないが。

本は発酵に関する専門書から、それをどんどん外れた領域まで、多岐に渡っていた。

本当に変わった人だ、と、苦しそうな寝顔を見ながら思う。

そろそろ帰ろうか、と腰を上げかけると、どんどん、と、部屋をノックする音が聞こえた。返事をしていいものかどうか、一瞬戸惑う。けれどその音で、風野さんはすぐに目を覚まし、はーい、と返事をして体をゆっくり動かすと、ドアの所へ行って、

——なに？

と訊いた。

——風野さん、ケイコちゃんのこと、もっとよく管理して。昨夜なんか夜中に廊下

をほっつき歩いていたのよ。

ケイコちゃん？　と私は思わず聞き耳を立てる。

——知ってる。連れて帰ったから安心して。

——それは今朝の話でしょう。今も、隙間《すきま》から出て、二階へ向かってるのよ。

風野さんは大きくため息をついた。

——じゃあ、今、ドアを開けるけれども、驚かないでくれる？

それは無理だ、驚くなっていったって。風野さん、まず簡単に状況説明した方が
……といおうとした瞬間、腹の底から絞り出したような不気味な悲鳴が辺りに轟《とどろ》き渡った。それから、

——どうしたんですかっ。

と切羽詰まった声。そのとき、反射的に奥を覗いたその悲鳴の主と私の目が合ってしまった。こういう場合、何ていったらいいのだろう。お邪魔してますっていうのも変だし。とりあえず、ぴょこんと会釈《えしやく》すると、向こうも会釈を返し、当然の事ながら風野さんが、紹介の労を執った。

——こちら、久美さんっていうの。私の状況を聞きつけて、見舞いに来てくれたの。久美さん、こちらは優佳《ゆうか》さん。向かいの部屋に住んでる。彫刻家。

――の卵、です。どうしたんですか、いったい。

「優佳さん」は、風野さんの部屋の中に突然私という「女性」を見つけても、まるで部室に遊びに来た同級生に出会った、という程度の認識しかないようだった。ごわごわした帆布のような綿の上っ張りを着ている。化粧っけはないが、若さのせいもあるのだろう、魅力的な娘だと思った。風野さんは大仰にため息をつき、

――もう私、しゃべるのいや。久美さんお願い。

まあ、あれだけしゃべったら、無理もないか、と私は自分でも甘いと思いつつ、この我儘《わがまま》を受け入れ、彫刻家の卵だという優佳さんに、事の顚末を話した。優佳さんは思った以上に憤慨して、そんな奴《やつ》らは、尻《しり》たたきの刑だっ、と叫んだ。彼女が彫刻で、ずらりと並んだ裸のお尻を創《つく》る様を想像し、私は思わず吹き出し、風野さんからじろっと睨《にら》まれた。優佳さんは続けて、

――いってくれれば、介抱ぐらいして上げたのに……いや、必要な買い物ぐらい。

――めんどうくさかったのよ。

――風野さんらしい。でも、あの子たち、放っておくとまた一つになっちゃうよ。

――いいよ、もう。そろそろ時期が来てるのよ。子実体《しじったい》をつくるのに一番いい場所を探してるのよ。二階とはね。よく考えたもんだわ。たぶん、途中の吹き抜けの窓辺

ぐらいと見たわ。

——今夜ね。

——今夜。

二人はそういって、うなずき合った。私はその「奥の部屋」で進展しているらしい事態が良く飲み込めず、

——あのう……。いったい、何の話をしているのか教えていただけたら有り難いのですが。

——ああ、ごめん。

風野さんが慌てていい、優佳さんが、

——奥の部屋で、風野さん、粘菌、つまり変形菌を飼ってるんです。それ、菌類なんだけど、最近アメーバ状に動き回るんで、文句いってたんです。廊下歩かれると汚らしいから。

——失礼ね。それ、別にいつもというわけじゃないじゃない。ここ最近でしょう。何だか最近、妙に湿度が高くて、変な気候だからね。

——何でもいいけど、何だか吐瀉物《としゃぶつ》ばらまかれてるみたいで……。

風野さんは、優佳さんをじろりと一瞥《いちべつ》して、私に向かい、

——会う？

と訊《き》いた。思わず頷《うなず》いた。風野さんは満足そうに、

——いらっしゃい。

と、先に立って歩いて行った。廊下の木彫りの彫刻群が、優佳さんの手になるものだと分かって、急に生き生きしたものに見えてきたのは不思議だった。

——ケイコちゃん、って呼んでらしたのは……。

——ああ、その変形菌の名前。

優佳さんが、まったくねえ、という馴《な》れ合いの気分を漂わせて私に説明した。

——どうぞ。

といって、風野さんがドアを開けた部屋の中は、薄暗くて目が慣れるのに少し時間がかかった。部屋の真ん中に青いビニールシートが敷いてあり、それだけでも異様なのに、その上にホダギがまるで椎茸《しいたけ》栽培のように立てかけてあった。しかも、部屋中のあちこちに、黄色い塗料をぶちまけたような跡があった。事故のあとのような、「そういうことがかつて行われた」という、過去形で漂っている異常さではなく、何ともいえない現在進行形の異常、といったらいいだろうか。そこの空気には明らかに他と違う、濃厚な気配の集積があった。強いていえば、黴臭《かびくさ》く、粉っぽく、何かの分解が、

間断なくせっせと秘密裏に進んでいるような……。

——この黄色いのは……。

——ムシホコリ。優佳さんが文句をいっていたのは彼らのこと。これがタモツくん。あれがアヤノちゃん。ここまで大きくするのに、どれだけかかったと思っているのやら。タモツくんとアヤノちゃんは、ケイコちゃんから分かれたの。

私のもの問いたげな視線を感じたのか、

——たまたま、彼らが生まれる——というか分裂する、その直前までいっしょにいた同僚の名前。縁だからって、つけさせてもらった。

タモツくんとアヤノちゃんと呼ばれた、その、扇状の、黄色いクレヨンで子供が力任せに線を引いたような不思議な「生物」は、動いているようには見えなかった。

——……おとなしいものではありませんか。これが「生きている」のなら。

——失礼ね。未《いま》だかつてないほど活動的な時期に入っているのよ。まあ、一時間数センチしか移動できないから、そう見えても仕方ないけど。これでも彼らにとっては全速力で移動中なのよ。

風野さんは親ばかの見本のように目を細めた。

——何のための移動か。いよいよ子実体をつくる場所を探し当てたのよ。胞子をばらまくのに最もコストパフォーマンスの高いところ。賢いじゃないの。

――長いことその部屋にいると、腐りますよ。

優佳さんが後ろから声を掛けた。

――腐らないわよ――そんなに急には。

思わず身じろぎをした私に、風野さんは慌てていった。私は、鷹揚《おうよう》に頷き、

――ところで一体、どこで捕まえてきたんですか。

優佳さんもドアのこちら側に入ってきて、

――そうよ、それ聞いてなかった。どこで捕獲したの。

優佳さんが捕獲、というと、風野さんが逃げるムシホコリを投げ縄で狙《ねら》っている図が浮かんだ。風野さんはその言葉を訂正するように、

――採集。会社の中庭に、大きな栗《くり》の木があったんだけれど、それが春先、伐採されて、切り株の分泌物《ぶんぴつぶつ》が、そのときの天気の加減で、濃縮されて糖分が多くなったのね、面白い酵母菌が何株も増殖したの。私、樹液酵母の研究もしていたから、毎日観察してたんだけど、そのうち樹液の分泌も少なくなってくるし、酵母菌もその全盛時代を、糸状菌とかに譲り渡して……。

話が長くなりそうだったので、私は、

——つまり、その切り株の栄枯盛衰の年代記の中に、お気に入りの変形菌がいたってわけですか。

と念を押した。

——まあね。最初はほんのぽっちりだったのよ。変形菌って事もよくわからなかった。変わった胞子が付いたなあ、ぐらいで。

——育ててゆくうちに情が湧《わ》いたと。

——まあね。どこまで大きくなるものか……。

——限界に挑戦したくなったと。

——まあね。実際、信じられないぐらい大きくなったのよ。ケイコちゃん、一時直径八十センチは優にあったんじゃないかしら。

——それがタモツくんとアヤノちゃんに分かれたのは……。

——移動のたびに、戻そうとして千切れてしまったの。

風野さんが悲しそうにいった。

——近くにおいといたらすぐに合体を始めるんだけど、大きいままずるずる移動されるよりは——ナメクジみたいな跡が付くからね——そのままにしとこうかと。跡が掃除しやすいからね。優佳さんがうるさくさえなければ。

——飼うかな、ふつう。

優佳さんがため息をついた。

——大家さんに知れたら……。知られる前に、あの子達が子実体をつくって胞子を大放出したら、ただでさえこの朽ちかけた木造のアパートは、そのまま……。

——何とかするわよ、その前に。

風野さんはムキになった。腫《は》れ上がって本来表情は分からないはずなのに、分かりやすい反応なので、その腫れにまで感情が映ったかのようである。

——じゃあ、とりあえず、二階に向かってる、ケイコちゃん、何とかして下さい。彼女が一番早く、子実体つくりそうだから。

優佳さんは冷静にいい放つと、外に出て、階段の方とおぼしき方角を指さした。その勢いに押されるようにして、私たちは外へ出た。階段は途中で踊り場があり、そこからまた二階へ続いていた。踊り場の上の方に明かり採りの窓があった。曇り硝子《ガラス》なので、光はマイルドで、そこから階段下までを照らしている。踊り場と一階の中間地点ぐらいの腰板に、手のひら大ほどの黄色い変形菌がへばりついていた。

——ケイコちゃん。まあ。よくもまあ。こんなところまで。

風野さんは涙を流さんばかりだ。私は変な気分だ。風野さんは、もう子孫を残さない、ＤＮＡに支配されて生きるのは嫌だ、なんていうようなことをいっておきながら、微生物に対する偏愛はどう自分の中で収まりを付けているのだろう。結局異性に向かうはずのリビドーが、他の生命活動に向かっているだけではないのか。自分の属する種でなかったらいいのだろうか、それとも。

――早く何とかして下さい。

優佳さんはクールにいい続ける。

――分かってるわよ。まったく、人が怪我《けが》して養生中だっていうのに、情け容赦ないんだから。

風野さんはぶつぶついいながら、さっきの部屋からバケツと壁塗りに使いそうなこてを持ってきた。バケツの中にはおがくずらしきものが入っている。

――ごめんね。せっかくここまでやってきたのにね。

と、優しく変形菌をなだめつつ、バケツの中に掬《すく》い入れると、優佳さんに向かって、

――子実体つくるとこ、見たくないの？

と、非難がましくいった。

――見たいですよ、それは。けど、建物の存続の方が私には大事ですからね。それに私の彫刻群はほとんど木で出来てますからね。すごい危機感があるんです。

──ケイコちゃんたちは朽木に発生するバクテリアやカビなんかを食べてるわけであって、別に木材そのものをばりばり消化するわけではないわよ。

──でも、結局外で歩いてるのだって、あちこちで捕食しながら移動してるわけでしょ。そしたらいつ私の作品たちに目をつけるか分からないじゃないですか。

──いいじゃない、少しぐらい──表面をそっと、移動するだけよ。可能性としてあるのは。

──それがぞっとするんです。これって、ハラスメントの一種だと思います。

風野さんもさすがにそれ以上はいい返せず、

──分かった。じゃあ、悪いけど、久美さん、このケイコちゃん、公園に放してきてくれない？

──え？　私がですか？

私はたじろいだ。こんなもの、公園でぶちまけたら、それこそ不法ゴミ投棄の現行犯だ。そのことをいうと、

──うー。みんなみんな、薄情なんだから。

と、風野さんは肩を落とした。私と優佳さんは顔を見合わせた。

──暗くなったら一緒に行って上げます──ね？（とここで優佳さんは私の確認を

とり、私はうなずいた）放すのは風野さんがやって下さい。私たち、人が来ないか辺りを見ていますから。

――ああ、それはいいわ。

風野さんは嬉《うれ》しそうだった。自分の手で放したかったのだろう、やはり。

――二階にも人がいるんですか。

私はこのアパートに興味が湧いてきた。

――二階には三人。みんな学生。女性が一人。男性が二人。バイトとかで留守が多いし、みんな、あんまり清潔好きなわけではないから。

優佳さんが説明した。それで、私はずっと気になっていた廊下の彫塑《ちょうそ》のことを訊いた。

――卒業制作なの。一人の人間の一生のうちで、エポックメイキング的なこと――他人から見たら何でもないようなこと、でも死ぬ瞬間に走馬燈《そうまとう》のように現れるであろうことを、時間を凍結したような感じで表せないかな、って思って。まだまだ完成にはほど遠いんだけど。

――ああ、それで、なんか凄《すご》く気になる、物語的な気配があるんだ……。

私は納得し、私のそのコメントは優佳さんを喜ばせた。

――これは？　この真ん中の女の子、すごく真剣な顔をしているけど。

――これはね、小さい頃の遊び友だちなの。同じぐらいの年頃の女の子が、並んだ三軒に偶然住んでたの。ときどきけんかもあったけど、すごく仲が良かった。母親同士もね。で、あるとき、真ん中の家と右端の家との境に、子猫が迷い込んできたの。その境はね、子ども一人やっと通れるぐらいの、細い細い路地だったの。ほんとは三軒続きの長屋のようなものだったんだろうけど、それでも一軒家っていう涙ぐましい工夫が、その、人も通れないような路地になったのね。でも、子どもたちは何とかかんとか蟹《かに》歩きをして――ときどき綿のワンピースを擦《こす》って汚したりもしたけど――結構、その路地を気に入っていたの。その路地の地面に近い方に、家の床下の通気口があって――そこを通るときは、裸の足首がすうすうしたもんだったわ――子猫はそこから入り込んだらしいの。その通気口の奥から、みゃーみゃー鳴くから、子猫だと思ってたの。で、私たちミイコって名づけてかわいがってたの。でも不思議なことに、誰もミイコを見たものはいないの。ただ声だけが聞こえるのね。私たち、いつも通気口の所から煮干しを入れたり、おかかご飯を入れたりして……。ええ、食べてたと思うわ。なくなってたから。床下でしていた声。ある時ぱたって声がしなくなったの。私たちすごく心配して……。畳を上げて、床板を剝《は》がしてくれって、親に頼んだんだけど、そんなこと、大ごとだから親はうんっていうわけがない。私たち、毎日みたいに作戦会議して……。今思うと他愛《たわい》のないことなんだけど、それはそれは真剣だったのよ。何とか子猫をおびき出すために、通気口の入り口でサンマ焼こうかとか、外から床下まで穴掘ってみようかとか、こっそり一枚だけ畳を上げてそこから入ろうとか……。結局親が音を上げて、床下を見てくれたの。親も床下で獣が死んでるっていうのも気持ちが悪かったんでしょう。結果？　それが、何にもいなかったの。けど、あの夏の毎日、真剣な日々、忘れられない。何だったんだろう。あんなに夢中になったことなんて。命がかかってるっていうのが、ものすごく重大なことのようだったの。今となっては本当に子猫がいたかどうかもはっきりしないのよ。幻聴だったのかもしれない。

――他の彫塑にも、それぞれ物語があるんだ……。初めて聞いた。

風野さんは、しみじみとした声を出した。優佳さんは、

――だから、変形菌とはいえ、飼ってる生き物に夢中になる風野さんのこと、本当はちょっと分かる気がする。

――本当？　とてもそうは思えないけど。

そういいながら、風野さんは少し嬉しそうだった。

——でもさあ、繰り返すけど、風野さんの愛するペットには、いってみれば、この彫塑群、つまり私の人生を食いつぶされる恐怖があるわけよ、大げさにいえば。いくら「木」そのものは食べないなんていわれてもね。夕べ廊下這《は》い回ってるケイコちゃん見たときの、私の背筋の凍るような恐怖。

——分かった、分かった。

風野さんは憮然《ぶぜん》としていった。

——ちょっとショック。菌類ってのは、解体屋で、この世で最も他の生物へ脅威を与えない、一種の理想だと思ってたのに……。

風野さんは見るからに気落ちしていた。

——まさか木片に自分の人生を投影しているような、珍奇な生命体が同じ屋根の下に住んでいるとは……。

——悪かったわね。

つんと、顎《あご》を上に向けた優佳さんに、私は親しみというか、非常に好ましいものを感じていた。初めて会ったばかりなのに、優佳さんは、初めてという気がしなかった。年代的には私より一回りは若いはずだと思うのだが、ざっくばらんで分かりやすく、言葉を曖昧《あいまい》なものとしてでなく、きちんと記号として使いこなす、コミュニケーションのとりやすさがあった。私としてはとても珍しいことなのだけれど、優佳さんともっと話していたいと思った。

——久美さん、もしよかったら、暗くなるまで私の部屋にいない？　それとも何か用事がある？

——いいえ。

願ったりである。

——じゃあ、カレーでも良かったら食べない？　夕べから仕込んであるのが、食べ頃なの。

願ったりかなったりである。

——え、いいの？

すっかり、年上の威厳なんか捨てている。

——もちろん。嫌なことを勧めたりはしないわ。風野さん、どう？　ついでに。その顔じゃ外へ食べにも行けないでしょ。それとも刺激物は傷にまずいかな。

——いいとは思えないけど、優佳さんのカレーが食べられる、ってメリットの方が遥《はる》かに大きい。

風野さんは嬉しそうだった。気分の起伏が分かりやすい人だ。

優佳さんの部屋は、いかにもカレーの似合いそうなエスニックな布をふんだんに使ってある部屋だった。カレーもおいしかった。レモングラスを効かせた、タイ風の緑色のカレーだった。風野さんは思い出したのか、タイで分離酵母の同定をしたときの話を延々続けた。タイの発酵食品の工場というのは、微生物管理が不徹底で、けれどもその汚染菌の中にえもいわれぬ芳香を発するものがあって云々《うんぬん》というものだったが、私は専門が近いのでともかく、優佳さんがどれだけこの話に興味を示すのだろうと、内心気の毒に思った。が、優佳さんは慣れているのか、別段痛痒《つうよう》を感じないようだった。

私は、例のぬか床のことについて、優佳さんの前で話そうかどうか、実は食事の間中、ずっと迷っていたのだが、もともと今日風野さんに連絡を取ったのも、芥子粉《からし》のことについて話したい、という動機がもとだったので、少しずつ様子を見ながら、要点だけ、風野さんに伝わるような話し方で、切り出した。

――風野さん、例のぬか床なんだけれど、芥子粉を入れたんで、あの奇妙な発酵が止まった、っていいましたね、私。

――ああ。

風野さんは、急に慎重なしゃべり方になった。つまり、寡黙《かもく》になった、ということだが。

——やってはみたものの、なぜそうなったのか、やっぱりよく分からないんです。

——うーん。

風野さんはしばらく考えていたが、指で優佳さんをさりげなく指し、話してもいい？　という目つきをした。私は少し考え、それからゆっくりとうなずいた。それで、風野さんは、我が家のぬか床について、話し始めた。少し話が劇的になりすぎるところは私が横から訂正したが、優佳さんがどう思ってるのか——とんでもない妄想を持った人たちと話してるんじゃないか、とか、こんな危ない人たち部屋に入れて大丈夫だったのか、とか——はその表情からは窺《うかが》い知れなかった。風野さんが話し終わると、優佳さんは、大きなため息を一つついた。気持ちは分かる。そして、

——事実を確認しておきたいんですが、久美さんが認識している、ぬか床の不思議さ、はっきりしていることだけで光彦君の登場、を、現実に目撃しているのは、その、フリオさんだけなんですよね。

私はうなずく。優佳さんは続ける。

——そのフリオさんは、幼い頃を久美さんと同じマンションで過ごしている。つまり、そのぬか床と非常に近い場所で幼少期を過ごしている。風野さんは、光彦君を見

たわけではない。

――まあ、そうね。

風野さんは認めた。

――ああ、でも、フリオの両親は、ちゃんと認識したみたいですよ。光彦君のこと。

――なるほど。

優佳さんは考え込んだ。

――妄想、っていうことも確かに考えられるとは思うけど。

私は謙虚にいった。実際客観的に見てそう思うのが普通なのだから。風野さんはゆっくりと、

――妄想が起こる過程って、確かに異常発酵に似ているかも知れない。ぶつぶつぶつぶつ、泡が立ってくるのよ。そして何か、とんでもない像を結んでしまうの……。ヒトの精神活動って、普通考えられているより何らかの化学的物質ともっと密接な関わりがあるのかも知れない。例えば、フェロモン、とかは有名だけれど。フェロモンにもいろんな働きをするものがあるから、まだ知られていない、人間の意識の底に対する支配能みたいなものが強力に働くタイプ、とか。

――そう、何かによって、集団ヒステリー的な妄想状態がつくられている、という

可能性も確かに捨て切れませんよね。

と、優佳さんはいったが、本当はもっと積極的にそう思っているのだろうと察せられた。で、まあ、正直な話、秘《ひそ》かに私自身もその可能性が高い、と思っているわけだが、何しろ当人なので、生きている主体の人間としては、この現実を乗り切って行くのに精一杯、与えられた状況にせめて誠実に対処してゆくしかほかないのだ。だが立場が逆だったら、私も当然、優佳さんのような反応を示すだろう。

——何かによって……例えば、ヒトのある種の精神活動に寄生するような、そんな菌がね……。まあ、あったって、おかしくないわね……

風野さんは考え込んだ。それから、何かの結論に達したように、顔を上げ、

——でも、いわゆる常識とか、普通、っていう言葉は、もう使わないようにしましょうよ。

——使ってませんよ。

——使ってなくても、優佳さんの今とった分析的な態度は、とても男性的なの。何人か集まれば、誰かがそういう役割をとらなければならない。私がこんな人間だから、優佳さんもこの集まりの中では無意識に論理的であろう、現実的であろう、としているところがあるかもしれないわよ。

──それはそうかもしれない。けれど、久美さんたちのことを、決して高みから分析しようとしているわけではなくて、そういうことも起こりうることなのかも知れない、という可能性について考えていこうとしているんです。私の、自分の子猫の話だって、集団ヒステリーだった可能性もあると、思っているんです。

優佳さんは、少し恐いぐらいの真剣な顔をして、一句一句、ゆっくりと、考えながら話した。風野さんは頷《うなず》き、

──わかった。けれど私の方は、主体的に巻き込まれてゆく、そういう立場でこの件に関わっているし、いこうとしているの。だから……ええと、まず、その芥子粉のことね。今、ふっと思い出したのが、ほら、癌《がん》発生に大きく関わってる、癌遺伝子のこと。これがおかしくなると、細胞分裂が異常に加速して、ポリープを大きくしたりする。酵母にも同じような配列をもった遺伝子があって、やっぱり細胞の増殖に深く関わってる。この手の遺伝子にダメージが加わると酵母は増殖不能になってしまう。

──芥子粉の投入がそれと似た効果を生んだ、ってことでしょうか。もちろん、ぬか床のフローラには、酵母だけじゃなくて、いろんな微生物が関わっているわけだけれど……。

──酵母を一つ、例にとるとするならば、って考えて。で、ヒトの遺伝子と酵母の

遺伝子は多く互換性があるのよ。同じ真核生物だから、ってこともあるだろうけど。例えばだめになった酵母の「癌遺伝子」に、ヒトのそれを置き換えると、また正常な増殖を始めるの。面白いことに、最近の研究で、細胞性粘菌、これはケイコちゃんたち真正粘菌のように多核にならず、ほとんど単細胞アメーバの状態で増えるんだけど――水分が過剰になったりすると、有性生殖を始めるの。ここでも一応癌遺伝子とよく似た配列の遺伝子が、その有性生殖を支配する有力な遺伝子の一つとして働いているらしいの。

――遺伝子レベルまで来ましたか。

――遺伝子レベルまで来ないと、この人間の攻撃性だとか支配欲だとか、語れないわよ、もう。

風野さんは真顔で（表情がよく確認できないが、ほぼまちがいなく）そういった。

気づいたら、もう外はすっかり暗くなっていた。それで、私たちは慌《あわ》てて（ケイコちゃんが子実体をつくる前に）ポリバケツを手に、外へ出た。暗いから、スカーフはいらないのではないかと思ったが、都会の夜は結構明るく、風野さんはしっかりとスカーフを巻き直し、それはそれでスカーフをしないとき以上の不審な印象を辺りにまき散らしていた。確かにこのまま一人では外は出歩けまい。私と優佳さんは風野さんの前と横に付くような形で歩き始めた。ポリバケツは風野さんが手にした。

――どこの公園？

――そこの銭湯の裏手が、ちょっとした木立のある児童公園になってるの。

優佳さんが答えた。

――近いから、風野さんいつでも様子見に行けるわよ。

――あそこ？　狭すぎない？

風野さんは不本意そうだった。けれど、「いつでも様子を見に行ける」という言葉は魅力的に響いたようだ。渋々だけれどオーケーした。

今夜もそうだが、このところ、もわもわとした、不思議な湿度が続いている。単に高いというのではない、その質の問題なのだ。こういうの、気象学的には何というのだろう。ニュースも最近はあまり見ないのでよく分からない。

――何かぼうっとしちゃって、最近、空気がおかしいと思わない？

私がそういうと、

――そう？

と、優佳さんはあまり意に介さない。私だけが気になっているのだろうか。そういえば、何にでもすぐ文句をいう風野さんも、別段最近の天気がどうとか発言しているのを聞いたことはない。

児童公園はなるほど近かった。入ってすぐ、ブランコや砂場があり、犬を散歩させている中年の男性がいるほか、当たり前だがもう「児童」はいなかった。水銀灯が灯《とも》っていたが、それがかえって辺りの暗がりをいっそう暗くしていたようだった。私たちは大通りに近い側の、ひっきりなしに車のライトを浴びる一角に立っていたクスノキの根元にポリバケツをあけた。

――じゃあね、ケイコちゃん元気でやってゆくのよ。

もっと愁嘆場を迎えることになるのではないかと覚悟していたのだが、案外風野さんは淡々としていた。そのことをいうと、

――執着はしないのよ。所有欲はあまり持たないことにしているの。ケイコちゃんが幸せならそれでいいの。

知らない人が聞いたら、絶対男女の別れを想像するだろう。誰がこれを、変形菌を手放したときのコメントだと思おうか。

――ありがとう、ふたりとも。あとは文字通りケイコちゃんの忘れ形見、タモツくんとアヤノちゃんが子実体をつくるまで、よろしくね。

私には直接関係ないので、これは優佳さんに向けられた言葉だったのだろう。

——よろしくって、何をですか。つまり、夜中に廊下歩いても許してやってくれ、っていうんですか。

優佳さんは、おっと聞き捨てならない、というように問いただした。

——夜中には出歩かせないように気を付ける。ただ、何かの間違いで光を浴びてしまうとその気になるの。風通しが良くて乾いた、陽の当たる場所を求めて歩くの。

——その気になるって……。

——つまり、子実体をつくる気になるってこと。

——子実体をつくる気になって、廊下を……。

——だからそれは気を付けるって。子実体をつくる気にならないようにすればいいんだから。でも、それって不自然でしょ。

——あんなところで飼ってること自体がすでに十分不自然ですよ。ほら、ケイコちゃん、なんか生き生きしてるじゃないですか、外気に触れて。

実際、不思議だが、「ケイコちゃん」は嬉々《きき》として見えた。車のライトのせいかもしれないが、色つやがよく、活気があるように見えた。

——今にも躍りだしそう。

優佳さんは付け加え、風野さんは押し黙った。

――じゃあ、ケイコちゃんもここで何とかなりそうだし、帰りましょうか。

私は急《せ》かした。誰も異議は唱えず――たぶん風野さんだけは後ろ髪を引かれる思いだっただろうが――私はポリバケツを持ち、皆でその場を後にした。風野さんのアパートに一旦《いったん》一緒に行き、荷物をとって自宅へ帰るつもりだった。自宅のぬか床が気懸かりになってきたのだった。

ずっと黙っていた風野さんは、何をどう考えたのか、

――行きましょうよ、その島。

と、突然いった。

――え？

私は何の事やらさっぱり分からず、立ち止まって彼のスカーフに隠れた顔を見つめた。

――島。あなたの、ご先祖の。

――……ああ。

やっと分かった。

――何で、そういう展開になるのか分からないけれど……。

私は戸惑いながらいった。

――行くべきよ。

風野さんは急に強気になっていった。

――ちょっと待って下さいよ。それって、タモツくんやアヤノちゃんを不自然に飼い続けることへの負い目とどう関わってくるんですか。

風野さんはまたぐっと押し黙り、それから、

――アヤノちゃんやタモツくんも連れてゆく。

と、悲壮な声でいった。

――はあ?

――そこで私は野生酵母の採集をするの。

風野さんはきっぱりといった。

――そしてそこはアヤノちゃんとタモツくんの新天地になる。

――風野さん、なんかやけくそになってません?

優佳さんが恐る恐る訊《き》いた。この成り行きに、少し責任を感じているようだった。

――ちょっと考えさせて下さい。

私は慎重にいった。いつか行かなくてはならないと感じてはいた。一人で行く自信

は、実はあまりなかった。かといって、他人を巻き添えにするつもりもなかった。風野さんが一緒に行ってくれるというのなら、それは有り難いことだった。けれど、肝心の私自身の気持ちがまだ、定まっていないのだ。

——早い方がいい。

風野さんはきっぱりといった。タモツくんやアヤノちゃんのことを考えているのだろう。

そのとき突然、強い風が街路樹の枝を揺らし、通り沿いの看板を鳴らしながら吹き抜け、私は思わず目を閉じた。最近、澱《よど》んだような空気の毎日が続いていたので、なんだかとても新鮮だった。目を開け、そのことをいおうと口を開きかけたら、

——島って、まだ誰かご親戚《しんせき》が残ってるんですか。

優佳さんが訝《いぶか》しげに訊いてきたので、

——それが、よく分からないの。いるような話も聞いたんだけれど、連絡は全く途絶えているし……。

と、また元の会話に戻った。

——じゃあ、とりあえず、連絡を取ってみて。

風野さんは強硬な姿勢だった。

――そんなこと、急にいわれても……。

――久美さんらしくもない。この件に関してはもっとてきぱきと動いてもよかったんじゃない？　ぬか床を持っていって、返してくればいいじゃない。そしたら、あなたの人生だって、呪縛《じゆばく》から解放されてもっと楽になるでしょう。

それがそんなに簡単に行かないのだ……。

私はため息をつき、そして私たちはアパートについた。

私は荷物をとり、優佳さんにカレーの礼をいい、また近いうちに見舞いに来るから、と風野さんにいい置いて、アパートを離れた。

風野さんの、昔話とも信仰告白とも生きる指針表明ともつかない長広舌が、まだ耳の底に残っている。

別の道。彼はそういった。別の道がきっとあるはず、と。別の道って何だろう。

帰る道すがらそのことばかり考えていた。太古の昔から遺伝子に好き勝手させて、それでジャングルの中に獣道が出来るように、男性として、女性として生きるいくつかのパターンが、出来上がってきたのだろう。それに文化的土壌的な背景のニュアンスがあって、民族の特徴が現れもしてきたのだろう。

別の道。別の道って……。

カッサンドラの騒ぎで、ぬか床に大量の芥子粉《からし》を入れるはめになり、それが結果的にはぬか床の異常発酵を止めることになったものの、ぬか床自体はすっかり荒れてしまった。何というか、生きている感じがしない。静かなのだ。乳酸菌も酵母菌も、酪酸菌も、動いている気配がない。それでも、どこかに何かが微《かす》かに息づいている、という妙な確信のようなものがあって、それで律儀《りちぎ》に毎日まだ掻《か》き回している。

こういうことが、つまり、遺伝子に支配されている行動の象徴のようなものなのだろうか。これが従来の「道」の一つなのだろうか。けれど、そもそも、遺伝子に支配されているってことが、個人の自己発現をどれほど妨げているというのか。個、人、なんてことが、そもそも存在しているのか……。遺伝子にとってみれば、乗り物である、個、人、が自分を主張し始めたというのは、全くの計算外だっただろう……それとも、それも……？

そういうことを延々考えながら、マンションに帰り着いた。管理人さんの所から、小さい女の子と、その母親らしき妊娠中の女性が出てきて、こちらに軽く会釈《えしやく》し、何か近くに入り用のものを買いに行く、という風情《ふぜい》で出ていった。私はそれをちらりと見ながらエレベーターに乗った。

カッサンドラが具体的に一体「誰」であったのか。

あれからすでに数日が経《た》って、私の中では少しずつ、何か見えてきたような気がする。その核心においてカッサンドラには限りなく母を彷彿《ほうふつ》とさせる何かがあったが、「私の」母ではなかった。親族の「女連中」の底辺を蠢《うごめ》いている何か、決して表に出ることの無かった、けれどその存在は、暗黙の了解のように皆が知っていた「誰か」。それを「現実」の誰かと一瞬でも符合させようとしたのが私の浅はかな所だった。おそらく「光彦」もそうなのだろう。彼は限りなく光彦らしい所のある、「光彦」なのだ。私とフリオとの間で共有される、輝かしい少年、「光彦」として現れてきたのだ。

私はため息をついて、叔母の部屋の段ボールを片づけに入った。一応はカッサンドラの部屋になっていたので、入るのがためらわれたのだが、このマンションを引き継いだのだから、これぐらいの仕事は義務の範疇《はんちゅう》というべきだろう。

実をいうと、ナメクジの痕《あと》のようなものがそこかしこに現れるのを怖《おそ》れていたのだが、一見、そんなものは見あたらなかった。ただ、前の方においていた段ボールが幾つか開けられており、それがあの低俗な「目」の仕業だということは察せられた。この部屋を引き継いだとき、段ボールに中身を詰めたのは私だったが、それをいちいち点検したりはしなかった。そういう暇も興味もなかったからだ。ましてや叔母の手帳やノートなどは痛々しい気がして確かめる気にもならなかった。

いくつかの段ボールのふたをもう一度閉じながら、私はふと、そういえばこうやって詰めていった段ボールの最初の方の箱に、ずいぶんとたくさんのノートがあったことを思い出した。そう、確か年代順に。私は日記の類《たぐい》だと思って、そっと棺《ひつぎ》に土をかけるような気持ちで箱に入れたのだった……。

あ、と、私は小さく声を出した。私の頭の中で、何かが白い閃光《せんこう》を発したような瞬間だった。そう、あれが日記だとしたら。あれこそまさしく私が今、必要としているものではないか。

心臓の音が早く、大きくなる。

5　時子叔母の日記

○月○日
今日は春分の日だった。そして佳子《けいこ》姉さんの婚約者、啓治《けいじ》さんが初めてうちに来た日。

啓治さんのおみやげが、このノート。私と、加世子姉さんに三冊ずつ。何に使うという当てのない、何も書いてないノート。何を書いてもいいのだ。嬉《うれ》しくて、何を書こう、と散々迷ったが、結局、日記にすることにした。ちょうど、四月からは高校生だ。これを機会にできるだけ日記を書くことにしようと思う。できるだけ、と書いたのは、最初から毎日書くことにすると、すぐに三日坊主《ぼうず》になってしまうような気がするからだ。毎日書かねばならない、と思うと、一日書かなかっただけですぐに億劫《おっくう》になってしまうが、できるだけ、としておくと、二三日書き忘れても、すぐにそこから書き始められるから。

長さも、決めない。長く書いても一行でもよし。その点、こういうノートは便利だ。最初から日記帳と決まっているものだと、毎日同じ量書かなくてはいけないように配分されている。あれは不便だ。啓治さんもいいものをくださった。そのうち、啓治兄さん、と呼ばなくてはならないのだろうか。だが、私は実は啓治さんのことがよく分からない。私が分からなくても、佳子姉さんが分かっていれば、それでよいわけだけれど。啓治さんは鏡原の遠縁の人だ。おじいさんたちの時代に、やはり島から出てきたのだそうだ。それなら、あの壺《つぼ》とも何とかやっていけるのかもしれない。もちろん、そのこともあって彼が佳子姉さんの婚約者になったのだろうけれど。あの壺、今日も一日中、何かぶつぶついっていた。母も姉さんたちも気にとめないけれど、私はちょっと気になる。加世子姉さんは、「泡が沸いてくるのよ、冬眠から醒《さ》めて」と見向きもしない。よくそんなことがいえる。お父さんがどこへ帰っていったのか知っているくせに。

ああ、いけないいけない。最初からこんな調子では。

○月○日

今日は中学校の卒業式だった。もうこれでほとんどの友人とはお別れ。涙なみだのお別れ。だが私は、保護者席に来ていたお母さんの隣にいた人が気になってしようがなかった。まるで他人のように振る舞っていたけれど、たぶん、あの人は「沼の人」。何で「沼の人」なんか連れてくるんだろう。私の卒業式なのに。家に帰ると、母は帰っていたが「沼の人」はいなかった。母に問いただしても、そんな人は知らない、という。

欺瞞《ぎまん》だ。

それは確かに、冬の間は「沼の人」は出てこない。本当ならあんなにはっきり出るのは春過ぎてからだろう。だからこそ、珍しくて確かめたかったのに。そこにあって、目の前に見えているものを、まるでないかのように振る舞う。母はどこかおかしいのではないか。もっとフランクに、友人のように何でも話し合えたらどんなにいいだろう。けれどまあ、私には佳子姉さんがいる。佳子姉さんとは何でも話し合える。卒業式に来ていた「沼の人」は、実は朝には台所にいたのだそうだ。そして朝食の準備を手伝っていたとか。私はすっかり卒業式のことに気をとられて、ろくろく朝食も食べずにいたので気がつかなかった。たぶん、昨日今日出てきたばかりの人じゃないわ、あれは。あなたにゆかりの人じゃないの、気づかなかった？　ううん——それにしても「沼の人」とはいえ、家の中に家族と違う人間がいるのに気づかないなんて。そういうと、佳子姉さんは、だから家族には違いないのよ、その時々で違った姿をするだけなのよ、という。姉さん、それはちょっとおかしいよ、というと、でもそうなんだから、しようがないでしょう、と笑う。よく笑えるものだ。私は普通の生活がしたい。そういったら、よそはよそ、うちはうち、これがうちの普通、と軽くあしらわれた。

○月○日

春だというのに今日はとても寒い日だった。風も強かったし。

今は中学生でもない、厳密には高校生でもない、不思議な時間だ。お母さんや姉さん達は買い物に出かけて留守。佳子姉さんはこの春大学を卒業して、近くの小学校に新任教師として赴任することが決まっている。それでスーツとか、靴とか、それらしい物を買いに行ったのだ。それで今日は独りで留守番。

縁側で日向《ひなた》ぼっこして、硝子戸《ガラスど》の外、風がくるくる舞っているのを見ていた。そしたら後ろの方で、咳《せ》き込む音が聞こえた。それからあくびをする音。それで私も何となく眠くなって、座布団《ざぶとん》の上に横になって寝た。

起きたら夕方で、毛布が被《かぶ》せてあった。外は少し暗くなりかけていた。柱時計が五時を打った。ぼんやりしてたら、玄関の方で声がして、姉さんたちが帰ってきた。私は大急ぎで迎えに出た。デパートから、出来上がったので取りに来るように報《しら》せが来ていた、私の新しい制服も、ちゃんと取ってきてくれていた。合格の報せがあってしばらくしてから採寸をして注文していたのだ。

お総菜をいろいろ買ってきたわ。今日はそれで夕飯にしましょう。歩き回って疲れちゃった。と、お母さんと姉さんたちが声を揃《そろ》える。私にも新しい靴下だとかハンカチだとかおみやげに買ってきてくれた。それでみんなの前で着て見せて、似合うといわれた。でも、少し大きすぎ、と思う。

○月○日

ユキといっしょに町へ出かけた。ユキも同じ高校に行くことになっているので、参考書とか揃えに行ったのだ。それからユキの家によって、新しい制服の、スカーフの結び方をいろいろ試した。出来上がりは全く同じなのに、結び方の様々あることといったら。ユキはどうせ同じなら一番簡単なのがいいっていうけど、結び方が違うってことは、見えないところの構造が違うってことで、結果的には同じとしても、折り畳まれてゆく空気の手順が違うってことで、私はもう少し込み入った結び方にすることにした。変なの、ってユキはいうけれど、こういうの、個性の差なんだからしようがない。

○月○日

今日は佳子姉さんの初出勤の日。出勤、っていうんだろうか、学校の教師も。生徒はまだ春休みで出て来ないけれど、教師はいろいろと準備があるんだそうだ。折角の日なのに、数日前からちょっと気味の悪い「沼の人」が家にいて、にやにやしながら私たちの動きを見ている。まだ時期が早いから、男か女かも分からない、薄ぼんやりとした、影のようなものが動いてゆくだけだけれど、にやにやしている気配だけは分かるのだから、不思議。こういう日、何か大事なイベントのある日っていうのは必ず余計なものが出てくる。

○月○日

今日は私の高校の入学式だった。何度も練習したのですっかり皺皺《しわしわ》になったスカーフにアイロンをかけ、丁寧に結んでいったのだけれど、加世子姉さんは、どうせ最初のときだけよ、と笑った。すぐにスカーフの皺なんか気にならなくなるのだそうだ。

今日は朝早く目が覚めてしまって、下に降りていったらおかあさんがご飯の仕度をしているところだった。私に気づくと、おはよう、早いのね、と笑った。入学式は十時からだけれど、ユキたちと待ち合わせているから。じゃあ、おかあさんは後で直接保護者席の方へ行ってるからね。うん――あの――私はちょっと躊躇《ためら》ってから――また連れてくるの、あの人。あの人って。卒業式のとき来てた人。おかあさんの手が止まった。それから私の目を真っ直《ます》ぐ見て、時ちゃん、おかあさん、誤魔化しているわけじゃないの。でも、本当に気づかなかったのよ。私は黙っていた。でも、このときはふと、おかあさんのいってることは本当かも知れないって、初めて思った。

○月○日

高校生活は、まずまず順調な滑り出し。友だちの名前もだいぶ覚えつつある。ユキとは違うクラスだったけれど、これが結構、教科書を忘れたときとか貸し借りできるので、かえって良かったかも。

朝、バス停でバスを待っているとき、おかあさんが走ってきて、忘れてたお弁当を持ってきてくれた。そこで同じようにバスを待っていた人たちの手前、恥ずかしくて、有り難うもいわずに受け取ったけれど、あのときのおかあさんの必死な顔、間に合ったって分かったときの嬉しそうな顔、バスに乗っているときも何度も思い出された。何か、つっけんどんにして悪かったかなあ、と思う。この埋め合わせに、もっと優しくしなくっちゃと思う。思うんだけれど、毎日のこと、例えば、そこに明らかにあるぼんやりした人影を、いないっていい張る所なんかはやっぱり許せない。小さいときからそうなんだもの。それって、すごく子どもを不安定にする。少なくとも、私みたいなタイプの子どもを。加世子姉さんみたいなタイプはともかく。もしも佳子姉さんがいなければ、私は気が狂っていたかも。

佳子姉さんが結婚してこの家を出ていったらつらい。

○月○日
今日で学校行事としての身体測定、健康診断、一応終わった。やれやれ。こういうのって、いかにも、まだ本当の学校生活は始まっていないんですよう、まだまだ助走期間なんですようって感じで、落ち着かない。

新しい友だちが出来た。木原さん。浮ついたところがなくて、穏やかな人。

○月○日
加世子姉さんの様子がおかしい。いやいや、本当は加世子姉さんがおかしいのではなく、何かもやもやした「沼の人」が加世子姉さんの部屋にいて、加世子姉さんが出かけようとするたびにその足にくっついて、外へ出かけられなくしているんだけれど、加世子姉さんもおかあさんと同じで、「もやもや」タイプの「沼の人」のことはこの世にいないものとして見る（または、見ない）人なので、これがいけない、ということがいえない。加世子姉さんもおかあさんも簡単に「沼の人」たちの影響を受けるんだから。それはきちんと見ないせいだと私は思う。

それで、加世子姉さんは女子大をもう一週間も休んでいる。最初の頃は何か調子がおかしいわ、とか首を捻《ひね》って、それでもすぐに復活するようなことをいっていたんだけれど。最近は一日中部屋に籠《こ》もって、レコードを聴いたり、本を読んだり（加世子姉さんが！）している。思うにあれは、あの「沼の人」の好みなのだ。

おかあさんは、ちょっと心配し始めたけれど、この家の内部から全体に、滲《にじ》みだしているもやもやしたものにはまるで無頓着《むとんちやく》だ。

○月○日

殆《ほとん》ど一ヶ月近くも日記が空いてしまった。大変だったのだ。加世子姉さんの様子がどんどんおかしくなってしまって。一歩も外へ出られなくなってしまった。一日中部屋の中に閉じこもって、居間にすら出てこようとしないので、三度の食事も部屋の前まで運ぶ始末。私も佳子姉さんも本当の原因が分かっているのだが、それをいうと加世子姉さんが目を吊《つ》り上げて怒るので、何もいえなかった。

とにかくなんとかしなくちゃねえ、という佳子姉さんの名案で、というか、これはものすごい直感だと思う、放っておいたぬか床の壺を開き、冬場覆《おお》っていた塩蓋《ぶた》を取り去り、ものすごい勢いで掻《か》き回し、炒《い》りぬかを足したりしてぬか床を再生させた。おかあさんのいないときの出来事だ。すごいねえ、佳子姉さん、何時《いつ》の間にそんなこと覚えたの、見よう見まね？　って訊《き》いたら、あら、これ毎年やってるの私なのよ、って応《こた》えた。ええっ、と驚く私に、更にびっくりするようなことを。私が小さい頃、おばあちゃんから教わったのよ。あんたのおかあさんは当てにならないからって。でも、おかあさんだって、やってるよ。おかあさんは、毎日毎日のことはやり続けることが出来る人だけれど、しばらく間をおくとだめなのよ。寒くなり始め、そろそろぬか床を寝かそう、っていう時期に塩蓋をしてしまうまではやるんだけれど、再開することは忘れてる。おばあちゃんが死んでから、毎年春にぬか床を開いてきたのは私なの。でも、今年の春は私も就職したりなんかして忙しかったのと、開かずにすむものかどうか、やってみよう、という期待のような気持ちがあったのね――でも、こういうことになるってことよ。そういって、佳子姉さんは加世子姉さんの部屋の方を見た。ずいぶん気の毒なこととした。

私は何ともいえなかった。実験みたいなことになって、確かに加世子姉さんには気の毒した、わかっててやったんなら、佳子姉さんもひどいと思うが、きっと、このままぬか床から解放されるなら、って気持ちもあったのだろう。それがよく分かるだけに何ともいえないのだ。

○月○日

あれから嘘《うそ》のように、加世子姉さんはまた通学を始め、我が家の食卓にはぬか漬けが出るようになった。お弁当にもぬか漬け。別にそれだけがおかずじゃないけれど、そして決して不味《まず》くもないんだけれど……何というか、「沼の人」と同じ。空気よりは重く、無視するには目障《めざわ》りで、ないと落ち着かなくなる。

それぞれの家にはそれぞれの事情があるからね、と、おかあさんは当たり前のようにいうけれど、これがどういう「事情」であるのか、おかあさんは決して話そうとしない。本人も私に説明できるようには知らないんだろう。分かろうとしなかったのだ。知りたくもなかったし、分かろうともしないから、ないも同然なのだ。そしておとうさんがいなくなったのだって、自然現象の一つのように思っているのだろう。ほんっと、信じらんない。

○月○日

今日は久しぶりで楽しい日曜日。

啓治さんが私たちをドライブに連れていってくれたのだ。姉さん達は朝からおにぎりとかサンドイッチとか作って張り切っていた。私もお手伝い。野菜を洗ったりハムを出したり。果物やお菓子も詰めて。それで海岸までドライブに行って、砂浜をずっと歩いて、貝を掘ったりヤドカリを探したり。それから松の木の下でお弁当を食べたんだけれど、知らない間におかあさんがちゃんとぬか漬けをタッパーに入れて持ってきていたのにはびっくりした。みんなで一瞬顔を見合わせて――だって、みんな台所にいたのにおかあさんのこの早業に気づいた人はいなかったのだ――それから大笑いした。だって、やっぱり、これがないとねえ、とおかあさんは弁解したけれど、それがいかにも間が抜けて聞こえて、私たちはまた笑った。涙が出るほど笑った。本当はそんなに笑うほどのことでもなかったのに。なんだか開放的な海の風を受けて、私たちはいろんなこと、笑い飛ばしたくなったのかもしれない。啓治さんはただにこにこして見ていた。うん、いいぞ、啓治兄さんって呼んでも。って思った。

これは時子叔母十六歳の時の日々。啓治兄さんというのは私の父。佳子姉さんは私の母。ここまで読んで、私は胸がいっぱいになり、ノートを膝《ひざ》に置いて両手で顔を覆った。泣いていたのではない。涙は出なかった。ただ、何ともいえない家庭というものへの懐《なつ》かしさ。ぬか床という奇妙で決定的な病巣《びょうそう》のようなものを抱えながらも、家庭という器はこのように、何とか機能して行くのだ。まるで大きなウロの出来た木が、かろうじて水を吸い上げ細々と若葉を芽吹かせてゆくように。

私にはすでに記憶にない家庭というもの。懐かしいなどと、思えるような思い出すらないのに、それでも胸を締め上げるようなこの思いはどこから来るのか。この中に登場する人間はもう誰独りこの世にいない（おっと、加世子叔母がいたか。あ、木原さんも）。

時子叔母の高校生活は、当時の女学生らしい、異性や同性の友人に対する憧《あこが》れと反発と、部活動の人間関係やら教師達に対する批判やらが続く、要するに、「十五、六の頃」の世界だった。家庭に関する叙述の中で時々はいる「あのひとたち」のことを除けば。

ノートは更に十数冊あった。とても一度に読み切れそうもなかった。喉《のど》が渇いたので、何か飲もうと台所に立った。冷蔵庫を開けて、清涼飲料水のボトルを取り上げたとき、電話が鳴った。

——もしもし。

——もしもし、あ、久美さん？

風野さんだった。声は前とほとんど同じくらいクリアーだった。思い切りしゃべったのが、かえってよかったのだろうか。

——風野さん？

——そう。今日はどうもありがとう。

——いいえ。私も優佳さんに会えて楽しかったし。

——面白い子でしょ。どこか久美さんと似たところがあるって、前から思ってたの。分かる気がする。

——それはそうと、あなた、例のぬか床、試料にとって検鏡した？

——……ええ。

それはさすがにずいぶん前にやっていた。

——で？

――酵母菌、乳酸菌、その他、ぬか床内の環境フローラとしては大体予想できるものでした。

――何かとんでもない微生物がこちらに向かってあっかんべーしたとか……。

――……というようなことはなかったのです。

――冗談よ。

――分かってます。

風野さんはそこで笑うか、面白い人ね、ぐらいいってくれても良かったと思うのだが、彼はすぐに話を移した。

――で、「島」へ行く話なんだけど。本気で考えてるの、私。

――ちょっとそれ、考えさせて下さい。ええと、私の方は、時子叔母さんの日記を発見して……。

――ええ、すごい。

声が一オクターヴぐらい高くなった。

――いつ頃の？

――彼女が高校に入った頃から、かなりの分量。まだ全部チェックしたわけじゃないんですけど。読みます？

——……うーん。

風野さんはしばらく口ごもった。そして、

——やっぱり、日記でしょ。遠慮しとく。あなたはほら、私とは立場が違うから、読んだって構わないと思うのよ、でも、私は、ねえ……。

風野さんの躊躇《ためら》いも分からないではなかった。私ですら、実はぼんやりとした後ろめたさがある。

——とにかく、あなたが目を通して、何か分かったことがあったら教えてくれる？それから旅行のことも考えておいて。

——そうします。

電話を切ったあと、私は「島」へ渡る、ことについて改めて考えた。いつかはそういう日が来るだろうとは思っていたが、まだ準備が出来ていない、と、焦《あせ》る気持ちの方が強い。それに会社も休まないといけない。有給休暇はほとんど手つかずで残してあったが、思い切るのに力が要る。

私はテーブルに戻り、出しっぱなしにしてあったペットボトルを取って、コップに注いだ。それから、ちらりとぬか床のしまってある場所に目を遣《や》った。カッサンドラが最後に出てから、その手の変化はない。やはりあの「呪《のろ》い」のような予言は効いたのだろうか。

実はカッサンドラが消えてしまってから、新しい野菜を漬けていない。ただ、かき混ぜるだけだ。漬ける野菜も入れずに、ただ存在だけが継続してゆくぬか床、というのは不健全な気がする。どこかが確実に痩《や》せて貧しくなってゆくような。

たぶんそのせいなのだろう、最近、夜中に時々、荒野においた破れた障子に風が通るような、大きくないけれど奇妙にものさびしい音がする。最初は夢うつつで、それがどうも毎晩繰り返していているらしいことに気づいたのは、実は昨夜だ。ぬか床からだと思った。そのくらいのことはあるだろう、とも思った。次にうつらうつらして、途中でゾッとした。その音と共鳴するように、自分の喉の奥から、奇妙に乾いた音が出ているのだった。驚いて止めようと思うのだが、喉奥の変な痒《かゆ》さのようなものが、いつまでもいつまでも繰り言のようにその音を出し続けた。老化に向かっているのかも知れない。

それで、今日は野菜を買いに行かなければならない、と、漠然と朝から思っていた。

電話が鳴った。

――はい。

一人暮らしだから取ってすぐには名乗らない。掛けてくる方もそれは心得ていて、大体がすぐにこちらの名前を確認する。だが、そのときの電話はそうではなかった。

——……。

応答がないので、いたずらかと思い、すぐに切ろうとしたが、すんでのところで受話器を止め、もう一度耳に当てた。

——……「光彦」？

なぜだか分からない。直感的に「光彦」だと思ったのだった。

——……くみちゃん。

受話器の向こうから、「光彦」の心細そうな声が聞こえた。

——「光彦」？　どうしたの？　何かあったの？

私はつとめてゆっくりと、脅《おび》えさせないように訊いた。

——……くみちゃん、フリオが困っているんだ。

——フリオが？　「光彦」、今、どこにいるの？

——……競馬場。

絶句した。それから深呼吸して、

——あんた、学校、行ってるの？

——ああ、うん……ううん。

はっきりしない。

——そこにフリオはいるの？

——フリオは今、トイレ。すぐ出てくると思うけど。フリオと話をしてくれる？

——出てきたら、替わって。それより、競馬場だなんて。いつもそんなところ、うろうろしているの？

——ううん、違うんだ。今日はたまたま。馬が走ってるところ、みたいなあ、っていったから、フリオが連れてきてくれたんだ。

少し安心する。競馬場は確か、フリオたちのマンションから電車で小一時間かけてゆく町にあるはず。

——あ、フリオが出てきた。じゃあ、替わるね。

——もしもし、久美ちゃん？　僕、フリオだけど。

私は小さく深呼吸した。

——「光彦」は学校へ行ってるの？

——そのことなんだけど、相談したいことがあって……。出てこれる？

——……どこまで？　そこ、競馬場なんでしょ？

——うん、まあ。今から出れば、三時にはそっちに着くよ。光彦は僕の母と買い物へ行くことになってるから、途中で別れるけど。

なんだ、「光彦」は来ないのか。少しがっかりする。

——あなたのお母さんともうまく行ってるのね。

——うん、父の病院も一緒に行ってくれるんだ。荷物持ってくれたりして。あんたの小さい頃よりよっぽどしっかりしてるっていわれたけど、そりゃ、出来が違うもんなあ。

誇らしげにいうところが情けない。

——じゃあ、駅ビルの七階にある喫茶店に行くから。

ついでにその階に入っている本屋で、「島」辺りのガイドブックを探そうと咄嗟《とつさ》に考えたのだ。そして帰りに野菜を買う。

——わかった。じゃあ、三時に。

祝日で、町は普段とは違う、やや緊張感を欠いた空気を漂わせていた。駅ビルの本屋には、期待したガイドブックはなかった。あの辺り、観光地とは見なされていないのかも知れない。そう思うと、それがごく当たり前の常識のように思え、なんで最初からそんなことが分からなかったのだろうと、馬鹿馬鹿《ばかばか》しくなった。

時間ぴったりに、喫茶店に入ると、窓際《ぎわ》の席にフリオが座っていた。私を見ると嬉《うれ》しそうに手を挙げた。アイロンのかかっていない綿シャツを着ていて、前見たときより、確実に、何というか、緊張感がなかった。それはこの町の祝日のムードとよく合っていた。

私は向かい側に座り、やってきたウェートレスにアイスコーヒーを注文した。

――で、どうしたの、相談したいことって。

なぜこう、詰問《きつもん》調になるんだろう。我ながら不思議だ。けれどフリオは、そうそう、といった感じの、共犯的ムードで、

――市役所に、光彦の就学について相談に行ったら、いろいろ根ほり葉ほり訊《き》かれてさ。

そりゃそうだろう。突然この世に子供が一人現れたんだから。

――何て答えたの。

――僕だって、そりゃ、いろいろ考えたんだよ。で、こういう設定にしたんだ。『数ヶ月前、知らない男から電話がかかってきた。彼がいうには、事情があっておまえの子供をずっと預かっていた、自分はもう船で国に帰るから、子どもを引き取って

くれ。子どもは○○港の乗客待合室にいる、会ったらわかる、そっくりだから、といわれた。まるで身に覚えのないことだったけれど、まさか、と思われることもないでもなかったので、半信半疑で慌《あわ》てて港へ向かった。子どもは確かにそっくりだった。けれど、自分にではなくて、自分の無二の親友にそっくりだった、しかしその親友は小学生の時に亡《な》くなっているはず。わけが分からなかったが、そこに放っておくわけにもいかず、顔を見ていると懐《なつ》かしく、情も湧《わ》いたので、できたら養子縁組をして、この子を育てたいのだが』……どう？

――すごい……脚本家になれるよ。

私はため息をついた。こういうところは如才ない。適当に本当のところを入れているから、そこが妙にリアリティを醸《かも》し出すのだろう。辻褄《つじつま》合わせのような仕事をして、その果てに身に付いた能力なのだろう。そう思うと哀れでもあった。

――ぼくと血縁関係がないことは、調べたらすぐ分かることだからね……。

褒められてフリオは少し得意そうだった。

――で？

――警察が、全国の行方不明者リストとかと照合するのに随分時間がかかって、けどもちろん該当者はなくて、結局光彦を連れて児童相談所なんてとこにいくことになってね、そこで係員が、光彦に小さかったときのこと、特に両親に関することを訊くんだ。

まあ、当然の成り行きだろう。が、ということは、「光彦」が、ぬか床と全く関係のない第三者にも、「見える」ということか。

――で？

――光彦は、僕が期待する程度の曖昧《あいまい》さと正確さで答えた。『うーん、よく分かりません、覚えてません、あちこちいろんな所へ行きました。お父さんと二人でした。お父さんは何をしていたのかは分かりません。学校は行ったことありません、でも、字はお父さんが教えてくれました、お父さんは船に乗って行ってしまって、僕にはその待合室で待っていろ、フリオという人が来るから、その人について行け、といわれました。それで、待っていたんです。そしたら、フリオがやってきたんです。僕はフリオが好きです。フリオは僕にとてもよくしてくれます。フリオと住めたら嬉しいです』。

――完璧《かんぺき》じゃない。

私は唸《うな》るようにいった。

――だろ？　で、次に、家裁の調査官、っていうのが来てさ。なんでそういうのが来るのか分からなかったけれど……。聞けば、僕が養子をとるってことは、つまり、僕と別居中の妻との間の子どもになるわけで、だから双方の合意がないといけないのだが、というんだ。

至極もっともである。

――で、さ。いいにくいんだけどね……。

嫌な予感がした。私は即座に態勢を整えて、フリオの次の言葉を待った。

――久美ちゃん、奥さんにいってくれないかなあ。久美ちゃんのいうことだったら、少なくとも考えてくれると思うんだ。僕がいっても、問答無用で席を立たれるか、じゃあ、離婚して好きなようにしたら、といわれるに決まってる。

思った通りだ。

――ちょっと待ってよ、あなた方のことに、何で私が仲介に入らないといけないのよ。私にそんな義務はありません。それに私がしゃしゃり出たとして、何で赤の他人の私がこんなことに首を突っ込むのか、普通は怪しむでしょう。そうしたら、「光彦」は私が産んだ子で、しかもあなたとの間の「不義密通」の子、でないかと思われるのが落ちよ。

フリオは目を丸くした。

——すごい、久美ちゃん、ドラマ書けるよ。その、「不義密通」って時代がかった言葉がさらっと出てくるところが、いかにも久美ちゃんだなあ。それも脚本家には向いているかも。

どっちが。それから急に声をトーンアップして、

——そうだ、久美ちゃんが養子にすればいいんだ。

思わず、馬鹿なことを、と、叫びそうになって、え、ちょっと待てよ、と何かが私を引っぱった。「光彦」を養子にする。まるで考えていなかったその言葉で、脳のどこかが覚醒《かくせい》してゆく。

——結婚だってしていないのに……。

最初の勢いとは違う、低い声音で呟《つぶや》いた。我ながら迫力がない。それから、急にあることが閃《ひらめ》いた。

——もしかして、競馬場から「光彦」が電話してきたの、あなたがさせた？

——「させた」んじゃないよ、お願いしたんだよ。ちょっとトイレ行ってくるから、その間に久美ちゃんに電話しといてくれないかなって。

——……「光彦のいうことなら、久美ちゃんは聞くだろうから」って？

——うん、まあ、そういうこともいったかなあ。

呆《あき》れた。今度という今度は、完全に呆れた。私は何だか、体中の力が抜けて、椅子《いす》にもたれた。何という依存体質だろう。何でこんな男になってしまったのか。幼なじみの私がいけなかったのか。何ということだ。

——ああ、そうだ、やっぱり光彦は久美ちゃんの所へはいけないよ。ぬか床があるもの。怖がってるからね。でも、戸籍だけそうしといてくれたら、住むところは別に……。いや、やっぱり学校でいじめられるかな。訳の分からない繋《つな》がりの男と住んでるってのは。最近の学校って何がいじめの対象になるのか分からないからな。

フリオは真剣に考えているようだった。私はもう、怒る気力もなく、力なくコップに手を伸ばし、水を飲んだ。窓の外は暗くなっている。夕立が近いらしい。そう思っていたら、あっという間にポツポツと、硝子《ガラス》に水滴が付き始めた。下では人々の動きが早くなった。傘の花があちこちで咲く。みんな、用意がいいんだな。行き当たりばったりの人生なんて、普通の人の辿《たど》るコースじゃないんだろうな。でも、私だってきちんと計画を立てて、やってきたつもりだった。ただ、不測の事態、というものが次から次へと起きるのだ……。

——やっぱり、「島」へ行くべきなのかな……。

思わず呟いた言葉は、とても小さく発したつもりだったのに、フリオは、

――え？　今、何ていった？

と、普段に似合わず驚くほど耳ざとかった。

――「島」。私の先祖の故郷。

ああ、と、フリオは、瞬《まばた》きせずに少し目を中心に寄らせた。こういう顔をしているときは、彼が何か思い出しているときである。昔と同じだ、と、感慨深くその表情に見入った。

――そこって、遠いんだろう。何で今頃。

――知人が野生酵母採集家でね、そこへ行くから一緒に行かないかっていってるの。

――男の人？

フリオは視線を逸《そ》らしていった。

――うーん、それが難しい。

私は正直に答えた。フリオは怪訝《けげん》そうに、

――難しいって……何、それ、じゃあ、オカマとかニューハーフとか、ああいう類《たぐい》なの？

――うーん、それも違う。だって、今、あなたが上げた名称は、全《すべ》て男性と生まれて女性になりたい人々の、もしくは女性の姿形を目指している人たちのものでしょう。

彼は、別に女性になりたいわけじゃないのよ。

フリオは小さな声で、なんだ、それ、と呟いたが、

——確かに難しいね。

——そう。毅然《きぜん》としているとか、実行力がある、というのが男性の属性であるとするなら——私はそうは思わないけどね、念のため——彼はあなたなんかよりよっぽど男らしい。

これはいわなくても良いことだった。フリオは傍から見てもすぐにわかるほどショックを受けた。

——自信なくすなあ。

それから、私の、「あったのか、自信」、という表情を読みとったのか、

——ますます。

と付け加えた。こんなところが、いじらしいといえばいじらしい。

——男とか、女とか、何だろうね。小さい頃から、そういう意味ではずっと久美ちゃんの方が男らしかったよね。決断力に溢《あふ》れて正義感が強くて。久美ちゃん、男に生まれたかったと思ったことある?

いきなりでたじろいだ。

——ないよ。——だけど、不思議ね。よく、男に生まれたかったって女の子がいうのを聞くけど、私はそんなこと考えたこともなかった。でも、女で良かったとも思わなかった。私は私で、人間。それから、たまたま、性は女性。物心ついたときからその条件だったからね。選べるとなったらまた別なのかも知れないけれど。

——ふーん。久美ちゃんらしいなあ。

——どこが。

——迷いがないとこ。

思わずため息が出た。迷いがない、か。迷わなかったわけじゃない。ただあんたが私の迷いを読みとれなかっただけだ。だけど、そんなことはもういい。問題は「光彦」だ。私がそのことを口にしようとした、そのとき、

——僕も行こうかなあ、「島」。

——え。

——僕も行こうかなあ、っていったのさ。

——行こうかなあ、って。

口ではそういいながら、困ったことになった、これは、非常に困ったことになった、と、頭の中で呟き続けた。

――僕さ、僕も養子なんだ。

――え？

――もしかしたら、今思えば、光彦みたいな生まれ方をしたのかも知れない。どうも久美ちゃんとこ経由で、もしくは久美ちゃんのとこから、貰《もら》われたらしいんだ。

フリオは、出生の秘密を、いとも淡々と、ヨーグルトセーキを飲みながら話した。

私は、あっと思った。

――それ、知ったの、いつ？

――大学生の頃。そう、久美ちゃんの御両親の葬式のあと、しばらくして、かな。

やっぱり。私を振った(!)頃だ。何ということだ。今、この一瞬で、この十数年の呪縛《じゅばく》ががらがらと音を立てて（比喩《ひゆ》である。呪縛がこういう音を立てるかどうかは実際知らない）崩れて去った。けれど、私はそれに気づかぬ振りをした。

――だから、久美ちゃんとこの郷里って、人ごとじゃないんだよね。

――……。

私は決してあんたに恋い焦《こ》がれた覚えはない。しかし、仮にも一時期付き合っていたのだ。あの無神経な振り方は、その後の私の恋愛に響くほどのひどいトラウマを残した。

——どうやって知ったの？

——久美ちゃんのご両親が亡くなったとき。うちの両親が、僕に、最後の別れをしてこいとか、何とかいい出して、変だと思ってたら、そういうことだったんだ。フリオと私は同じ歳《とし》だ。ふた子？　まさか。そうするとやはりぬか床から、というのが一番ありそうか。

——僕の両親のところには元々「フリオ」がいたんだ……。それが家庭内事故で……。

——亡くなったのね。

——そのすぐ前、マンションの向かいに久美ちゃんとこが引っ越してきたんだ。

——ああ。

——あるとき、久美ちゃんとこのドアから、死んだはずの「フリオ」が出てきた。

——ああ。

——精神的に衰弱していた母は、その子を抱いて放さなかった。久美ちゃんとこの両親も、その子はフリオだといった。父は感謝した。半信半疑のまま、フリオは生き返ったとした。死亡届もまだ出していなかったし。

そんなものか。人間は、それでは人間は、コピーでも十分間に合うのか。

コピー、と考えて、私は慄然《りつぜん》とした。

――あなたのご両親は、ぬか床のことは？

――知らないと思う。彼らは、久美ちゃんとこの郷里は、国に忘れられたような隠里で、いろんな人が出入りしている、というぐらいの感覚なんじゃないかな。僕のことは、もしかしたら、久美ちゃんのふた子の……可能性もあると思っていたらしいけれど。

絶句する。

――だから、久美ちゃんとこにはずっと感謝してたよ。

それでは、オリジナルはどうなるのだ。死んでしまったオリジナルの尊厳は。しかしフリオの前で、オリジナル、という言葉を出すのは憚《はばか》られた。

――あなたは、どうなのよ、自分がどこの誰、ということをはっきりさせたいとは思わないの。

フリオに向かうときの癖で、つい語気が荒くなった。昔はこうでもなかった、と思う。

――……さあ。

フリオはぼんやりとした顔をした。「万一、久美ちゃんと血縁関係だということが分かったらどうするんだ、それがはっきりするのが恐かったんだ」とか、感情を爆発させて怒鳴れば、おお、そうかそうであったか、とこちらも納得し、この変な関係の修復の見込みも出てくるものを。しみじみ間の抜けた男だ。けれどまあ、計算高くはない、ということか。いい方に取れば。それにしても、分からない。じゃあ、フリオは元祖フリオいや、本家フリオ、これも変だ、フリオ・オリジナル、長いからオリジナルとしよう、オリジナルのコピーかも知れない、と自分のことを思っていたわけか？　自分が誰かのコピーだと考えるなんて。恐ろしくてフリオにその心境を聞くことは出来そうもなかった。しかし、あまりのフリオの不甲斐《ふがい》なさに打ちのめされていた私は、つい攻撃的になって——そうか、私がフリオに攻撃的になるのは、私の問題というよりも、フリオの問題なのか。いや、少なくとも、私とフリオという組み合わせが二人の型を決めるのか。ということは、フリオの側もそうなのだろうか。あの奥さんとの間では、ここまで情けなくはないのかも知れない。

——じゃあ、あんたはその、自分が本物じゃないって——自分でいって私は秘《ひそ》かにぞっとした——思ってたわけ？

——……本物。

フリオは呟いた。さすがに胸が一瞬痛んだ。「光彦」相手にはとても出来ない質問だ。可哀想《かわいそう》で。

——本物、ねえ。本物じゃないって事は、偽物《にせもの》、か。まあ、そうだねえ。自分だったらそんなとこかな、って、妙に納得するとこがあったねえ。

これもまた、フリオの口から語られると、妙に納得する述懐だった。

——どういう気分なの、それって。

私は意地悪く追及した。フリオは、うーん、としばらく考えていたが、

——訊《き》くけどさ、久美ちゃん、自分って、しっかり、これが自分って、確信できる？　普通の人ってそうなの？

思わぬ質問にたじろいだ。ここから先の展開では、思えばフリオ相手に私は初めて劣勢になったのだった。

——そりゃ、好きな物とか、嫌いな物、出来ること出来ないこと……で、人はそれぞれ個性化されているんだから……。

——それ、誰かのコピーじゃないって、断言できるほど、確かなもの？

うーん、と考え込んでしまった。私には取り立ててこれといえるほどの才能はないが、今まで他人を見て、自分によく似ている、と思ったことはない。ということは、それほどありふれた性格ではないのではないか。ああ、そうだ、もちろん、

——DNAってものがあるでしょうが。鑑定すればすぐ分かるでしょう。その人と同じかどうかって。

——それって、もしオリジナルがいればの話でしょう。うん、それだったら簡単なんだ。そうじゃなくて、その前に、純粋に自分がオリジナルなのか、何かの、誰かのコピーなのか、感じとれるものなのか、ってことさ。

——相対的にではなく、ってことか。

私は考え込んだ。自分が辿れる自分としての記憶。それを思い出そうとして愕然《がくぜん》とする。実はそれが危うくなっていたのだった。父と母の記憶。小さい頃からの記憶。赤ん坊の頃の記憶がないのは仕方がないとして、私は極端に父母の記憶が薄れているのに気づいていたのだった。しかしそれは、もともとあった記憶だっただろうか。

すっかり黙り込んだ私に、

——ね？　考えればわけ分かんなくなる。で、とりあえず、至急しなければならない仕事とかに取りかかっているうちに、こんにちまで来たわけなんだ。

フリオが心持ち得意げに語るのを聞きながら、これ以上に「至急しなければならない仕事」なんかがあるのか、といい返したくなる。

——コンニチマデキタワケナンダ。

私はため息混じりに繰り返した。

そういう私の呆《あき》れた気分には、全く頓着《とんちゃく》せず、フリオは、

――光彦はどうしよう。

――え?

――「島」さ。光彦も連れていこうかどうしようか。

じゃあ、すっかり行くつもりなのか。私はまだ、あなたも連れて行くとはいってないのよ。大体、

――ちょっと待って。私はまだ決めていないんだからね。

私自身、行くかどうかまだ決めていないんだからね。

――ふーん。そうなのか。じゃあ、決まったら教えてくれる?

渋々とわかった、と応《こた》え、で、結局「光彦」の養子問題はどうするのか、と訊くと、

――もう最終手段だけどさ、僕の両親の戸籍に入れて、僕と兄弟ということにしてしまう、ということも考えてるんだ。

――ああ、それが結局一番いいかもね。

私は納得した。

――でも、ご両親は何ていってるの。

――まだ話していない。

本当に話すつもりがあるのかどうかも分からなかった。私は、ちょっとため息をつき、じゃあ、そろそろ帰る、といって立ち上がった。

そのビルの一階は一部がいわゆる高級食材の店になっている。フリオと別れた後、私はそこへ寄った。珍しい香辛料とかを探しているときは覗《のぞ》くこともあるが、普段使いの野菜を買ったことはほとんどない。野菜を買う店は、近くの小さな八百屋に決めていた。しかしそれが最近閉まっている。どこの家も何かの事情を抱えて調子のいいときもあれば悪いときもある、ということか。

野菜は、漬かるのに時間がかかりそうな、ころころと太った丸茄子《まるなす》を選んだ。これに竹串《たけぐし》で穴を開けて、と手順まで頭の中に浮かぶ。

こういうのがつまり、ぬか床に支配されつつある生活、ということなのだろうか。

帰宅してから、ざっと丸茄子を洗い、下ごしらえをして、ぬか床につけ込む。また、時子叔母の日記を読む。ここからは大学に入っている。婚約していた彼女の姉、つまり私の母は結婚し、どうやら私が生まれるらしい。前年に彼女の母親、つまり私の祖母が死んでいる。その間の記録はまったくない。ショックだったんだろうか。

○月○日

佳子姉さんが来た。お腹《なか》もさすがに目立ってきた。なんだか不思議な感じ。正直にいうと、赤ちゃんを待ち望む気持ちと、子どもっぽいとは思うんだけれど、いつまでもこの家族だけでずっといきたいと思う気持ちがある。けれど、母も亡《な》くなり、加世子姉さんも遠くに就職が決まり、私一人でこの家に残っていることもそうそうできない。学費の捻出《ねんしゅつ》も考えないといけない。それで、この家を売るため、不動産屋と話し合いに彼女は来たのだ。私一人では心許《こころもと》ないのだろう。それにまあ、三人が相続しているわけなので。

——あんたが大学終えて就職するまでのことは、十分まかなえるだけ、あんたには渡すつもりよ。

と、佳子姉さんはいってくれている。有り難いと思う。

母が亡くなり、佳子姉さんは結婚と同時にぬか床も持って行った。結婚式の日、やはり父は現れなかった。それでも、佳子姉さんの所には新しい命が誕生するだろう。

新しい命。

新しい命って、一体何なのだろう。命が新しくなることに、一体、意味なんてあるのかしら。だって命は命でしょう。別に新しくしなくたって、古いままでずっと継承していけばいいのに。新しくしようなんてするから、悲しい別れがあり、面倒な繰り返しがある。古いままでずっといけば、同じ過《あやま》ちはいつかは繰り返さなくなるだろうし、年追うごとに少しは賢くなってゆくだろうものを。

○月○日

佳子姉さんが今日帰って行った。昨夜、ぬか床の話を聞いた。やはり、「沼の人たち」が現れ始めたのだそうだ。それに、今までのあぶくみたいな「人たち」ではなくて、何だか「卵」が出来そうな気配だという。それ何、って訊いたら、もっともっと実体化の進んだ、「沼の人たち」になるのだそうだ。昔は数十年かに一個、できるかできないか、というものだったらしい。なぜそんなことになったのかしら、私たちの結婚が、すごくうまくいっているか、いっていないか、そういうことなのかしら、と、佳子姉さんは憂《うれ》わしげにいった。そのぬか床の変な活性化が、自分の妊娠と関係があるのでは、とも。

勤めている小学校は、そろそろ産休をとるのだそうだ。母さんが生きてたら、きっと、この家に帰って出産したに違いないのに。

○月○日

映画を観《み》てきた。他愛《たわい》もない、恋愛映画だ。普段なら馬鹿馬鹿《ばかばか》しくて観ないのだけど、せっかく山上さんが誘ってくれたので、行ったのだ。何だか妙な感じ。私は山上さんから、嫌われたくないのだろう。自分の意見をはっきりいうよりは、山上さんに、かわいい女性と思われたいのだろう。

山上さんとは、大学のサークルのみんなと、登山で行った山小屋で出会った。翌日登るコースがいっしょで、私は随分助けてもらった。もう両親も亡くなり、姉たちもいなくて、一人で気を張って毎日生活していたのが、山上さんと一緒にいると、本当にほっとする。一人じゃないんだなあって、誰かが私を見守ってくれるんだなあって感じがする。

○月○日

びっくり。この間の映画、実は山上さんも本当はあまり好きじゃなかったようだ。山上さんは、たぶん、女の子の好きそうな、というので選んでくれたようだ。もっと、早くいってくれたらいいのに。何でそれが分かったかというと、この間一緒に歩いていたとき、あの映画の女の子が被《かぶ》っていたのと同じ白い帽子を被っている人がいて、話題があの映画のことになり、山上さんが、ふと、あの安易な展開の安易な小道具、というような発言をしたのだ。それから、おっと、というように黙って、恐る恐る、でも、女の子はあんなのが好きなんだよね、と、私に念を押した。私はすっかり気分が楽になって、思いきり、ううん、って叫ぶようにしていった。それから二人で大笑いした。お互いを知り合う、って、なんて手間のかかることなのかしら。

ここまで読んで、初めて人の日記を盗み読みしているというはっきりした後ろめたさが出てきた。なんというか、一昔前の恋愛。山上さん、という人のことについて、私は聞いたことがない。私の知っている限り、時子叔母は結婚したこともないし、長期的に付き合っていたという人もいなかったと思うから、この恋愛はすぐに終わるだろう。叔母のためには胸が痛いが、私なら、男のために嫌な映画に行くなんてことは普通しないだろう。相手にその映画がよほど大切かどうか、その切実さ加減によっては行ってもいいけど。誘われたからただ行くなんて、人生のロスだ。時子叔母がそんな女学生だったなんて、ちょっと眩暈《めまい》がする。

この行動はつまり、相手のために自分を合わせるってこと？　でも、それでもし、結婚まで（それが望む目的だとして）こぎ着けたとしても、そんなものが長続きするわけがない、と思うのだが。そういう冷静な判断を、すべてなげうってしまうほど、恋愛衝動というのは激しいのだろうか。私には未《いま》だかつてそういうことが自分の身の上に起こったことがないので見当が付かない。

けれど、これが人間という生物に生まれて、一通り経る経験のひとつなのなら、若くして死んだ時子叔母にもそういう青春があったわけで、身内としてはほっとする部分もある。生物として問題があるのは、私の方なのかも知れない。

○月○日

ついに佳子姉さんの赤ん坊が生まれた。女の子だ。とてもかわいい。この間まで、新しい命に意味があるのかなんて、考えたことが自分でも嘘《うそ》のよう。とにかくかわいい。認めるのも恥ずかしいことなのだけど、佳子姉さんを赤ちゃんに取られるような気がしていたのかも知れない。でも、赤ちゃんの顔を見たら、そんな浅はかな嫉妬《しっと》は吹き飛んでしまった。この子の未来が明るいものでありますように。健やかに優しく育ち、幸せな結婚をし、かわいい子供を沢山産み、幸福の中で一生を終えますように。

○月○日

佳子姉さんの赤ん坊に名前が付いた、久美ちゃんという。久美ちゃん。かわいらしい名前だ。

生命って本当に不思議。昨日まで何もなかったところに、今はもうこんな立派な存在があるんだもの。けれど、佳子姉さんから気になることを聞いた。佳子姉さんたちのアパートに、出没し始めた「沼の人」が、上に覆《おお》い被さるように久美ちゃんを見つめていた、ということ。ぞっとした。佳子姉さんもぞっとして、「沼の人」には気づかない振りをして、久美ちゃんを抱き上げたのだそうだ。あんな無垢《むく》な、全《すべ》てゼロからスタートするような子だのに、やっぱりぬか床が付いて回ることになるのだろうか。

あの子にまでそんな苦労はさせられない。あの子にまで、自分の家を呪《のろ》うような思いはさせたくない。私はあの子が無垢のまま大きくなるために、出来るだけのことをしよう。

知らず知らずのうちに、私は涙を流していた。

考えてみれば小さい頃、時子叔母さんにはずいぶんかわいがってもらった。私の両親が死に、時子叔母さんがぬか床を引き取った頃から疎遠《そえん》になったのだけれど、こうやって考えてみればあれは、私とぬか床を出来るだけ遠ざけておこうと、叔母が故意にやったことなのだろう。叔母はぬか床から私を守ろうとしてくれたのだ。

父母の記憶も薄れ行く中で、叔母の私に対する愛情の証《あかし》とでもいうべきこの文章は、私を救った、といっていいほどの感動を与えた。おまけに、叔母は死んだ後まで私に拠《よ》り所《どころ》、つまりこのマンションを与えてくれたのだ。けれど、このことは叔母さんには不本意なことだったに違いない。結果的に叔母さんがこれほど怖《おそ》れていた、私とぬか床との接点を、まさに自らの死で私に与えることになったのだから。何という不条理なのだろう。けれど、……時子叔母さん。私もそういつまでも無垢で無力な赤ん坊ではない。このぬか床に対峙《たいじ》できるだけの何かを養いつつあると、自分でも感じている。

○月○日

今日はずいぶん長い間山上さんとお話しした。山上さんの何でもまるで断罪するかのように、きっぱりといい切るところはとても男らしいし、私はそういうところが大好きなのだが、ときどき、そうしたら、世の中には彼より偉い人なんかいなくなっちゃうんじゃないかとも思う。でもきっと、こういう「自分の考え」をもつ、ということ自体が男らしさの証明ということなのだろう。私の父は男らしくなかった。父のことを、いつか山上さんにも話さないといけない。山上さんは父のことを軽蔑《けいべつ》なさるかもしれない。「沼の人」といっしょに、家を出てしまった父。必要なこと以外はほとんど話すこともなかった。

山上さんは、最近世界的に無気力という言葉が流行《はや》っているけれども、自分はこれを単純に社会が裕福になったことと結びつけて考えるのはおかしいと思う、といっていた。

問題は、ナルシシズムなのだ、と、山上さんはいう。世の中には、種全体の生命力を削（そ）ぐような力が、いっぱいあるけれども、その中でも一番危険なのは、ナルシシズムなのだという。これは、はっきりとしない形で、今、凄《すご》い勢いで世界中に広まっている現象で、結局、これがために人は、きちんとした恋愛もできずに終わってしまうのだと。あるいは、恋愛をしているつもりでも、結局、相手の中に映る自分の像を見て楽しんでいるか、価値の高いといわれる条件の相手を得た自分にうっとりするか。興味のあるのは自分のことだけで、本当に相手と一体化したい、一つの命を作り上げるほど、身も心も相手にコミットしたい、相手と生きたいというような感情は、要するに、ナルシストにとっては自殺願望と等しいもので、ナルシストにとっての恋愛なんていうものは、自己愛のバリエーションに過ぎないのだ、ということ。ナルシストにとって大事なのは自分の価値観、自分の世界。ナルシストの蔓延《まんえん》は、人類のためにならない。よって淘汰《とうた》されるべき。でも、君にはそんなところがない。僕が君のことを好きなのも、そういう、自分のことを二の次にしてでも、僕のことを考えてくれるところなんだ。いや、他者のことを、だな。君ならきっと、僕の家族も気に入ってくれるだろう……。

ふん、正体を現したな、と私は思った。結局ナルシスト、いやエゴイストなのはこの男じゃないか。山上。

おお、いやだいやだ、時子叔母さんったら、しっかりしてよ。

○月○日

山上さんは、私のことを愛しているといってくれた。私はその言葉だけを信じて生きていきたい。そしたらどんなに楽だろう。けれど、私にはまだ、山上さんにいっていないことがある。

そう、ぬか床のことだ。

もしそのことを知ったら、山上さんはどう思うだろう。普通とは違う人間だ、って忌《い》み嫌うだろうか。軽蔑したりもするだろうか。――軽蔑？　けれどぬか床はそんなに引け目を感じるべき事なんだろうか。別に悪いことをしているわけではない。ただ、先祖代々、営々とそれに仕えてきた、ということが、何か、後ろめたいような何かをかき立てる。仕えてきた、なんていったら、加世子姉さんあたりは、目を丸くするだろうけど。あの人は、心情的に、まったくぬか床から離れていられる人だ。信じられないくらい。うーん、仕えている、っていうのはやっぱり違う。何というか、生活を支配されているというか。片時も忘れさせない、というか。

今は佳子姉さんのところにあるけれど、佳子姉さんだけにその負担を負わせるのはあまりにも可哀想《かわいそう》。そう、あのかわいい久美ちゃんのことを考えても。いざとなったら私もなんとかするつもり。でも、そのとき、山上さんに何て話せばいいのだろう。

ああ、だめだ、やっぱりいえない。先祖代々、ってところが、いかにも怖ろしい感じがする。呪いとほとんど同じじゃないか。


島へ行こう、と決意し、日記を置いた。

会社に届けを出して、そう、一週間もあれば。もし私に何かあったときは、このマンションその他は「光彦」にいくように、遺書も書いておこう。ということはきっと、フリオのためにもなるのだろう。

ああ、そういうことはもう考えまい。ただこういうことが一体、何であるのか、そのことを見極めたいのだ。何に起因して、どういう経過を辿《たど》って、どんな結果を生みつつあるのか。私にはそれをする権利と義務が、あるのではないか。

私は立ち上がり、風野さんに電話した。

——もしもし。

——あ、久美さん？

——そうです。よくすぐ分かりましたね。実は例の、島へ行く件なんですけど。

——ああ、いよいよその気になったの？

——まあ、そういうとこです。今月末の一週間、休暇取って行こうかと思います。

——わかった。じゃあ、私もその頃に出張が出来るかどうか、調べてみる。ところで、どうして急に積極的になったの？

——別に……。いつかは行くことになるだろう、とは思っていたんです。時間の問題だったんです。

——時子叔母さんの日記、読んだせいでしょう。

図星だ。私が黙っていると、

——まあ、きっかけはなんでもいい。ぬか床のことは、決着を付けなければならない、ね？

——……ええ。そうなんです。

——もう全部読んだの？

——いえ、まだ。

——よし。がんばりましょう。日記のことは、追々聞かせて。

——ええ。ところで、風野さん、怪我《けが》の方はどうですか。

——順調。昨日から会社も出てるし。

——よかった。優佳さんは？

——相変わらず。そうね、タモツくんたちにも少し、けんけんしなくなったかな。

——タモツくんたち、出歩いているんですか。

——そういう年頃なのよ。許される範囲で自由にさせてあげたいじゃない。

——許されていないんじゃないですか、そこの住民には。

ややあって、風野さんの声が、受話器の向こう側、少し遠くから聞こえた。

——……ああ、もう少し、もう少しの辛抱。私の予感では、あなたの島は変形菌にとって最高の環境のはず。

受話器の向こうで、風野さんが天を仰ぐ様子が目に見えるようだった。

——人の故郷を、魔境のようにいわないで下さい。

私は少しむっとしていった。と同時に、むっとした自分に驚いていた。

——変形菌にとっての最高の環境が、どうして魔境になるわけよ。適度な湿気と朽ちてゆく樹木がいっぱいの原生林。生命にとってもいい環境に決まってるじゃない。——風野さんの「生命」って、酵母菌とかの微生物のことなんでしょう。もしかして風野さんは、微生物からやり直したい、リセットしたい、と思ってるんじゃないですか？

——……。

今度は風野さんが押し黙った。双方痛み分け、という感じで、それからそそくさと電話は終わった。

○月○日

今日、佳子姉さんがやってきた。ぬか床が、いよいよ変なのだという。あの佳子姉さんがこういうのは相当のことだ。佳子姉さんは最近、新しいマンションに引っ越したのだが、そこには久美ちゃんと同じくらいの年頃の男の子がいた。そのご両親もいい感じの方々で、佳子姉さんは、いい遊び友だちがいた、と喜んでいたのだが、あろうことか、その男の子が亡《な》くなってしまったのだ。「そりゃ、人ごとではなくて、すごく悲しかったの。けれど、その直後、今までになくはっきりとした『沼の人』が、出てきたの。それもまあ、その男の子にそっくりの。困ったというより、呆気《あっけ》にとられて、ぼうっとしているうちに、久美はその子のことを、亡くなった男の子と思っていっしょに遊び出して、すぐ連れだって外へ出てしまったの。そこへその亡くなった子のご両親と鉢合わせして……。もちろん、ご両親は卒倒しそうになって……」そりゃあ、もう大変、というように、佳子姉さんはため息をついた。私は相槌《あいづち》を打つこともできなくて、固唾《かたず》を呑《の》んで次の言葉を待った。「その子の名前を、半信半疑のように呼ぶものだから、私もつい、そうです、って答えたの。で、彼ら、逃げるようにその子を抱えて自分たちの部屋へ入っていってしまった。こんなことは初めて」。こんなことが続くようだったら、どうしよう、と、佳子姉さんはひとしきり嘆いて帰っていった。私は山上さんのこと、相談し損ねて、ぼんやりしてしまった。

不安だ。これからどうなるのだろう。誰に相談したらいいのだろう。下手に誰かに相談したら、私たちがまるで珍奇な動物のようにさらし者になってしまうのではないかという怖れもある。啓治さんは、なるようになるしかしようがないじゃないか、といっているそうだ。啓治さんはいい。ぬか床のことも分かっているから。佳子姉さんもいい伴侶《はんりょ》を得たものだ。

私は？　……だめだ。どう考えても。

これはどう考えても、今生きている「フリオ」誕生のことだろう。フリオのいっていたこととほとんど重なる。フリオのいっていたことは――自分の出生について――的はずれではなかったのだ。時子叔母さんの記述によると、私が最初にフリオをフリオと認識したということになる。ということは、彼の出生について、私も全く無関係ではないということか。

○月○日

山上さんからプロポーズされた。人生をいっしょに生きていきたい、来春、私が大学を卒業したら、就職は止《や》めて結婚式を挙げよう、と。即答できなかった。彼はすぐに私がオーケーすると思っていたようで、気分を害したような、気まずい沈黙があった。

それは私は山上さんに惹《ひ》かれている。けれど、そのことと、山上さんが何でも受け入れてくれる人かどうかということとは別問題だ。

山上さんにこのことを話して、たとえ山上さんが受け入れてくれたとしても、それは山上さんに私の背負うべき運命の重荷を押しつけることになる。私はそういう負担を彼にかけたくない。……けれど、結婚する、ということは、つまり、そういうことなのだ。運命共同体。もちろん、彼にこのことをいわずに、結婚してしまう方法もあるだろう。それで押し通せるかどうかは別にしても。最初からそんな大きな秘密が夫婦の間にあって、それで結婚生活がうまく行くと思えない。それに、そんなだまし討ちのようなことをして結婚したくない。それは不誠実だと思う。

時子、冷静によく考えること。これはおまえだけのことではなくて、もしかしたら一族の運命もかかっているかも知れないこと。私はあのかわいい久美ちゃんを、人から後ろ指さされたりするような目に遭わせたくない。

けれど、もし、山上さんが……私の何もかもを、受け入れて下さったら……。いや、それを望むのは……。とにかく、むずかしいだろう。

○月○日

心が重くて、しばらく日記すら書く気がしなかった。何もやる気にならない。原因は分かっているけれど。どうにもならない。

数日前、山上さんと会っていたときのこと。山上さんが、以前、彼が付き合って、結婚まで考えた女性の話をした。そのことがショックだったのではない。ショックだったのは、彼に彼女と別れる決意をさせた、あることだった。彼はこういったのだ。

「彼女には、精神病で入院している身内がいたんだ。そのことが、ふとしたことで分かった。なぜ、そのことを隠していたんだ、って訊《き》いた。そしたら彼女は、そのことがそんなに大きなことだと思わなかった、って応《こた》えた。信じられなかったね。あの病気は遺伝を疑われている。血縁者にその病気を持った人間がいるということは、彼女と結婚した場合、僕の子孫もその病気を持つ可能性が出てくるということなんだ」

私は黙っていた。けれど、私にはその彼女の気持ちがよく分かった。そして、山上さんのいうことも、常識として確かに一理ある、と私は納得せざるを得ない……。


何てやつだ、何てやつだ、時子叔母さん、もう、いい加減に目を覚ましたら？　それとも恋愛っていうのは、人を冷静に評価する目を曇らせてしまうものなのだろうか。

私は立ち上がって、水を飲みに行った。そして少し落ち着いて考える。

私は全面的に時子叔母さんの味方なので、今、こんな風に憤慨しているのだが、その山上という男のいい分は、もしかしたら、かえって恋愛感情に自分を乗っ取られていない、冷静で「大人の」「常識的な」ものなのかもしれない。自分の遺伝子が、問題のある遺伝子（！）とシャッフリングされるのはいやだ、というのは、いかにも遺伝子第一主義者の、考えそうなことではないか。そして無意識のうちに、ほとんどの人間は、この、「遺伝子第一主義」のために、個、人、を犠牲にしているのかも知れない。同じ遺伝子を持つ一族、という、群れ単位で生きることに、個、人、が好き勝手に恋愛することなんかより、遥《はる》かに重きをおいているような人々。でもそれは、山上のプロポーズを受けて、嬉《うれ》しい反面、一族の（そして「かわいい（！）」私の）ことを考えて、冷静に考えなくちゃ、と自戒する時子叔母と、違うのだろうか。違う。明らかに違う、と思う。

時子叔母は、群れというより、他者の幸せをおもんばかっているのだ。それに比べて山上は、自分イコール遺伝子、なのだ。

○月○日

やっぱりお断りしなければならない。ぬか床のことを話して、山上さんに受け入れられるとは到底思えない。山上さんは、私の全《すべ》てが好きで、私と結婚したいのではない。私が山上さんのことが好きだから、そして山上さんのことを尊敬しているから、山上さんのためになることだったら何でもして上げたいと思っているような人間だから、山上さんは私と結婚する気になったのだ。考えれば考えるほど、それがはっきりしてきた。けれど、頭で分かっていても、山上さんの前に出ると、ついずるずると、おとなしくていい子の自分になってしまって、このことがいえない。山上さんといると、自分の居場所があるような、安心した気持ちになれる。

けれど。こういうのは、私の弱さだ。次に会ったときには、結婚できない、って、ちゃんというつもり。

なかなか本腰を入れて就職活動にも入れなかったけれど、真剣に会社を考えてみよう。とにかく、自分の力で食べてゆくことが先決。高望みはするまい。

○月○日

ついにいった。胸が痛くてしようがない。この胸は一生このことで痛み続ける、きっと。私は今までの生涯でこれほど人を傷つけたことはない。自分の手の中に刀があって私はそれをふるいたくないのに、けれどそれをしないといけない、泣きたい気持ちだった。そして、彼がこれくらいのことで、それほど打撃を受けるわけがない、という、希望だか、私はそれほど人から愛されるような人間ではないという自己憐憫《れんびん》だか分からない気持ちも。ああ、どうか、彼が本当に私のことなんかそれほどに思っていなくって、私からおつきあいをお断りしても、怒りはしても、それほど傷つくことがありませんように、と私は心から祈りつつ（何に対してだろう）、勇気を振り絞って、私はあなたにふさわしくない、と切り出した。彼は一瞬、私が何のことをいっているのか分からない様子だった。私は、私は結婚しないつもりです、と、続けた。ようやく分かったらしく、彼は真っ赤になった。絞り出すような声で、どうして、と訊いた。僕が嫌いになったの？　とも。彼にそんな誤解をさせてはいけないと思い、私は慌《あわ》てて、そんなことはない、私の側の問題なの、と返答した。本当にすまないと思っています、とも。彼は、その「問題」とやらを聞かないことには承服しかねる、と硬い声でいった。私は困って、この間あなたが遺伝病のことをいっていたでしょう、つまり、そういう類《たぐい》のことなの。私の一族は、あなたと縁組みするにはふさわしくないの、と答えると、遺伝病といってもいろんなものがある、その程度によっては、自分は目をつぶるつもりだ、といった。程度は、軽くないの、とても、ひどいものなの、これ以上はいいたくない、と、私ははっきりといった。自信すら持って。思えば、私が山上さんに対してこれほど確信を持って振る舞えたことは今までになかった。だって、ぬか床のことは私の今までの人生の中で、本当に大きな比重を占めていたのだから、ちょっとやそっとの確信ではないのだ。そうしたら、彼の唇が白くなって震えた。私はびっくりした。彼のそんなところを見るのは初めてだった。とても見られなくて、外に視線を移した。ごめんなさい、今いったことは全部冗談なの、といってしまえればどんなによかっただろう。私は自分が彼をこれほど傷つけているということに耐えきれなくて、今にもそういいそうになった。けれど、必死で頑張った。私はそれ以上その場にいられなくて、じゃあ、これで失礼します、と伝票を持って立ち上がった。彼は何もいわなかった。

思えば、私が彼をおいて先に帰るのも、私が支払いを済ますのも、みんな初めてのことだった。

時子叔母さん、と私は心で話しかけた。日記の中のあなたは今、現在の私より若い。

だから私には分かるのだけれど、彼はあなたを失うことにショックを受けているのではなくて、あなたから拒否されたことで自分の存在価値が揺らぐような思いをした、つまりプライドが著しく傷ついた、そのことに動揺しているだけなの。彼が時子叔母さんのことを愛している理由については、時子叔母さんはかなり本能的に分かっていると思うけれど、それでも根が優しいものだから詰めが甘い。彼が時子叔母さんが思っているような、「決断力に溢《あふ》れた男らしい」人間であったにしても、それは「自分の側の論理を振りかざすだけの傲慢《ごうまん》さ」と同じこと。自分のナルシシズムに溺《おぼ》れきっているからこそ、他人がナルシスティックになることが許せないのよ。時子叔母さん、いや、日記の中の時子さん、あなたは優佳さんと同じ年頃だと思うけれど、あまりにも違う。優佳さんならそんな男、歯牙《しが》にもかけないだろう……。もっとも、向こうの方から近寄らないだろうけど。

……こんなことが見えてしまうから結婚できないのだろうか。いや、こんなことが見えてしまううちは結婚できないのだろう。きっと、結婚を決意する瞬間、というのは、その人の一生のうちでも、振り返ってみればとても「冷静でない」時期なのだろう。ケイコちゃんが子実体をつくる場所を求めて迷走（ではないか、当人には）を続けたように。

○月○日

山上さんから、連日手紙が来る。木原さんに相談する。木原さんは、最初に彼と知り合ったときに共に行った登山パーティの一人だったから、最初からよく知っている。そのころから木原さんは彼が苦手だといっていたので、私がプロポーズを断ったといっても、問いただしたりはしなかった。そうなの、と、いつものように穏やかに接してくれた。毎日手紙が来る、と、私が泣きつかんばかりにしていっても、そのうちおさまるわよ、と泰然としたものだ。

けれど、私は正直にいって、とても寂しい。最初から一人でいるのと、しょっちゅう二人でいて、ほとんど二人で生きているように思っていたのが一人になるのとではまったく寂しさが違う。木原さんに泊まりに来て貰《もら》っている。

就職活動があって、助かっている。少しでも気を紛らわすことができる。

○月○日

行方不明の父の消息。

沼の人たち。

このノートはここで切れている。行方不明の父、というのは、私にとって祖父に当たる人だ。私は祖父のことはほとんど知らない。

ああ、とにかく加世子叔母に連絡しなくてはいけない。気が重い。

立ち上がって、おっと、その前に、ぬか床をかき混ぜなければ、と思う。ついこの間入れた丸茄子《まるなす》が、まだ弾《はじ》けるように硬く、それでも表面から何か相互作用が始まってきたような感じがする。これは、表現するのがとても難しい。表面の弾力は相変わらずなのだが、微妙に柔らかさのムードが、準備されつつある、といった、気配、そう、気配の世界なのだ。

ああ、そうだ、微生物というのは、気配を生み出す世界の住民なのかも知れない。

○月○日

佳子姉さんが来た。

目にクマが出来て、だいぶ思い詰めているようだった。「この間、久美が沼の人に、当たり前のように、小母《おば》さん、って話しかけているのを見て、今まではそんなことがあっても、生活の忙しさにかまけて、気にする余裕もなかったんだけど、これはやっぱり、何とかしなくちゃ、って思ったの。小さい頃から私が残業で遅くなって、帰ってきたら、沼の人におやつをつくってもらって、ってことすらあったんだから。いえ、私もその、沼の人が台所に立つ場面は見ていないの。ただ、テーブルの上におやつの欠片《かけら》があって、そして部屋の隅には沼の人がぼんやり消えかかるように座っていて、久美は宿題やったり本読んだりしていて、っていう光景が普通だったの」。久美ちゃんには、どのくらい、ぬか床のことを話しているの？　って訊いたら、ほとんど何も話していない、っていった。久美にはぬか床のことなんかにかかわらない人生を歩んで貰いたい、ぬか床は私たちの代で何とかしたいと思っている、とも。できることなら、それは大賛成だけれど……。

あの小さかった久美ちゃんがもう女子大生なんて、嘘《うそ》のようだ。ぬか床のことは何も話していない、とはいっても、いろいろな変異が起こるわけだから、その辺りはどう説明してきたの、と訊くと、「普通のうちよりは親戚《しんせき》の人の出入りが多い、ぐらいに思ってるわ。それよりも、最近私たち年取ってきて、なんか、おかしいの。自分じゃないみたいな気がするときがあるの。やっぱり、どうあっても、このぬか床は、島へ戻さないといけない、このままだと、本当に、私たちの記憶まで操作されてゆくような、そのまま全てぬか床の中の世界に思うようにされてゆくような、そんな怖さを感じるの」。これは並々ならぬ決意だと思って、私も思わず、一緒について行こうか、と、いった。佳子姉さんは首を振って、いえ、私が啓治さんといっしょに行きます、ときっぱりいった。それから、すこしぼんやりしたあと、しみじみした声で、

「時子、私たち、沼の人たちをずいぶん疎《うと》んじて、迷惑で邪険にも出来ない厄介な遺産のように思ってきたけれど、私ね、久美を育てるには、ずいぶん手助けして貰ったような変な恩義も感じているの。私たちの、この世でこうやって生きていることを、裏で支えてくれているような……」

まさか。私は思わず、佳子姉さんの顔をまじまじと見た。

それでも、佳子姉さんたちは、島へぬか床を戻しに行くつもりだという。

○月○日

佳子姉さん。

佳子姉さん。

佳子姉さん。

佳子姉さん。


この日は、それだけだ。それから数ヶ月ブランクがある。私ははっとして日付を見る。両親が亡《な》くなった一週間後だ。

私は自分のことに必死で、この頃の時子叔母の悲しみなんて気づいてあげることもできなかった。この世で唯一《ゆいいつ》秘密を共有できた、単なる姉妹以上の人を、彼女は亡くしたのだ。それは両親を一度になくした私の方に、世間の同情は集まっただろうけれど……。加世子叔母は、時子叔母が私にぬか床を押しつけるわけにはいかない、といって、ぬか床を引き取ったのだといっていた。これですっかりその経緯が分かった。粛然とする。

それから先、ノートには、叔母と様々な「沼の人」たちと「暮らし」が綴《つづ》られている。叔母が好意的に語っている「沼の人」もあれば、まるでカッサンドラそのもの

（そうなのだろう、たぶん）と思われる人もいた。不思議なのは、その光景がどこか故郷に漂う空気のように、時子叔母を包んでいるように感じられることだ。まるで時子叔母そのものから滲《にじ》んでくるもののように。そしていよいよ、風野さんや最後の「沼の人」が出てくる場面。

○月○日

今朝、ぬか床をかき混ぜていて、指先が、何か硬いものに当たった。おそるおそる取り出してみると、まさか、と思ったけれど、どう考えても、それは、卵、だった。途端に体中から力が抜ける。佳子姉さんがいっていたのと同じものだろうか――たぶん、そうだろう。今までだって相当おかしな人たちが出てきていたというのに、これでとうとう、性根を入れて、向き合わなければならないということなのだろうか。

昨日のぬか漬けをもらってくれたのは上の階に住む風野さんという、風変わりな人。微生物が専門、とかいっていたから、このぬか床のことについても相談できるかも知れない。もう、なりふりかまっていられるときではない。

○月○日

卵にひびが入った。中から、泣き声が聞こえる。男の人だ。信じられないことだが、たぶん、いえ、きっと、山上さんだ。彼は数年前に癌《がん》で亡くなった。あの、自信たっぷりの山上さんが、なぜ泣くのか。しかも、こんな女々しい声で。こんな声をあの人が出すなんて考えられないのに、なぜ、私はこの声を、山上さんだと、こんなにも確信を持っていえるのだろう。山上さんなのでしょう。何故《なぜ》泣いているのですか。私はぬか床の前で、わけを聞くのだけれど、中の人は泣くばかりでなかなか答えてくれない。

日記はここで終わっている。それは時子叔母の死の三日前だ。この、ぬか床から出てきた「山上もどき」が時子叔母の死の真相だろう。もう、日記なんか書くゆとりはなくなったのだろう。

けれど、私は一体何が起こったのか知りたかった。もう、この件に関しての関係者には——風野さんにしろ木原さんにしろ——聞くべき事は聞いた。これから先は、実際島へ行くことしか残されていない。いよいよ覚悟が決まってくる。延ばし延ばしにしていた、加世子叔母への電話をしようと思う。そして、残っているかも知れない島の親戚の連絡先を訊《き》く。

私は立ち上がり、その前に、とぬか床をかき混ぜるために流しの下を開けた。丸茄子の表面が、少し変色してきている。細長いものならもう、漬かりすぎているぐらいの色だが、この丸茄子の、円形に近いような幅では、中心部はまだまだだろう。少し考えて、私は放っておくことにした。そしてはっとする。

ぬか床は、生きている。

突然、稲妻のようにその言葉が頭の中に閃《ひらめ》いた。なぜだか分からない。そしてそれ以上そのことを考えるのが、私は――何といったらいいか――怖かった。


重苦しい気分のまま、加世子叔母に電話をする。

――もしもし。

――あら、久美ちゃん？　ますますお母さんに声が似てきたわね。

そうか、この人もまた、私の母を知っているんだ、と当たり前のことが妙に新鮮に思われる。当たり障《さわ》りのない近況報告のやりとりの後、私は切り出した。

――島へ、行ってみようと思うんですけど。

受話器の向こうで一瞬、間があった。

――島って……。あの？

加世子叔母の声が、少し乾いて、遠くなったように聞こえた。

――ええ。

――それは、また、急に、なぜ？

――ぬか床を持って。

――……。

――返すんです。島へ。

――久美ちゃん。

今度は確実に改まった。

――そんなこと、何で？

――何でって……。返した方がいいと思うから返すんです。

――そんなことしていいと思ってるの。

叔母の声は低く、明らかに怒気と脅しを含んでいた。私はこの叔母の反応に面食らった。この叔母は、もっともぬか床から離れていた人間ではなかったのだろうか。

——そんなことって……。叔母さんだって、このぬか床を嫌っていたでしょう。

叔母は、大きくため息をつくと、しばらくして、

——嫌われていたのは、私。

と、落ち着き払っていった。

——え？

——ぬか床から認められなかったのは、私。

——……それ、どういう……。

——まあ、いいわ。もう、そんなこと。それより、ぬか床を島へ返すなんて、簡単にいうけど、そんなこと、できるわけないでしょう。できるわけないのよ、そんなこと。

明らかに、怒っていた。腹を立てた、という類《たぐい》のヒステリックな声でなく、もっと、冷たい、地の底から湧《わ》いてくるような積もり積もった怨嗟《えんさ》の声だった。私はそんなもの、私に向けられるのは不当だと思った。

——それは叔母さんの意見でしょう。けれど、今、ぬか床の世話をしているのは私なんです。

——私にとやかくいう権利はないっていうのね。

これはまずい、まるでカッサンドラのような声だ。私はここで引きずられまいと、

――そうはいっていません。叔母さんの意見は聞きたいんです。叔母さんがどう思われるかは、私にとって、大事な参考意見です。けれど、決定権は私に委《ゆだ》ねていただきたいんです。私は、たぶん、このぬか床に関係した事件で、両親を亡くしました。違いますか？　あの事故は……。

――あの事故も、結局、姉さん達がぬか床を戻しに行こうとして起こった事故なのよ。

――でも、一体、具体的に、何が起こったというんです。誰も見た人はいないんでしょう。時子叔母さんのことだって……。

――預かった人が、みんなそのせいで死ぬわけではないのよ。私が何でそんなもの、あなたに押しつけたりする？

加世子叔母は涙声になっていた。どんどんカッサンドラに似てくる。

――ただ、世話し続けてくれればいいだけなのよ……。

――いやなんです、もう。

私は吹っ切るようにいった。

――そんな、無責任だと思わないの。今までずっと……。

——何十人何百人何千人たとえ何万人でも、その数の人々が過去にあのぬか床に支配されてきたからといって、それがどうして私自身を支配する理由になるんです？いやなものはいやなんです。

——……。

——で、島に残っている親戚の連絡先を教えて欲しいんです。

電話は切れてしまった。思わずため息をついて、受話器を置いた。いい過ぎたのだろうか。他にもっと利口ないい方があったのだろうか。でも止まらなかった。

三日後、加世子叔母から封書が届いた。中には便せんが一枚。

○○県△郡×町三八〇七—四一四

上淵　吉次

記してあったのはこれだけだった。それで十分だった。

6　かつて風に靡《なび》く白銀の草原があったシマの話　Ⅱ

水門（ロック）と水門守（ロックキーパー）

馬は昨日僕が向かったのとは反対の方角、湿地の方へ向かった。湿地は、頭から奇妙な腕を幾つも出した蛸《たこ》のような形の池の周囲を大きく囲ってある場所だ。間違って中へ入り込まないように綱が張ってある。馬はその横を抜け、更に小樹林帯に入った。ここから先は僕も行ったことがない。馬の蹄《ひづめ》が、下草の下の腐葉土を蹴散《けち》らして、僕の（多分同じように馬の）鼻孔にその湿った匂《にお》いが入ってきた。

暗い森を抜けると、そこは湿原だった。膝丈《ひざたけ》ぐらいの草が茂っていて、馬の足が目に見えて重くなった。泥を跳ね上げて、それが僕の額にまで飛んできた。

——いいよ、ゆっくり行こう。

僕は馬に声を掛けた。すると、よく響く低い声で、

――こんなところで一晩過ごしたくないだろう。

馬が応《こた》えた。これはちょっと予想していなかったことなので僕はたじろいだ。けれど、自分の話すことに誰かが応じてくれるというのは有り難いことだ。特にこんな状況にあっては。

――そんなに遠いのかい。

できるだけさりげなく僕が訊《き》くと、

――夜通し走れば明日の朝には着くだろう。それは自分にはそれほど難儀なことではないが、乗馬になれていない君にはつらいことだろう。どこかで休んだ方がいい。完全に陽が落ちる前に。もう少し急げば、ちょうど陽の落ちる頃、この草原を抜けて丘の上に出る。

馬は大して息も切らせずにそれだけしゃべった。

――わかった、任せるよ。

そういうと、馬はまた馬力を上げて進むかのようだった。

午後の柔らかな陽射《ひざ》しは、夕暮れが近づくに従って、草原の草を黄金に染めた。風が吹き、それは美しい獣の背中の毛並みのように、風の走った跡を残してそよいだ。

——きれいだ。

僕が思わず呟《つぶや》くと、

——ああ。

と、馬はスピードを落とし、立ち止まった。

——本当にそう思うよ。いつもそう思ってきた。誰かとこれを見るのは初めてなんで、そのことについて話したことがなかった。

それから、右から左、ゆっくりと草原と似た色のたてがみを動かし、

——何て美しいんだろう。

と呟いた。

糸のように細い新月が、まだ青い空に浮かんでいた。その下に、低い丘が濃い青灰色に連なっている。

——ここは大昔からこのままだった、というのを聞いたことがある。大昔、まだ湿原も水路もできる前。

馬がぽつんといった。

——大昔から？

ではこれが、と僕は閃《ひらめ》いた。

――その、残された太古の風景？

――さあ。

馬は少し悲しそうにいった。

――それは知らない。

僕は僕の質問がなぜ馬を悲しくさせたのか、よく分からなかった。ここに囚《とら》われていてはいけない。少なくとも、囚われすぎていては。

――よし。

と、一言呟いて、僕らはまた走り出したのだが、その呟いたのが、馬だったのか僕だったのか、もうよく分からなくなっていた。乾いた黄金色の風景の中を、同じ色のたてがみを持つ馬に運ばれて行く。そしてその馬は語りかければ言葉を返す。そのとき初めて、僕は一人でいるということを思った。辺りがあまりに一つの清澄《せいちょう》なトーンで染め上げられて、僕自身がそこから弾《はじ》かれているように感じた。鮮やかに、自分は一人なのだ、と確信した瞬間、自分の言葉に応えてくれる馬の存在が、急にかけがえのないものに思えてきた。

――きれいだね。

――きれいだ。

やがて草原を染め上げた夕日が暗い赤に変わる頃、僕らは丘の上に出た。湿原の水はそこから向こう、水路になっていた。僕は馬を下り、馬と共に目の前に広がる風景を眺めた。

——あの水路は今まで地下に潜っていたんだ。

——なるほど。

馬の説明に僕は納得した。シマのこちら側はこんなに潤《うるお》っているのに、反対に遺跡のある方はひどく乾いている。両方とも同じように湿っていたり、あるいは乾いていたら、何かの循環がうまく行かないのだ、と学校の地理で習ったのを思い出した。ええと、何の循環だっただろう。

——最後にあの小樹林帯を越えて、そしたら、水門だ。

——すぐにでも行けそうだな。

——行くかい？

——夜通し？　水鼬《みずいたち》は？

——水鼬？

馬は怪訝《けげん》そうに繰り返し、

——そんなものは知らない。

水鼬はこのルートには出没しないのだろうか。それとも馬は正規の学校を出ておらず、そのため水鼬に関する知識がないのだろうか。僕は水鼬の危険について、大まかに説明し、

——君が知らないなんて変だね。出会う可能性が高いはずだもの。

——馬は襲わないのだろう。必要な情報だったら、入ってくるはずだ。

それもそうだ、と思った。僕たちにとって重大な情報が、馬にとっても同じとは限らない。しかし、馬と僕との二人づれにとってはどうだろう。どっちの世間知を優先すべきか。

——分かったよ。

と、馬はいった。

——君に従うよ。

そういってくれて、正直にいうと僕はほっとした。こういう風に、仲間と意見が対立する、という状況は初めてだったので、僕はどうしてよいか分からなかったのだ。

それで、僕らは、野営の準備をした。といっても、横になるのに楽そうな場所を見つけ、敷物を敷き、馬は草をはみ、僕は叔母から手渡された食糧を食べた、というだけだったのだが。それが終わると、馬が水鼬の話をせがみ、僕は知っているだけの水

鼬の物語をした。

——それですっかり、水鼬の情報がこっちに移ったよ。

馬は感慨深げにいった。

——さっき通った草原のことだけれど。

と、僕は馬に話しかけた。

——さっきいいかけた、太古の白銀の草原の話。あれがその名残だということはないのだろうか。

——わるいけど。

馬はまた悲しそうにいった。

——本当に知らないんだ。

——でも、君はとても悲しそうだ。さっきもそうだった。何か、知っているように思えるんだけれど。

——ああ、それなんだ。

馬はため息をつくようにいった。

——白昼、あの草原を通るとね、確かにあの草原は白銀に輝く。日の光が、僕の知らない真っ白の光線を草原の上に波打たせる。あんまり眩《まぶ》しくて、目を開けていられない。それで、目を閉じたままひたすら草原を駆けるんだ。けれどときどき、うす目をあけて自分が走っている場所を、確認せずにはいられない。するともう、そこは白銀の波が次から次、どこまでもどこまでも押しよせてくるようなんだ。そのとき、ふっと、変な気持ちになる。いったい、どこへ向かってこんなに一生懸命駆けてゆくのか。そんな気持ちになるのは、あの草原がそういうふうに輝くときだけだ。それを思い出したんだ。それがつらいんで、なるべく真昼にあそこを通らないようにしている。

馬のこの話は、僕にその体験がないにもかかわらず、とても共感できるものだった。僕は目を閉じてしみじみと呟いた。

——……分かる気がする。

——だからさ、草原なんてものは、せいぜい黄金に輝いてくれるぐらいが一番いいと思うんだ。さっきみたいにね。

——……なるほど。

——白銀になるとね、何か、理解の範囲を遥《はる》かに超えている感じがするんだ。

——なるほど。

これも分かる気がした。何か、圧倒的なものに取り巻かれる感じ。

——もう、寝よう。

馬は思い出すのがつらくなったのだろう、そう提案し、僕も賛成した。昨夜と同じ、星空の下。昨日は「燈台《とうだい》」の横で寝たのだ。そして今日はこんな来たこともないシマの外れで夜を過ごしている。昨日に比べれば、準備もあったので、比較的過ごしやすかった。

それから夜明けまでぐっすり寝た。やはり疲れていたのだろう。起きたのは明るくなってからだった。馬に促されて慌《あわ》てて身支度をし、その背にのって、午前中いっぱいかかって小樹林帯を移動し、午後にそこを抜けた。

そこには、初めて見る「海原」があった。それは僕の想像を絶するものだった。僕はそれを何と表現していいものか分からない。大きい――馬鹿《ばか》みたいな響きだが、それは大きかった。そして、何もなかった。信じられないくらい、何もなかった。ただ一面、液体状のもので満たされ、それが一定の律動で、まるで大きな生き物が呼吸するように微《かす》かに動いていた。これは僕が漠然とイメージしていた太古の草原そのものだった。

しばらく大海原に沿って走ってゆくと、やがて水門が見え始めた。

水門は、もっと大がかりな城壁だと思っていたが、実際はひょろ長く古びた塔に過ぎなかった（もっとも、これはこのときの僕の早呑《はやの》み込みで、これは「水門そのもの」ではなく、正しくは水門守の塔、と呼ぶべきものだった）。所々に小さな空気穴のような窓が開いていて、上には物見台のようなテラスがついており、一番上は三角の鱗《うろこ》屋根になっていた。塔の入り口まで行くのに芝に覆《おお》われた急な坂を下りなければならなかった。細い道が付いていたが、それを馬が下りられるとは思えなかったので——実際は下りられたのだが、乗ったまま下りる勇気が僕になかったのだ——、僕は馬を下り、先に歩かせた。どちらかが滑った場合のことを考え、どっちが他方の下になった方が僕らチームとしてのダメージが少ないかを考えてのことだった。

一番下に辿《たど》り着くと、そこは芝が緩やかに砂地に変わって行きつつある場所で、塔の周りにぐるりと柵《さく》がしてあり、簡単な開き戸を開けて、玄関まで歩いた。

古びた板を寄せ集めたような玄関ドアをノックし、すぐにしんとしたので、今度は前より激しくノックした。音がすぐに辺りに吸い込まれてゆくようで、誰かに到達するまでに砂地に落とした水滴のように消えてしまいそうだった。それで気づいたときは、拳《こぶし》をつくり、ほとんど毀《こわ》さんばかりの勢いでノックしていた。

すると、ようやく中でかすかな物音がするのが聞こえた。僕は敲《たた》くのをやめた。扉がゆっくり開いた。ロックキーパーは老人と聞いていたので、目の前に出てきた少年のような——僕より一回りほど小さかった——相手を見たとき面食らった。相手は不

機嫌でもなくかといって上機嫌というわけでもない、どこか叔母たちを思わせる声音で、

――そういう敲き方をするから、馬はもう帰ったよ。

といった。思わず後ろを振り向くと、確かにそこは砂地と丘の風景が拡《ひろ》がっているばかりで、空気の流れが筋になって見え、馬はどこにもいなかった。僕は少し混乱した。

――でも、たった今までいたんです。何もいわずに消えるなんて。

――消えるときは、何の音も出ない。中に入りたまえ。

そういって、彼は僕を招き入れた。

内部は暗く、僕は目が慣れるまでしばらく動けなかった。

――喉《のど》が渇いただろう。

そういわれて、僕は喉が渇いていたことに気づいた。

――こっちへおいで。

そういって彼は僕の手を取った。それは不思議な感触の手だった。筋張って乾いているけれど、どこかしっとりとしているといった感触。

僕は彼にいわれるまま、椅子《いす》らしき物に座った。これもまた、どこまでも沈み込んで行くような、けれどとっかかりはありそうな、不思議に古びた感触の椅子だ。詰め

物は藁《わら》と、コルク、あとは何だろう。小さな窓があったので、目が次第になれてきて、そこが天井の低い、けれど居心地の良さそうな居間であることが分かった。

——ここへ誰かを迎えるのは初めてなんだ。

彼がカップに水を入れてもってきた。僕はそれを受け取り、礼をいった。彼はそれに対して何か口の中でもごもごいって寝椅子に座った。椅子は、僕が座っている一人用と、その寝椅子しかなかったのだ。

——だから何か変かもしれない。良かったら、どこが変か、聞かせてくれないかな。

——僕もロックキーパーの家を訪ねるのは初めてなんです。スタンダードが分からないから、どこが変なのか分かりようがない。

——なるほど。

彼は深く頷《うなず》いた。

——なるほど。君は群を外れてきたわけだ。

僕もしみじみ、ああ、そうだ、僕は群を外れてきたのだ、と思った。そして、

——失礼ですが、あなたがロックキーパーなのですか。

——そうだよ。

ロックキーパーは、まっすぐ僕の目を見て頷いた。

それから僕らの、僕とロックキーパーという二人の関係がどのようなものになろうとも、とにかく僕らの最初の出会いはそんな風だったのだ。

ウォール

ロックキーパーが僕にあてがった部屋は、延々続くかに見える螺旋《らせん》階段を、下から五回ほどぐるぐる回った所にあった。斜めに上がって行く階段の（平べったい階段なんてないわけだけれど）、塔の内側の壁に引っかかっているように付いている小さなドアを開けて入って行く。入るときはともかく、出るときは気を付けなければ一瞬ぐらついて転げ落ちそうになる。人は自分の正面に向かって上がっているか下がっているかの「坂」には慣れているが、「すでにそこにある坂」に、横から突然途中参加するのには、なかなか慣れないものなのだ。なんとかドアを出て、階段を上り下りしながらも、その「坂」が自分のものである気がなかなかしない。つまり、坂を克服する実感が湧《わ》かない。自分の歩いてきた道の続きのような気がしない。借り物のような後ろめたさがずっとつきまとう。

部屋は円形で、当然の事ながらそれほど広くはない。あちこち起伏のある、端の反った木の床で、隅には狭い寝台がついている。窓が二つ、対称位置に付いている。一方の窓から、「燈台」が見えた。窓から「燈台」が見える、ということが、ここがシマの一部である、ということを僕に改めて思い出させた。思えば、あの「燈台」のそばで一夜を過ごしてから、めまぐるしく全《すべ》てが変わってしまったのだ。あのとき分裂した「僕」はちゃんと「僕たち」の一人に成れただろうか。

階下に下りると、ロックキーパーが食事だといった。それで、僕はテーブルにつき、彼が準備してくれるのを眺めた。今までいつも食事係の叔母がやってくれていたので、しかもほとんどは僕の目の届かないところで料理が行われていたので、それはとてももの珍しい眺めだった。ロックキーパーが椀《わん》に入れてくれたスープは、今まで僕が食べていた食糧とはだいぶ趣が違っていた。そのことをいうと、

――資化される前の食糧なんだ。大水門には時々、いろんな獲物が入ってくる。

――僕に消化できるだろうか。

心配になって訊《き》いた。

――たぶんね。そのために調理したんだもの。

僕は一口すすり、体が受け付けそうだったので安心して更に飲んだ。

――不思議な感じがする。

僕は正直にいった。

――食事をするということは、必要な栄養を摂取し、体を動かすエネルギーをつくる、という目的があったんだ。いつだって。そのための食事だった。

――そのとおりだ。

――でも……。

――でも？

僕は何といっていいのか分からなかった。口ごもりながら、

――何というか、うまくいえないんだけれど、不純な感じがするんだ……。ああ、これがレベルの低い食事だといってるんじゃないよ。なにか、本来の目的以外の、いろんな要素が入っているようで……。

――こういう食事をジャッジする言葉を持っていなかっただろうからね。

と、ロックキーパーは、頷きながらいった。

夕飯がすみ、疲れているだろうからもう休んだ方がいい、というロックキーパーの勧めで、階段を上がり、部屋に戻った。窓を開け、潮騒《しおさい》の音を聞いていると、ふいにパンフルートが吹きたくなった。パンフルートを取りだし、窓辺に立って、それを吹き始めると、その調べはどこまでもどこまでも虚空《こくう》に受け入れられていくようだった。

遠くの空が光ったように思った。潮騒も一時止まり、全てが僕のパンフルートの音を吸い込んでいるような気すらした。しまいには気味が悪くなったほどだ。それで、慌てて窓を閉め、寝台に潜り込んだ。

翌朝、ロックキーパーは、

――昨夜、歌っていただろう。

と、いった。

――いや。パンフルートを吹いていたんだ。

――うん。

ロックキーパーは一口お茶をすすり、

――いよいよだな。

と、呟《つぶや》いた。

――え？

僕は聞き返したが、ロックキーパーはそれには答えず、

――今日は水門を案内しよう。

と宣言し、僕らは朝食後、外へ出かけた。

海原に面した大水門は、海原からの水が激しく逆流しないように、大潮の時は閉じ

られるが、あとは大体開けられている。それから芝を踏みながら上手に上がってゆくと、大樹林帯の近くで水路が三つに分かれている箇所があり、そこにはそれぞれ閘門《こうもん》、つまりロックと呼ばれる仕掛けがしてある。一本の水路の水位を調節するため、間をおいて二つの水門が設置され、上手《かみて》の水門を閉めている間に下手《しもて》の水門が開けられ、その間に僕にはよく分からない褐色の「いろいろな形態をした物」が中に入り、そして下手の水門が閉められる。そこに水が流れ込み水位がどんどん上がり、上流と同じぐらいの水位になったら上手の門が開けられる。そしてその「いろいろな形態をした物」が上流に向かって放たれてゆく。それが三本。

ロックキーパーの仕事は、このように、水路の循環と海原の水の取水と排水に関わることだった。

——何だか難しそうだ。

——そうだね。でも、口で説明できることは簡単なことだ。こうやって。

ロックキーパーは足元の小さな扉を開け、そこからグローブを取り出してはめると、鋼色《はがねいろ》に光るハンドルを、両手で回し始めた。

——閉めたり開けたり。ただ、その日の潮位や水量を見ながら、加減しなければならない。だがすぐ慣れるよ。

水門の開け閉めが終わると、僕らは塔の部屋に戻り、昼食をとった。

——最初に出来たのは、「ウォール」なんだ。

と、ロックキーパーがスープをかき混ぜながらいった。

——「ウォール」が全ての世界を形作ったといってもいい。「ウォール」は混沌《こんとん》とした世界に内側というものと外側というものをつくった。それでこの内側、「シマ」もできたわけだ。

——ウォール。

僕は呟いてみた。

——ウォールがいったい何のためにあるのか、学校では教わらなかったし、今までに聞いたこともなかった。

うん、そうだろうね、といわんばかりにロックキーパーは頷いた。

——このシマを作っていたウォールは、今はもうほとんど崩壊しているに等しい。代わりに大樹林帯が、その役目を担《にな》っているようなものだ。

僕はスープを飲みながら、市庁舎で僕に食糧を渡した叔母の、何だか心ここにあらずといった様子を思いだした。

——叔母たちは、最近おかしいんだ。以前はもっと、いろんなことがてきぱきと滞りなく進んでいたような気がする。僕が家の外で一晩過ごしたときだって……。僕への処分はずいぶん間をおいたものだった。かといって、そういうおかしさが、嫌だっていうんじゃないんだ。僕のこともここに行くように取りはからってくれたり……。何か、考えてはいてくれてるようなんだけれど。

ロックキーパーは自分の分のスープを一口のみ、

——シマは今、変革期なんだ。

と呟いた。

発信・受信

——ほら、聞こえないかい。耳を澄ませてごらん。

そういわれて、目を閉じ、耳を澄ました。

大樹林帯の梢《こずえ》を渡る風の音。その何万枚もの葉っぱの身じろぎの音に混じって、気のせいか、砂が硝子戸《ガラスど》に当たるような奇妙な摩擦音が聞こえるような気がした。

——何か、ザワザワ、ザラザラ、かな、そんな音が聞こえるような気がするんだけれど。

ロックキーパーは満足げに頷いた。

——いい耳だ。馬にいっても何も聞こえないという。あれは運搬業務にばかり従事していたんで、耳を澄ます機能が退化したんだ。その気になれば聞こえるのにね。

僕はもう一度目を閉じた。確かに何か聞こえる。微《かす》かだけれど、確実に満ちてくる、潮のような何か。いったんそれに気づくと、もう何だか落ち着かないような気になってきた。

——いったい、何の音なんだろう。何千、何万の小さな生き物がざわめいているような。

——驚いたね、本当にいい耳だ。

僕はロックキーパーの賛嘆の顔にちょっと気をよくしたが、そんなことより、その音はもうすっかり僕を捉《とら》え、体全体がその微かな音をキャッチしようと、浜の方へ向かって傾いてさえいた。大気の微妙な振動。それは心地よい、というのを遥《はる》かに超えて、何か切羽詰まった焦燥にも似た感覚を僕の身のうちに呼び覚ますようだった——だがまだ完全な「呼び覚まし」ではない。このとき僕はまだそれを制御できたし、起こりつつあることに対して分かりたい、と思う僕らしさを手放してはいなかった。

——何の音なんだろう。

僕はわざと答を気にしないかのように独り言めかして呟いた。何だかとてつもない答が待っていそうで怖かったのだ。

――ウォールの話、シマの話をしたよね。

ロックキーパーもそれほど深刻でなく軽く応じた。

――うん。

――ウォールは、その昔、ただ一つこのシマだけを創《つく》った。けれど、ずっとそのままというわけではなかったんだ。

その言葉の意味がよく分からなかった。僕はただ黙ってロックキーパーの顔を見つめていた。

――つまりね、この、ウォールに区切られ、その中で内的秩序を保っている存在が、他にも、このシマの他にも出来始めたんだ。

今度は少し分かった。それが実感として受け止められたかどうかは別にして。宇宙に他の星々があるように、この「シマ」と同種の存在があるってことだろう、たぶん。

僕はそう納得し、

――可能性としてはね、あるかもしれないね。で、その「シマ」にも、やはり「僕たち」がいるっていうの？

ロックキーパーは僕の顔をじっと見ながら、ゆっくりと、

――君がいう、「僕たち」という言葉で総称されるものが、どの程度の条件を持っているものか分からないけれど、その「シマ」の中で、分裂し増殖する「もの」を指しているのであれば、それは、「いる」。

分裂し、増殖している、というのは「僕たち」そのものであったから、僕は、俄然《がぜん》その見知らぬ「シマ」の「僕たち」に、興味が湧いた。

――家、とか、学校とかあるのかな。やっぱり、推進棒なんかもあるんだろうねえ、もちろん。全く同じなわけ？　変わっている所があるの？

――変わっているところは、ある。まあ、全て、といっていい。

この答えはますます僕を夢心地にさせた。何しろ、「僕たち」ときたら、何から何までいっしょだから。それが当たり前だと思っていたから。「全て」変わっている「僕たち」。その可能性が僕をほとんど酔わせた。

――なんてすごいんだ。

僕はうっとり呟いた。ロックキーパーは怪訝《けげん》そうに、

――実際、僕は君がそれほど嬉《うれ》しそうにするなんて思わなかったね。不安じゃないのかい。僕は当然、未知のものに対する君の怖《おそ》れを心配していたんだけど。その必要

もないようだね。

——怖れ、ねえ。水鼬《みずいたち》のことなら、怖れている、といってもいいかもしれないけれど。

僕がそういうと、ロックキーパーはちょっと頬をゆるめて、

——そりゃ大変だ。この近くには、
といって右腕を上げ、窓の向こうを指し示すような仕草をした。

——水鼬の巣が、固まって、あるんだよ。

指先が冷たくなるのを感じる。僕はすぐに声が出なかった。その様子を見て、

——なんだ、本当に怖いんだな。

ちょっと呆《あき》れた、というように目を丸くした。

——違うのか。

——いや、本当だ。君が水鼬についてどういうふうに教わったのか知らないが、あいつらはきちんとしたシステムの上に存在しているもので、そんなに怖がられるような奴《やつ》らではない。水門近くの湿地で発生し、毎朝水門に入り込み、水路を通ってシマの隅々へ散って行く。基本的な行動パターンは、排除すべきものを見つけ、水路に取り込み、水門の外へ排出する。それだけの機能の奴らだ。交通手段は水路。だから水

路に沿って移動する。

今度は僕が目を丸くする番だった。じゃあ、今朝のあの、形態のはっきりしない諸々《もろもろ》、がそうであったのか。

――そういうもの、なのか。

――そういうもの、なのさ。彼らの実体の上に、君たちは何かを付加していったんだ。

――でも、馬は何で、水鼬なんか知らない、っていったんだろう。

――馬が水鼬を知らないことについて、何も君が考えることはないよ。馬というものはそういうふうに生まれついているんだ。自分に関係のないものはそこにいても見えないようになっている。余分の情報が入ってこないようにプログラミングされているんだ。このシマのほとんどの生物は、そういうものだったはずなんだけれど。

――でも、僕が水鼬のことを話すと興味深げに聞いていたよ。

――その馬はきっと、感覚が開かれてゆく潜在的な可能性があったのだろうね。君ほどではないにしろ。

そこで僕は、あの「叔母」の話をした。僕にいろいろと便宜を図ってくれた「叔母」。ロックキーパーは頷《うなず》き、

――そういう「馬」や「叔母」が出現し始めたってことなんだ。

と、呟いた。

――そして、君は水鼬に恐怖を感じる、という。けれどそれは本当に恐怖なのかい。

僕は、僕が水鼬に感じているものが、本当に恐怖なのかどうか考えた。正直にいうとよく分からなかった。水鼬にやられるのは、通常の生活では起こらないはずのこと、という変に縛りのある「常識」のようなものがあまりに強く僕の中に入っているので、それは避けねばならない事態なのだ、そうならないために日常をこなさなければならないのだ、と、栄養物資を日々摂《と》るのと同じレベルで僕の中に入っていたことなのだ。しかも、わざわざそういうことをこんなふうに検証するなんて、あそこにいたら絶対になかったことだろう。あまりにも当たり前だったから。さあ、あれは「恐怖」であったのだろうか。

――実をいうと、よく分からない。避けねばならない、というすごい義務感みたいなものはあるんだけれど……。

僕は歯切れ悪く答えた。

――まあ、とにかく、たとえ水鼬の巣を見つけたからといって、怖がる必要はないんだ。奴らは、排除すべきもの、不良品、そういうもの以外は無視する筈《はず》なんだ。

僕はその、ロックキーパーのいった、不良品、という言葉に引っかかり、考え込んでしまった。不良品――それが規格と違うという意味なら、まさしく僕は「不良品」ではないか。僕はそのことをロックキーパーにいい、

――僕は十分「排除」される資格があったと思うよ。「家」を出て、一晩戸外で過ごしたばかりかそこで分裂までしてみせたんだからね。変わり者もいいところだ。不良品といって間違いないだろう。なぜ水鼬は僕を見逃したんだろう。

ロックキーパーはちょっと首を傾けて、ゆっくりと僕を見た。それから、

――そこさ。「叔母」たちが話し合ったのも、そしてその結果、君を僕の所に送ったのも、水鼬が結局君を「不良品」と見なさなかったということを重んじたからだろう。

――え？

と、思わず僕は声を出してしまった。

――水鼬が、僕を……？

ロックキーパーはうなずいて、

――だって、そういうことになるじゃないか。

――でも、それはどういうことなんだろう。

僕は考え込んだが、容易に答えの閃《ひらめ》きそうな謎《なぞ》ではなかった。この謎に相対するためにはもっと多くの情報が必要だった。水鼬に関して。「僕たち」に関して。そしてロックに、ロックキーパーに、ウォールに、シマに関して。

——たとえばさ。

といって、ロックキーパーは窓の外に目を遣《や》った。その向こう、遠くから、間断なく聞こえてくる微かな波の音。それに混じって、やはりどうしようもなく惹《ひ》き付けられる、あの、ざわめき。気持ちが思わずまた、そちらに惹き付けられて、僕も窓の外を見た。

——そういうふうに、受信する、能力、とか。

ロックキーパーはいつの間にか視線を僕に戻していた。

——受信？

——そう、受信。君は確かに、受信して感応してるんだよ。その前に、君は発信した。

——発信？

——そう、歌を歌った。

僕の中の深い所で何かが、ああ、そうか、これは、この状態は、そうだったんだ、と激しく納得した。けれど表面は戸惑いを隠せない。

――けれど、何を受信している？

――考えてどうなることじゃない。なるようにしかならない。

ロックキーパーは、吐き捨てるようにいった。そのちょっとした感情の発露のようなものに、僕は引っかかったのだが、話のもっと大きな流れの方に気を取られていたのでそれは棚に上げられた。

――なるようにって……。これからどうにかなるのかい。

――自分に訊《き》いてごらん。

ロックキーパーはそういって目を伏せた。僕は当惑してじっと自分の体の放つ気配のようなものを検証した。鼓動が、いつになく上ずって早い。何だかいつものように物ごとを頭の芯《しん》の所で捉えることが出来ない。なのに脳細胞全体が一つの方向を向いているような、いても立ってもいられない感じ。

僕は全体で、何かを、目指していた。

僕がそれをロックキーパーにいうと、ロックキーパーは、別に感銘を受けた様子もなく、そう、とうなずいた。それから、

――明日から雨期だ。

と応《こた》えた。

その日の真夜中、一陣の激しい風が吹いた。それは塔を揺るがし、細い明かり採りの窓を一気に押し開き、そして反対側の窓から出て行った。僕が立ち上がって窓を閉めに行こうとした途端、ざあーっという音が遠くからあっという間に走ってきて、窓から雨が吹き込んできた。僕は慌《あわ》てて両方の窓を閉め、ため息をつき、窓の外を見た。雨脚に煙る闇色《やみいろ》の海原の向こうに、無数の光る物があった。それを見た瞬間、僕はあっと叫び、それがまるで強烈な閃光《せんこう》でも放っていたように、思わず目を覆《おお》った。なぜだか分からない。とても見るに堪えなかった。それがおぞましいとか醜いとかいうのではない。恐ろしいというのでもない。ただあまりにも、なんというか、表現のしようがないが、つまり、見るに堪えない、そうとしかいえなかった。それはあまりにも衝撃的だったので、僕はその場でしゃがみ込み、それから、一体自分が見た物は何だったのだろう、と考えた。――無数の光。それぞれ一対の、まるでそれは生き物の目のように見えた。見当も付かなかった。それは僕のこれまで経験した世界にはないものだった。――水鼬？　そうかもしれない。だが……。わからない。僕は深く息を吸い込み、吐いた。それから、這《は》うようにして寝台に戻った。雨の音が僕の周りを包むように続いていた。

実をいうと、雨期を僕は経験したことがない。雨という現象は、たまに起きることだったので、それ自体は知っていたが、それが間断なく続く季節、というのは初めてだった。朝になって、螺旋《らせん》階段の横に付けられた窓に目を遣り、外が一面水浸しになっているのを見たときは心底驚いた。ロックキーパーは階下にいなかった。僕は代わりに朝食の準備をした。お湯を沸かし、彼が保存していた食材を使ってスープをつくる。その湯気が立って、食材の有機的な香りが部屋に満ちた頃、ドアが開いてびしょぬれのロックキーパーが入ってきた。

――やあ、おはよう。

ロックキーパーは僕と目が合うといった。

――どうしたんだい。

――見ただろう、外を。

――ああ。

――雨期が始まったんだ。暗いうちから水門の調節に出かけてた。

――起こしてくれたら良かったのに。

僕は少し後ろめたく思った。

――こういうことはね、一人でやった方がいいんだ。

――そんなことといってたら、僕はいつまでも学べない。

――今日だけさ。それにこれから嵐《あらし》が来たときとかは特に、君を頼りにするようになると思うな。実際、一人でも助手がいたら、とこれまでも何度も思った。

そうか、と僕はうなずいた。

――一人で困ることもあったんだね。

――それはそうさ。けれどね、時間はたっぷりあった。だからいろんなことが分かるようになった。いつか君が来ることだって。

ロックキーパーは少し笑った。それは決して嬉しそうな笑みではなく、むしろ哀《かな》しげですらあった。僕は不安になった。しばらくお互いの物思いに耽《ふけ》り、僕たちは言葉を交わさなかった。

雨の音が、ずっと響いていた。

――……聞かせてもらえないかな。

ロックキーパーはぽつんといった。

――え？

――君の、歌。

ああ、パンフルートのことだな、と思い、もちろん、と階上へ取りに行こうとすると、

――いや、やっぱりやめとこう。すまない、変なこといって。

と、彼は僕を制した。

――そんなことぐらい、何でもないよ。いつだって、吹いて上げるよ。でも、そんなことより。

僕はちょっと息をついてからいった。

――昨夜、変なものを見た。

ロックキーパーは、僕の目を見ながら、話の続きを待っている。

――光る、目、のようなもの。海原の闇の向こうに、いっぱい。

僕はいいながら喉《のど》がからからに渇いてきて、思わずカップに手を伸ばし水を飲んだ。

――それ、何か、いってた？

ロックキーパーは無表情に訊いてきた。

――いや、何も――いや、そういえば鳴き声のようなものが微《かす》かに聞こえたような気がする。

――で、呼ばれたような気がした。

ロックキーパーがそういったとき、僕は初めて昨夜僕の中に起こった衝動に光が当てられたような気がした。

そうだった、僕は、「呼ばれた」ような気がして、いてもたってもいられなかったのだ。

――うん――そうだ。呼ばれたような気がしたんだ。

僕は認めたが、なぜかそのときロックキーパーの目を正視することが出来なかった。それはなぜなのだろう。そもそも「呼ばれる」ということが、なぜ僕をこんなにも動揺させるのだろう。

――それは「アザラシの娘たち」さ。

ロックキーパーは、僕の動揺を見透かしたように優しくいった。

――「アザラシの娘たち」。

名前を知るというのは、不思議な感慨だ。僕はこの新しい言葉を、まるで「狩足」の叔母たちが獲物を見つけたときのような充実と喜びを持って繰り返した。

――「アザラシの娘たち」。

――そう、話したように、別の「シマ」の生物たちだ。大昔の、獣神たちの裔《すえ》ともいわれていた。雨期の時期に、旅に出るんだ。今までの雨期はこの「シマ」も素通りしていたんだが……。

僕だ。僕がいるから、娘たちはここへ集まったんだ。僕は何の理由もなくそう確信した。

――君は、いつか、「怖《おそ》れ」というようなものは、水鼬にしか感じたことがない、っていってたけど。

僕はそんなようなことをいったのを思い出した。

――夕べ、アザラシの娘たちに出会ったときの感じって、そういうものじゃなかった?

――……ああ。

いわれてみれば、そうだったかもしれない。けれど、初めて感じるような感情に、どうやってその正確な名前を知ることが出来るというのか。

――よく分からない。

ロックキーパーは頷《うなず》いた。

――彼女たちは歌うよ。

あの潮騒《しおさい》のような? と、訊こうとしたら、

——僕もまだ聞いたことはないんだ。

と、独り言のように呟《つぶや》き、それっきり、僕たちはその日、ほとんどその話をしなかった。ロックキーパーは僕が初めて一人でつくったスープをほめた。そして午後はいつものように海原の水を汲《く》みに行ったり、ロックキーパーが「資化される前の食糧」を採ってくるのを手伝った。きちんと成型された固形の食事をずっととり慣れてきた身からすれば、形の定まらない軟体の蛋白質《たんぱくしつ》というものは、当初何ともグロテスクでショックだったが、これも慣れればそれほどのことはなかった。

夕食の時、仕度をするロックキーパーに、ふと、

——教えてくれないかな。

といった。

——何を？

——調理の仕方。今も、スープぐらいは出来るようになったけれど、それは君が準備してくれているからだ。

——ああ。

と、ロックキーパーはびっくりしたようなほっとしたような笑みを浮かべた。

——簡単だよ。火を通す、海原の水からつくった塩分を加える。基本的にはこれだ

けさ。だから。

といって、ロックキーパーは鍋《なべ》に海原の水を入れた。そして竈《かまど》にそれをかけた。

――これで茹《ゆ》でれば両方いっぺんに出来るわけ。ものによっては、スープも取れるし。

それから、いくつかの蛋白質の種類について説明を受けた。直火《じかび》で焼くのに向いているもの、そうでないもの、太陽光で処理するもの、等々。

こういうことを、一体どのくらいの間、ロックキーパーは一人で続けてきたんだろう。叔母は、ロックキーパーのことをかなりの高齢のようにいったけれど。

――あの。

そのことを直接訊こうとして、僕は口ごもってしまった。僕のその様子を見て、

――僕がどのくらい生きているか訊こうとしてるんだろ。

と、ロックキーパーはからかうようにいった。僕は少し考えてから、黙って頷いた。

――うん。

ロックキーパーは、しばらく下を見て、それから自分の手のひらを見、

――ほとんどこのシマが出来たと同時くらいからかな。

と呟き、僕を仰天させた。

――まさか。

僕の驚きを見て、ロックキーパーは吹き出し、

――まさか。

と同じように返した。それで、僕はそのとき、ロックキーパーが問題をはぐらかしたのだと思い、それ以上は訊かなかった。

けれど、あのときロックキーパーは問題をはぐらかしたりはしていなかったのだ。

僕は今はっきりそう思う。

7　ペリカンを探す人たち

雲が低い。海の向こうに、飛行機に乗っていて見るような雲海が広がっている。違うのはそれを斜め下から見ているということ。島はこの雲海の果て。

船は、月に一回、第四火曜日にしか出ない。近くの大きな島にほぼ毎日出航している、その同じ船が、月に一回だけ、更にその先の島に寄港するのだ。折り返し復路の船となり帰ってくる。その間、ほぼ一ヶ月一切行き来がないかというとそうでもなく、この港近くの釣り具店に電話すれば、寄ってくれる漁船があるという。釣り客もけっこういるらしいのだ。そのことは事前に調べてあったので、帰りはそれで頼むとして、とりあえずその定期便に間に合うように、昨夜は港近くのホテルに一泊した。風野さんも、遅くなるといっていたが同じホテルに一泊したはず。

なかなか寝付かれず、寝付いたと思ったらすぐに目が覚めて、外が少し、闇《やみ》が薄れてきたような気がしたので、そのまま起きて、桟橋の方へ散歩に出かけた。

海の向こうから濃い紅や群青《ぐんじょう》など、いろんな色が浮かんできていた。明け方なのだ。港近く、やたらに軽トラックが多いと思ったら、漁を終えた船が次々に帰ってきていた。早く着いた船からは、すでに鰯《いわし》（だと思う。でなければ鰯のサイズの魚）がベルトコンベア状のもので大量に水揚げされてカゴに入ってゆく。大きな倉庫のような建物があり、人の出入りも激しかったから、あそこで、もう競《せ》りが始まっているのかも知れない。皆、私など気づかないように忙しそうにしていながら、目の端ではしっかりよそ者を確認して行く。通り過ぎるカートに積まれたカゴの中には、スーパーの魚コーナーでは見たことのないような、様々な色と形の魚が入っていた。

海の近くの町、とくに漁港のある町は、何ともいえない魚臭さと、寂れた感じ、海からの風に乗って漂う塩分が町中を浸食して、そこにいるだけで周辺から侵されてゆく感じがある。この町もそうだ。寂れた感じ、は、多分魚たちの夥《おびただ》しい死とも無縁ではないのだろう。いくら種が違うとはいえ、雪のようにその町に降り積もる「死」は、その圧倒的な「量」をもって、静かに人々の意識下に滲入《しんにゅう》してゆくのに違いない。

早朝、港の周辺を散歩しながら、そんなことを考えた。ホテルに帰って、そのまま朝食をとりに一階のレストランに行くと、窓際《ぎわ》の席で、すでに風野さんが食事をとっていた。他は、初老の男が観葉植物を挟んだ反対側の隅でやはり一人、週刊誌か何か読んでいた。

——おはよう。

風野さんはいつもどおり、髪をポニーテールにして——でも随分低めのポニーテールだった——こちらを確認した印に微笑《ほほえ》む代わり、持っていたトーストを振ってみせた。するとトーストが途中からちぎれて、しかし床にこぼれず、うまい具合に皿の上に落ちた。

——おっと。

風野さんは、トーストの残りを持った手を挙げたまま、皿を見下ろし、照れ隠しのように呟《つぶや》いた。

——これは吉兆。

私もウェートレスに朝食券を渡し、風野さんの前に坐《すわ》った。

——どう？　眠れた？

——ええ。でも早く目が覚めて、今、散歩してきた所です。

——ああ、そう。どうだった？

——そうですねえ……。漁港らしくて活気がありました。いろんな魚がいて。雲は随分出ていましたけど。出航には大丈夫でしょう。

――天気予報ではそんなに荒れるとはいってなかったけれど、海の場合はまた違うのかしらね。

風野さんはそうしてコーヒーを飲み、気づいたように、

――飲み物はほら、あそこ。

と、教えてくれた。私はうなずいて立ち上がり、コーヒーと紅茶のポット、ジュース類がおいてあるサービステーブルに近づいた。コーヒーをカップに注ぎ、グレープフルーツジュースのコップを取って、ふと、その、雑誌を読んでいる初老の男に目がいった。白髪交じりの短い髪――スポーツ刈りというのだろうか、そんな感じではないのだが――、顔の皺《しわ》の案外深いのに、初老というよりももっと年なのかも知れない、と、体の向きを変えると同時に思った。観光客用というよりはビジネスホテルみたいな「宿泊所」だから、港湾関係の仕事の人だろう。

テーブルに帰ると同時に、風野さんが声を掛けた。

――それで、その、島のご親戚《しんせき》の所は、連絡が付いたの？

――ああ、それが……。

実はとうとう付かなかったのだ。電話番号が分からなかったので――そもそも電話が付いているかどうかも定かではない――叔母に教えられた住所に手紙を書いたがと

うとう返事が来なかった。宛先《あてさき》不明で返ってきたりはしていないから、どこかに届いたものだとは思うが、それもはっきりしない。

——最初の予定通り、野宿になるかも知れません。

——いいわよ、もちろん、そのつもりで準備してきたんだから、気にしないで。

風野さんは口角をぐっと引き絞るようにして笑顔様のものをつくり、頷《うなず》いた。

ウェートレスがトーストとハムエッグやサラダを一皿にのせたものを持ってきた。

——じゃあ、私、先に上がって準備してるから。

風野さんは、さらりとそういうと、そそくさと席を立った。私が食べる間、付き合ってくれたっていいのに、と思ったが、まあ、風野さんというのはそういう人なのだ、と納得もした。それからしばらくして、奥に座っていた男も出て行った。意外にもわりにカジュアルな細身の綿パンをはいていて、後ろ姿だけ見ていると、随分若い印象だ。変な人だ。あれだけ年齢の摑《つか》めない人も珍しい、とぼうっとしながら食べていて、はっと気づくと、急がなければいけない時刻になっていた。慌《あわ》てて、レストランを出ると、エレベーターで、フロントへ向かう風野さんと会った。もうすっかり荷物を準備していた。寝袋がぶらぶらしているバックパッカースタイル。それに、二段になったプラスティックの弁当箱のようなものを手に持っている。アヤノちゃんとタモツくんだろう、たぶん。

——わあ、早いですね。

というと、

——もうちょっと時間あるから、そんなに急がなくても大丈夫よ。

といいつつ、すぐにフロントに向かっていった。私も急いで部屋に戻り、大あわてで、荷物を纏《まと》め、フロントで精算をすまし、そばのチェアで何か書いてある紙に見入っている風野さんに声を掛けた。

——お待たせしました。

——ああ、はいはい。

風野さんは、いいながら立ち上がり、その紙片をたたんでポケットにしまった。旅行の覚え書きのようなものなのだろう、たぶん。

——それ、タモツくんとアヤノちゃんですか。

——そう。そして、それが例の、ね。

と、風野さんは私がぶら下げていた、これも同じくプラスティックの箱の入っている包みを指した。昨日の朝、ぬか床を壺《つぼ》からこのプラスティックの箱に移しておいたのだった。

——そうです。見ますか？

風野さんは一瞬真面目《まじめ》な顔で、体をちょっと引いた。

——今は、いい。遠慮しとく。

——あら。

——私のタモツくんとアヤノちゃんに挨拶《あいさつ》したい？

——今は、いいです。遠慮しときます。

——あら。

私たちは友好的な笑みを交わし、外へ出た。

雲の切れ間から、ずいぶん強い日差しがあちらこちらまだらに注いでいた。さっき散歩に出たときよりもさらに、港は日中の顔になっていた。軽トラックはもうほとんど見えなかった。島へ行く船は、港のはずれから出るので、私たちは心許《こころもと》ない旅人の顔をして、目的の船を見逃さないように慎重に歩いた。やがて明らかに漁船と違う、けれどもフェリーとも違うような、正体不明の船が繋《つな》がれているのが見えてきた。

——あ、あれかな。

——あれ、でしょうか。

高速艇、ということだったけれど、予想していたものより遥《はる》かに小さく、湖ならともかく、これで本当に海を渡っていけるのかと不安になる。倉庫のような建物の中に入り、乗船申込書みたいなものに記入する。住所やら生年月日やら、結構面倒だ。

——こんなものに書かないといけないのかしら。もうチケット買ってあるんですよ。

私が呟くと、風野さんは、

——船の場合はね、書かないといけない。チケットだけ買っても、乗らないかも知れないでしょ。実際どういう人間が何人乗っているのかはっきりさせないと、遭難したときに確認できないから。

ああ、そういうことか、と私は慌てて必要事項を書き込み、風野さんのあとで窓口に差し出した。それから外へ出て、乗船口、と、書かれた矢印に沿って、何だか足下の危なっかしいコンクリートの通路を、桟橋の端まで歩いて行き、そこに立っている係員に乗船券を渡し、船に乗り込んだ。階段を上がって行くと、船内は簡素なベンチが幾列か並び、その前には大きなテレビが置いてあった。大学のゼミか何かの学生らしいグループがベンチに座らず、大きな荷物を床の上に置いて、その周りで談笑していた。テレビの前のベンチには、今朝ホテルのレストランで一緒だった男が一人、坐っているのに気づいた。あとは家族連れやカップルなど。私たちは端のベンチに腰を掛け、それから何をするともなくぼうっとしていたが、やがて出航の銅鑼《どら》（たぶんテープだろう）が鳴ると、どちらからともなく立ち上がり、甲板に出た。寂れた港がどんどん遠ざかって行く。べたつく海の風が強く、私は帽子を押さえた。同じ風が、私の後ろを歩いている風野さんの髪をざっと乱した。ちょうど輪ゴムを外してまとめ直そうとしていたらしい。ただでさえ、ぱさぱさと乾燥した風野さんの髪が、ますます荒れていくのではないかと、妙な心配をする。男友達にこんな心配をしたことがない。風野さんというのは、私の中では女友達に近い存在なのかも知れない、とふと思った。カモメが甲板から手が伸ばせるぐらいの所を飛んでいる。

——きっと、しょっちゅうカモメに餌《えさ》をやってる人がいたんですね。

——カモメじゃない、あれはウミネコ。ほら、くちばしの先に点が付いてるでしょ。背中も黒っぽいし。

風野さんは風に抗して声を張り上げるようにいった。

——あ、ほんとだ。

上の方を飛んでいる一羽がミャオウと鳴いた。

——ほんとだほんとだ。

私は初めて聞くウミネコの鳴き声に興味を持った。

出発したばかりとはいえまだ島影も見えない。本当に遠い島なのだと思った。距離的にも、私の現在からも。

学生たちも出てきて、ウミネコを見ていた。ほとんどが首から双眼鏡をぶら下げているのが、目に付いた。そういえば、ウミネコを見るその仕方も冷静で、私のように「見物」しているのではなく、いかにも見慣れているウミネコを「具体的に」観察している、といったふうだった。そういうサークルなのかも知れない。

風野さんの後について船室に戻ると、例の男がちらっと風野さんに視線を送った。風野さんと一緒にいて、周りの視線が風野さんに行くのはもうすでに何度か体験したことだった。それからその視線が一緒にいる私に移り、はてなマークがその人の頭上に確かに浮かんでいるのも。で、私はその男が次にこちらを検分にかかるのを軽く覚悟したのだが、その視線はすぐに窓の外に移った。それからまた風野さんを見た。風野さんも気づいたのか、

――ホテルでご一緒でしたね。

と、男に声を掛けた。男は、一瞬口ごもったが、

――そうでした。

と、うなずいた。そこへ学生たちも後ろから入ってきたので、私は軽く風野さんをせかせて、ベンチに座った。

やがて船は、最初の寄港地である、大きな島に着き、乗客を降ろした。乗ってくる客はおらず、結局学生たちとあの男、そして私たちだけになった。船が再び動き出し、しばらくするとテレビも映らなくなり、退屈したのか、男が話しかけてきた。

――島ではね、今、ペリカンが数羽、営巣《えいそう》しているという噂《うわさ》があるんですよ。それで行くんでしょう、君たち。

男は学生たちに声を掛けた。学生たちは一瞬お互いに顔を見合わせて、それから少し上気した様子で、

――そうですけど。すごいなあ。なんでご存じなんですか。まだ新聞にも載ってないのに。載ってなかったでしょう？

男は笑ってこの質問には答えなかった。

――あの島へはよく行かれるんですか。

私はさりげなく訊《き》いてみた。本当はぐっと近づいて、相手が逃げ出したらすぐにでも追いかけられるよう体にバネを矯《た》めながら「どういうゆかりの人なんですか」と詰《きつ》問《もん》したい気持ちだった。

――最近はあまり……。あなた方は今回が初めて？

逆に質問されてしまった。風野さんが、さっと名刺を取り出し――こんな場面は初

めてだった——自己紹介した。風野さんは相手に渡した名刺を反対側から覗《のぞ》き込むように、

——もともとはこの会社の研究員だったのですが、その子会社として新しく酵母会社を設立するんです。それで、研究のためにあちこちの野生酵母を採集しているんですが、今回も、その一環です。

え？　と、私は風野さんの顔を見た。こんな話も初めてだ。

——……酵母会社、ですか。

男は戸惑ったようだった。

——そういう市場があるんですか。

——外国には随分前からそういう会社が存在します。パンやヨーグルトなど、需要が多いんですよ。実際には、日本では微生物全体に渡るものになってゆくでしょうが。微生物全体、というので、腑《ふ》に落ちるものがあったらしく、男は、なるほど、エコロジー関係ね、とうなずいた。

そうだったんですか、と私が訊くと、風野さんも声にはせずにうなずいた。男は、

——私は富士といいます。釣りが趣味で。時々この島へ来るんです。

というわりには、釣り人のようには全然見えなかった。

とんど無人ですよ。

——あの、植物の藤さんですか。

——いえ。富士山の富士です。この島には、漁業会社の建物があるだけで、後はほとんど無人ですよ。

——村があったはずなんですけど。

——ああ、でもだいぶ昔のことだと思いますよ。学生さんたちに訊いてみたら。

そこで改めて、学生たちに視線を移す。男子が三名、女子が二名。いずれもTシャツにウィンドブレーカー、軽登山靴という格好だ。イヤホンで音楽を聴いたり、手持ちの本を読んだりしていたが、二人ほどは何となしにこちらの会話の成り行きに注意していたと見え、流行のフレームの眼鏡を掛けた人なつこそうな男の子が、

——なんか、あったみたいですよ。

え？　と、私は改めて、眼鏡の学生の顔を真剣に見る。学生は頷いて、

——僕たちは、「地球と生命のこれからを考える会」っていうサークルやってるんです。ここの島には定期的にキャンプに来て、動植物の調査とかしてるんですが、あまり、内陸の方へ入ったことが無くて……。いつも東海岸近くに基地作るんです。僕は三回目だけど、それでも、やっぱりこう、人のいない村の跡ってちょっと不気味だし、道路なんかもあちこち崩れちゃってるし。

といって、もう一人の学生の顔を見た。バンダナを頭に巻いた女の子が、

——前、昔の小学校の教科書みたいなのを、見つけたって先輩もいましたよ。

——どの辺で？

——海岸からそう遠くない所だと思いますけど。

——でも、僕たちそういう所を訪ね歩くのが目的じゃないんで、確かなことはいえません。

眼鏡がそういい、バンダナが、

——酵母って、面白そうですね。

と、いきなり強引に話題を変えた。そこで、風野さんは張り切って赤色酵母と桃色に仕上がる清酒の商品化について話し始めたので、すっかり学生たちの関心を引き、質問も受け、船内はミニ講義の教室のようになってしまった。そういえばこのベンチの並びようは、大学の教室のそれのようでもある。

私はすっかりうつらうつらしていて、気づいたらもう、船の振動が随分静かで、はっとして、目で風野さんを捜すと、彼はうなずいていて、着いたのだということを示した。外を見ると、知らない間に船は港の中に入っていた。

島だ。

私は一気に目が覚めた。窓に駆け寄るようにして、外を見回す。港とは名ばかりで、浜にコンクリートの建造物が不似合いにくっついているだけのようなものだ。周りには何もない。幾つかの鄙《ひな》びた建物が目に入るが、使われているのかどうかすら定かでない。しばらく待つようにとの船内アナウンスがあり、やがて船員が上がってきて、降りるようにといった。私たちが船を出て、さあ、どうしたものかと、辺りを見回していると、学生たちは下の甲板の方に自転車を積んでいたらしく、船員に助けられながら、自転車を押して出てきた。

——私これ苦手。

——私も。

と、女の子たちは四苦八苦しながらも、なんとか全員荷物を自転車に装着し終わり、

——じゃあ。

と、そろって会釈《えしやく》して、飛び立つ鳥の群のように行ってしまった。

原生林に覆《おお》われた山が、海岸すれすれまで迫っている。遠く、木々が途切れ、一段と高くなったような所は、草地なのだろうか。海岸と山を分かつ境界線のように道路が伸びている。彼らはその上を走って行く。

ぼうっとそれを見送って、ふと目の前の山の中腹辺りに、人工的な間を——つまり、

木がそこだけ自然放題に生えるのをためらっている感じの——感じて、妙に気になった。あそこは……と風野さんに声を掛けようとしたら、

——この島にあるはずの家に、まずは行きたいんです。住所は分かっているんで、島に着いたら誰かに聞いて、とのんきに思っていたんです。いくら離島だといってもバスぐらい走ってるだろう、と。

風野さんは、これもまた、自転車の整備に余念のない富士さんに声を掛けた。

——バスなんかない。頼んできてあげましょう。

富士さんは廃墟《はいきょ》のように見えたビルの一つに入っていった。しばらくして、

——事務員は留守でいなかったんですが、警備員の夫婦がいて、彼らが会社のワゴン車を動かしてもいいといっているので、頼んできました。僕も途中まで一緒に行くし。

それから、「ちょっと?」といって、事務所を指し、私たちも挨拶に行け、という仕草をしたので、大急ぎでそちらへ向かおうとしたら、事務所のドアから、警備員というにはあまりに優しげな、好々爺《こうこうや》という感じの老人が出てきた。続いてその妻と思われるこれも似たような雰囲気のおばあさんが。思わず会釈して、

——お世話になります。すみません、ご無理をいって。

と近づき、メモ書きの住所を取り出し、

——こういう住所なんですけど。本当にこの島なんですよね。

と、その、本土の県のどこかの村としか思えない住所を読んだ。

——ああ、この人が、配達の仕事もしてるんで、知ってるよ。

と、顔は皺《しわ》だらけだが、気のよさそうな奥さんが請け合った。

——郵便局のお仕事もなさってるんですか。

好々爺のご主人が、

——いやいや、そんなんじゃねえ。お仕事って程の……。まあ、郵便ったって、大した量じゃなし、ほとんどがうちに来るなんかだし、たまに、ほんとにたまに、役所からのなんかがあそこに行くんだな。そんときだけ、配達してやるんだ。家がもうちょっと、あったときは、みんな、港に来るついでに、手紙が来てないか、うちを覗いていっとったけどな。

——そうじゃけど、あんた、あそこ行ってどうしなさるつもり？　なんにもないよ。誰もいないし。

奥さんの方が小さな瞳《ひとみ》を少し好奇心に輝かせて訊いた。

——誰もって……。

私は戸惑った。

――今、郵便物を配達してるって……。

今度は老夫婦の方が戸惑ったようだった。私は風野さんと顔を見合わせた。これは何のことだろう。すると富士さんが突然、

――で、今日は野宿のご予定ですか。

――ええ、まあ。

風野さんが、頷《うなず》いた。

――野宿って、どこで……。

奥さんが心配げに呟《つぶや》いた。

――こんな陽気ですから、どこででも。

風野さんがにっこり笑って答えた。富士さんは、

――じゃあ、すみませんけど、運転して頂けますか。

と、夫婦に声を掛け、ああ、とご主人が応じ、私たちは乗り込んだ。富士さんは自転車を積み込む。助手席に奥さん。

――何かあったときの為《ため》に、いつでも二人。

奥さんが笑っていった。

――うらやましいなあ。

と、富士さんが即座に、けれど大して熱もなくいった。

窓を開けると、潮風が入ってくる。覚悟していたほどは暑くない。水平線近くの海が、きらきら白銀に光りまぶしい。反対側の窓からは、照葉樹林帯の暗く厚ぼったい緑が、なんだか不気味に広がっているのが見える。

――あ、わたしはそこで。

富士さんが声を上げた。最初のカーブの、岬の所だ。交差して、山へ向かう道も付いている。要所のような所なのだ、と直感した。車が止まると、

――じゃ、どうも。

――また。

と、富士さんはあっけなく降りていった。

――今の人、富士さん、良く来るんですか。

車が走り出してから、私は夫婦どちらとも無く声を掛けた。

――来るのかも知れないし、初めてかも知れないねえ。

おばあさんの方が曖昧《あいまい》に答えた。

――村は一つだけじゃないんだよ。港の近くにもあったんだが、それでもあの住所

の所へ行きなさるんだね。

ご主人の方が念を押した。私はちょっと興奮して、

——村のこと、ご存じなんですか。

——……私たち、島で生まれたんですよ。

奥さんが少し顎《あご》を引き加減にして微笑《ほほえ》んでいった。え？　と運転席のご主人の方を見るとこちらもただじっと前方を見て微笑んでいる。車内の空気は一瞬にして緊張した。風野さんを見ると一見無表情だったが明らかに驚いているのが分かった。

——で、ね、あなたのお手紙を受け取ったのは、私なの。

あ、と私は小さく声を上げた。この人たちは……。

——上淵家の方ですか。

私の声はかすれていた。

——いいえ。違うの。親戚《しんせき》筋のものです。手紙来たって、本人がそういうことだから、一応開封させて貰《もら》って……。悪いね。

——あ、いえ。

手紙は出したが、念のため、ごく常識的な、当たり障《さわ》りのないことしか書かなかった。先祖の島へ行くつもりでいるが、その際、ご挨拶《あいさつ》に伺いたいのだが、というよう

なこと。

——さっき、会ったとき、ああ、手紙の人かな、とは思ったんだけど、違うかも知れないし、と思って。でも話しているうちに、ああ、やっぱり手紙の人だ、って思って……。

そういうと、彼女はぽつぽつと以下のようなことを話し始めた。私たちが生まれた頃もね、島はもう過疎《かそ》で過疎で。でも昔は随分栄えたらしいですよ。昔っていっても、それこそ明治時代までの話だけれど。でも、私たちが生まれた頃はね、もう数軒しか残っていなかったの。この人は島を出て本土の高校へ行ったけどね。やっぱり島が恋しくて帰ってきた。え？ 私が恋しかったんじゃないかって？ お兄さん——えっと、お兄さんよね。髪の毛が長いからぱっと見ただけじゃ良くわかんないね——優しいね。うーん、そうだったら嬉《うれ》しいけど——あら、この人ったら笑ってる——はいはい、大体私がね、島が好きだったからね。珍しいのよ、私みたいなの。で、ちょうど漁業会社が今のところに出来たんで、そこの加工工場で働いてたの。そうね、その頃は今より遥《はる》かに魚が捕れたからね。今はだめ。工場も閉鎖されて。漁船の一時預かりみたいな会社になっちゃった。え？ なぜ島がそんなに過疎化したかって？ それがね……。

そこまでしゃべって、彼女は運転をしているご主人の顔色をうかがった。そして、

——私たちが小さい頃、聞かされていたのはね、でもなんだか信じられないおとぎ話みたいなことなんだけれど……。

そういって、もういちどご主人を見て、優しい表情のままだったのでいう気になったのか、

——そんなこと信じてるのか、って馬鹿《ばか》にするかも知れないけれど、昔、島の男が、島の女神の一人に恋をしたんだって。そいでその女神を島外に連れ出したからだっていうの。それから、神さまたち、その女神を追ってどんどん島を出て行った。この島では不作続きで生活できなくなった島民たちも結局どんどん島を捨てて出て行った。女神が、もう一度帰らない限り、神さまたちも帰ってこないし、島も生き返ることはないって。

——はあ……女神ですか。

狐《きつね》につままれたような心境だ。

——言い伝えだからね。

ご主人が念を押した。

——神話のようなもんだ。

——でも女神が帰ったとき。

おばあさんが抗《あらが》うようにいった。

——誰も待ってなかったら困るでしょ。

ああ、と風野さんがいった。

——だから、おばあさんたち、ここに残ってるの？

車内にまた、沈黙が流れた。

車の外は、深いジャングルのような森に入って暗くなったかと思えば、急に視界が開けて海が見えたりと、ひっきりなしに景色が変わっていった。道路はさすがにひどい状況だった。道幅はときに脱輪するのではないかと思うほど路肩が落ちて狭くなっていたり、でこぼこどころか道に大きな亀裂《きれつ》が入っていたり、いつの台風の時のか、木が根っこを付けたままなぎ倒されていたりしたので、そのたびに車を止め、木や枝を脇《わき》に寄せたり、亀裂を埋めたりして工夫しなければならなかった。

——いや、これはこれは。最後に配達したのは一年前だからね。

えいやっと、丸太を風野さんと二人で道の脇に放り投げた後、おじいさんが呟いた。

辺りは風もなくあまりに静かだ。声が道の両脇に広がる森に、吸い取られて行くようだ。

——行ってみると、もう誰もいなかったから。役所に届けるとめんどうだから、もうそのままにしておいた。

ぼそっと、付け足した。そういうことだったのか、と私は納得したが、風野さんは、

――誰もいなかったって……。探そうとは思わなかったんですか。

と、少し気色ばんで訊《き》いた。

――昔から良くあることだったんですよ、そういうこと。神隠し。いなくなるの、急に。あの辺に住んでると。

おばあさんがなだめるようにいった。

――いなくなるって……。怖くないんですか。

――怖いって……。神隠しにあう子は、最初っから、影が薄いからね。それが消える前はまた、透き通るように薄くなる。それで、ああ、この子はもうすぐ神隠しにあうなあ、って、みんな何となく分かった。あの人もそうだったから。それでも……。

――うん、それでも随分もったよ、あの爺《じい》さんは。

おじいさんが頷いた。

――ときどき、あの爺さんみたいに、島を出て行った人の子孫がふらっと帰ってくることがあるんだ。それがたいがい、最後には神隠しにあうんだ。まるで死に場所って決めてかかってるみたいに、この島目指して帰ってくるんだ。

思わず腕をさすった。鳥肌が立っていた。

——その爺さんって……。いくつぐらいだったんですか。

——さあねえ。随分あそこにいたねえ。

ご主人は奥さんの方を見た。

——そう、そうだねえ、私たちが結婚する頃にはもう、いたような気がするねえ。

私は素早く頭の中で計算した。いや、それでも、私の祖父とするには無理がある。

しかしその人でなくても……。

——そういう人、結構いたんですか。

——いるんじゃないかねえ。

過去形にしなかった、と思い、風野さんと顔を見合わせた。今日、何度目だろう。

——もうすぐだよ。

そういってご主人が運転席に乗り込んだので、私たちも後に続いた。さっさとその辺の森に入って土を取って帰ろうか。一瞬そういう考えが浮かんだが、いや、ここまで来て引き返すわけにはいかない、と自分にいい聞かせる。

やがてあちこちに人工的な建造物——決して大がかりなものではないのだが、自然に出来たものではあり得ない——の朽ちた跡らしきものが目につき始めた。

――この辺ですか。

と、尋ねると、

――そうそう。その先。

と、夫婦共に頷く。

やがて車は、明らかに人家の前に停まった。が、辺りにひと気は全くない。

――さあ、着いた。

――ああ、ありがとうございました。

と、風野さんが礼をいい、私も慌《あわ》てて、

――ありがとうございました。

――あんたたち、ごはんとか、ちゃんとあるの。

奥さんの方が気遣わしげに訊いた。私は一瞬返事が出来なかった。すぐに風野さんが、

――ええ、レトルトですけど、カレーとかも、もってきてますし、しばらくは大丈夫です。

――そうかい。いざとなったら、何とか港まで歩いてきなさい。何、歩いてこれない距離じゃない。昔の人はよく行き来していた道らしいから。

——無理するんじゃないよ。

口々にそういって、帰っていった。私たちは深々とお辞儀した。

——何、あら、久美さん、泣いてるの。

顔を上げた私の眼から涙がこぼれているのをめざとく見つけた風野さんが、驚いた声でいった。見られたものは仕方がない。私は開き直って、

——ああいうの、弱いんです。

そういっているそばから、涙が後から後から出てきた。どうしたことだろう。いくらなんでもこういうことは初めてだ。

——ふうん……。

——ううう。すみません、ちょっと待ってください。すぐに元に戻りますから。

で、なんとか事態を収束させ、深呼吸一つして終わらせた。

——はい、もういいです。じゃあ、この家から当たりましょうか。

風野さんは目を丸くして私の様子を見ていたが、何もいわなかった。

埴生《はにゅう》の宿、という言葉があるけれど、私たちが最初に訪れた（分け入った、というべきか）屋敷跡もまた、その後の他の屋敷跡と同じように、ほとんど植物に乗っ取ら

れた状態だった。針金やコルク塊などでリスなどの形を作り、アイビーなどを這《は》わせてつくる、トピアリーという灌木《かんぼく》や蔓物《つるもの》の仕立て方があるが、崩れかけた小屋の土台を使い、いや、家そのものの骨組みごと吸収して、ここでは植物が吠《ほ》えんばかりにその生を謳歌《おうか》していた。

——これって……すさまじい勢いですね。

——すごいね。変形菌の気配もする。

——いるのかな、お仲間。

——いると思う。どこか。そういえば、いったっけ？　最近、タモツくんの知能の高くなったこと。

——いいえ。

——すごいくらいよ。外である程度の捕食を終えると、また自分の場所、つまり台所に戻ってくるの。

——ほお。

——真《ま》っ直《す》ぐに、よ。つまり、最短距離で。

風野さんの口調はたいそう誇らしげだった。私は現場を見ていないから半信半疑で何ともいえないが。

とにかく、風野さんは変形菌に対して親和性があり、その風野さんがそういうのだから、変形菌もきっとこの廃屋のジャングルのどこかに存在しているのだろう。

――やらなくちゃいけない、大事なことがあるの。

風野さんが神妙な声を出した。

――タモツくんとアヤノちゃん、放してあげないと。ずっと、この中だから。朝、シリアル、ちょっとあげたけど、ずっと閉じこめっぱなしというのは可哀想《かわいそう》。もう、そろそろどこかで放さないといけないと思うんだけど、ふんぎりがつかなくって……。

これを聞いて、私は黙ってタモツくんとアヤノちゃんの入れ物を持ち、すたすた歩き始めた。

――久美さん、久美さんったら。

慌てて風野さんが追ってくる。私は川の側《そば》まで行き（川の近くを選んだのは、湿気には事欠かないだろうと思ったからだ。新天地として彼らが気に入るかどうか分からないけれど）、蓋《ふた》を開けた。

――ああ！

風野さんの悲痛な叫びが後ろから聞こえた。

黄色の網状のタモツくんは、心なしぐったりして見えた。

いた。

――新世界へようこそ。

私はタモツくんに囁《ささや》き、容器をちょっと斜めに揺すって、タモツくんが足下に横たわる朽ち木に出てきやすいようにした。タモツくんは、「!」という感じだった。そのまま容器ごと朽ち木の上に置き、同じようにアヤノちゃんも、別の朽ち木の上に置いた。

――素晴らしい新世界かどうかは、何ともいえないけれど。

アヤノちゃんは「!?」という感じだった。

――さあ、戻って作業を続けましょう。

私は何ともいえない表情で二人（――二匹、いや二個体か？　しかし元々が一つなのだから……わけが分からなくなる）を見つめている風野さんに声を掛けた。

トベラなど肉厚の植物の幹や枝、暴力的に足を食い込ませている蔓類をかきわけ、台所とおぼしき土間も含め、数ヶ所で積もった土壌採取を続けた。

風野さんも最初は湿りがちだったが、途中、ふっきれたのか、やけくそのようにパワーアップし、陽気になった。

むっとするような空気の中で、作業の途中、崩れた壁の向こうに海が見えたときは思わずため息が出た。信じられないようなことだが、ここで人間の生活が営まれていたのだ。朝起きて味噌汁《みそしる》をつくり、仕事をし、食事を作り、それを家族で食べ、そして眠る。植物というのは、なんと暴力的にそういう秩序を解体させ、土に戻そうとするのだろう。いや、植物にその気はないのだろうが、生きて成長し繁栄する、そのことがそのまま、濃厚な死の影を作って行くのだ。その植物の牙城《がじょう》ともいうべき元家屋の中にいる間、ずっと何かに見張られているような息詰まる緊張感があった。

這々《ほうほう》の体《てい》で外へ出て、思わず二人とも深呼吸する。道路のまん中に座り込んで、風野さんはしみじみ呟《つぶや》いた。

——全くこの緑っていうのはすごいもんだよね。四十億年前、海洋中に最初に生まれた生命活動の一つがこの葉緑素ってやつで……。この最初に生まれた瞬間ってのをよく想像するんだけど……。

——はあ。

私は思わずほとんど家屋と一体化している藪《やぶ》に続く森の方に目を遣《や》った。風野さんも私の視線に自分のそれをシンクロさせて、

——植物の根と共生している菌類の菌糸が、森の土壌中ネットワークみたいになって、窒素とかリンとか、が、充分余っている個体（例えばブナとかマツの）、から、

それが不足している別の個体へ回したりしてるって話、聞いたことある？

——ああ、外生菌根のことですね。

——そう。外生菌根菌、つまりキノコの仲間ね。ある化学物質が森の外れのマツの木で生まれ、それがあっという間に森中のマツに広まるときがある。森中に張り巡らされた菌根ネットワークがある。それも、そのネットワークはふつう決まった樹種を宿主にしてしか張り巡らされないけれど、土壌の条件によっては、かなり多種に渡って宿主を増やすことが出来るのだとか。

私はしばらく考えてから、

——でも、それって、考えると何のためにですか。普通生物は見返りなしで動かないでしょう。共生して、宿主の利益のために働くのも、結局は自分の繁栄にも繋《つな》がってるから、でしょう。

——だから、宿主のためにその情報をやりとりしてあげるのも結局は自分のためになる、と踏んでいるのでしょう。実際、宿主の木ともある種の物質のやりとりはあるわけだし。

——でも、そこまでしてあげる必要があるのかしら。安い賃金で滅私奉公って感じ。植物が作るものって、光合成によって生産された炭水化物、つまり糖ですよね。宿主が死ぬとき、それが解体されて自分のものになる、それを待って、しかもそんなまどろっこしい方法で、何年も何十年も下手すると何百年もずっと待ち続けるわけですか。樹木の寿命って桁外《けたはず》れに長いんですよ。

——だから、きっとそれに見合うだけのメリットもあるに違いないのよ。見返りなしにそんなことはしないでしょう。他に何があるって言うのよ。その献身的な行動が、純粋に愛ゆえのものだとでもいいたいの？

——ふざけないでください。

——ふざけてなんかいない。

風野さんは小さな声でいった。

——ただ、時々考えるのよ。つまり、愛っていうと誤解を招くけれど、長い年月の間に、そのキノコの自己アイデンティティが、樹木のそれに統合されてしまうようなことがあったとしたらって。

——一緒に暮らしている夫婦の間に芽生えるような？

——まあね。

——ちょっと信じかねますが、ばっさり否定するのも夢がないですね。けれど、そもそもキノコに「自分」というものがあるか、って疑問がある。

――自己規定はあるでしょうよ。

――それは確かに。

生物である限り、自分の生が立ち行くように、他よりも有利に捕食しようとあらゆる手だてを考えるものだ。その際、自己、という大前提がないことには一歩も動くことが出来ない。

――自己規定。自己って……。そもそも、いつ頃から？　細胞は……。

私たちは一瞬二人とも黙り、それから顔を見合わせて、

――細胞膜。

――そして、やがて植物の、細胞壁。

そうだ。膜、というのは、そもそも、何という発明なのだろう。太陽エネルギーによって生じた生体構成物質、糖は、細胞膜をどんどん厚くして、外部と内部を隔てた。膜。壁。ウォール。それは内と外を隔て、内と外を作る。自己と他者を作る。外界と内界を作る。

――今、タモツくんたち、細胞壁がない状態なのよね。

ああ、まただ、とおそるおそる風野さんの様子を窺《うかが》う。思ったほどしんみりしていない。

──だから動けるわけでしょう。あんまり守りが堅すぎると、自由が犠牲になる。

私は励ますようにいった。

──自由のためには、多少のリスクも覚悟の上、それが「移動」っていうわけ？

むずかしいね、と風野さんは呟いた。

その午後は、そういうふうにあと四つほどの「屋敷跡」から土壌採取し、気づいたら日もだいぶ傾きかけていた。最後の家から出ると、前庭から海岸に向かって下り坂になっている小径《こみち》があり、それに気づくと、風野さんは嬉《うれ》しそうに、

──ちょっと、行ってみようか。

といった。

小径といっても、昔は道として使われていたのだろう、と見当が付くぐらいのもので、藪の間が連続的に切れている隙間《すきま》、といってもいいだろう。恐竜が生きていた時代を思わせる、巨大な羊歯《しだ》、ヘゴが両側からわさわさと生えており、おまけに地割れがひどくて、気を付けていないと割れ目に足を取られて骨折までいかないにしても捻《ねん》挫《ざ》ぐらいはしかねなかった。転がっている大小の石も視野に入れ、足下に集中しながら歩く。

実は私は島に着いたそのときから、今夜の野営地を確定しておきたくて気が気ではないのだが、風野さんはどこ吹く風だ。こういう行き当たりばったりのタイプと一緒に旅をするのは、私のような人間には相当のストレスなのである。それがだんだん分かってきたので、ストレス回避のためにもいちいち風野さんに相談するのをやめ、一人であれこれと考え、適当な場所をずっと目で探してきた。しかし、この状況では周囲に視線を配ることもなかなか難しい。なかなか難しい、が、不可能ではない。私は左斜め前方に、大きな板状の石が二つの大岩の間に屋根のように架かっている場所をめざとく見つけた。よし、あれも候補の一つに入れよう。

——わあっ。

突然風野さんの悲鳴が聞こえ、次の瞬間、地面にどうっとばかり、打ち臥《ふ》した風野さんの姿が目に入った。割れ目に足を取られたのだ。

——だいじょうぶですか。

私は驚いて声を掛け、そばに膝《ひざ》をついて様子を窺った。風野さんはすぐに身じろぎし、

——いったあ。

と、起きあがろうとした。が、割れ目から足を抜くとすぐに、

――あ、いたたた。

とうめいた。

――だいじょうぶだったら、こんな顔はしないでしょ。

風野さんは顔を歪《ゆが》めながら叫んだ。それから、

――でもだいじょうぶ。ちょっとひねっただけよ、きっと。

と、真顔になって立ち上がったが、すぐに体を傾《かし》げて、ケンケンをした。

――無理しない方がいいですよ。

そういって私は風野さんの脇《わき》に入るような格好で、その体を支えた。それからこれからのことを考える。まず、このまま彼が動けなくなってしまった場合。私が歩いてなんとかあの夫婦の住む港まで行き、助けを求めるしかないだろう。そのために出発するとしたら、もう今しかない。今動いたにしても港に着くのは夜になるだろうが、ぐずぐずと陽が落ちる夏の宵であるので、道中の大半は何とか視界もきくだろう。出発を決めるなら今だ。

――どうですか、正直な話、感触として。

私は彼に恢復《かいふく》の見通しについて訊《き》いた。こういういったん受けた体のダメージの展

開は、人生経験を積むうち、直感的に分かるものだ。特に風野さんは、あんな目にあったあとだからなおさらだろう。

——なに、その冷静な口調。

風野さんは気味悪そうにいった。それから芝居がかった口調で、

——まさか私を見捨てて……

私はうんざりして、

——馬鹿《ばか》なことといわないでください。そんな無益な言い争いをしている暇はないんです。助けが必要なら、今ここを出発するのが一番だと思ったまでのこと。

——もちろん冗談よ。

——冗談がいえるぐらいなら、大丈夫と見ていいんですね。

——それが私の場合ねえ……。よくわからないのよ。でも、なんか、大丈夫そうな気がする。

その見通しは甘かった、とあとで判明するのだけれど、私はそのときその言葉を信用し、風野さんを座らせて、とりあえず一人で海の方まで下りてみた。丈高いイネ科の植物をかきわけ、視界が開けると、予想通り、というか当たり前なのだがそこは海だった。潮だまりに潮が溜《た》まっていて、僅《わず》かに届く波の手が優しくそこを撫《な》でて行く。

湾というほどの奥行きもないが、海岸線は緩やかに弧を描き、左手の端は岬となり水平線に向かい、切れていた。見とれていると、その岬の突端に、動く人影のような物が見えた。双眼鏡を取り出し、覗《のぞ》くと、確かにあの学生たちだった。カヤックに乗っている者もあった。あの近くにペリカンの営巣地《えいそう》があるのだろうか。近くに打ち上げられていた竹の根っこのようなものに着替えのTシャツを括《くく》り付けて振ってみる。が、何の反応もない。白いTシャツではウミネコが暴れてるぐらいにしか思われないのだろうか。せめて赤や黄色のTシャツがあれば良かったが、そんなものは家にも持っていないから、大体ここにありようがない。あきらめて、後ろを振り返ると、すぐそこの丘の所に、さっき見た岩小屋様のものがあった。あそこなら満潮でも潮が寄せることもないし、海に開けているのでいざとなれば救助も求めやすいだろうと、とりあえずあそこでキャンプを張ることに決める。そうとなったら、と、丘の上まで視察に行く。潮騒《しおさい》で聞こえにくかったが、近くを川も流れている。この川は、道に沿って屋敷跡を歩いているとき、見かけていた川に違いないだろう。山からの清流があちこちに水路をつくり地下にくぐりなどしながら、ここから海に注いでいるのだ。そうだ、もしかしたら飲めるかもしれない。農薬を大量に使うゴルフ場や、劇薬に近い液体が地下に漏れるようなクリーニング屋もないし。有毒な鉱山の話も聞かなかった。

「岩屋」は下が砂地になっていて、湿り気もなく、ちょっとした雨風はしのげそうだった。

ずっと懸案だった事項が一つ、解決した気楽さから、私は思わず鼻歌を歌いながら、戻ったらしい。というのは自分では気づかなかったからだ。風野さんは仰向けになっていたが、私が近づくと、

――ずいぶんごきげんじゃない。

といった。

――え、そうですか。

――鼻歌歌ってたわよ、私がここで一夜干しの魚にならんとしているときに。

――あ、そうですか。気づかなかった。それより、今夜の野営地にぴったりの場所がありました。しかも浜から、あの学生たちが見えたんですよ。Tシャツ振ったんだけれど、気づかなかった。でも、いよいよとなったら、気長に何か信号出し続けてたら気づいてくれるかも。

――いよいよ、って何よ。すぐに良くなるわよ、これくらい。そうか、あの子たち、いたんだ。

そういって立ち上がろうとしたが、ぎゃっ、といってまた座り込んだ。

――急に無理したらだめですよ。悪化したらどうするんですか。

私は手を伸ばしてゆっくり立ち上がらせ、さっきのように彼を支えようと彼の腕を肩に回し、脇に入った。風野さんの汗のにおいが、一瞬流れて消えた。そういえば今までそういう類《たぐい》の生々しさを感じさせない人だった、と改めて思った。

――第三種接近遭遇。

思わず呟《つぶや》き、風野さんが、何それ、と訊いたので、

――まあ、接触、というようなことです。UFO関係の用語。

――人を宇宙人みたいに。じゃあ、第一種は何なの。

――ええと、目撃、かな。

――じゃあ、第二種は？

――……接近？

――ほんとかしら。

――うろ覚えなんで、違ってるかもしれません。それより、もっと体預けてください。遠慮してるでしょう。

――そりゃ遠慮もするわよ。当たり前じゃない。

そうこうしているうちに、海が見えた。海の表面を流れてきた生ぬるい空気が、そ

れでも夕方の冷たさを端っこにまとわりつかせて、風となって私たちの正面から吹き抜けた。

――ああ、海っていいわね、やっぱり。

風野さんは深呼吸した。そのときまた、どこか乾《ほ》し草《くさ》の束のような風野さんの匂《にお》いがした。

――ああ、あそこね。

風野さんは学生たちを見つけたようだった。

――で、キャンプ地は、そこです。

と、私は彼をまっすぐ「岩屋」へ誘導しようとした。そこから真横に移動した方が最短距離になるからだった。

――川がある。

――ええ、飲めるんじゃないかしら、と思ってるんですけど。

――そうね。沸かしたほうが安全でしょうけど。沸かさなくったって、いけそうね。

――じゃあ、ちょっと荷物とって来ますから、ここに坐《すわ》っていてください。

私はそのまま駆け戻ろうとして、危うく地割れの一つに足を突っ込みそうになり、ここで二人とも歩行困難になったらどうする、と自分にいい聞かせ、慎重に歩いた。

さすがに二人分一度に運ぶのは難しく、二度にわたって行き来しなければならなかった。風野さんの荷物は異様に重かった。

——一体何が入ってるんですか。

私は息を切らせながら怨嗟《えんさ》の声を上げた。

——食糧や食糧、あとは食糧など。

——まさか全部。

——まさか。

重いのは研究書だった。食糧も、確かに相当あったけれど。

——じゃあ、テント張りましょうか。

——え？

——テントよ。あら、持ってこなかったの？

——寝袋はあります。

——ああ、だから野営地について神経質になっていたのね……。しようがない、私のを使いなさい。

風野さんは男気（？）のあるところを見せて、テントを広げたが、一瞬にして拡《ひろ》がるおもちゃのような簡易一人用で、とても快適な夜が過ごせる気はしなかった。

――いいです、遠慮します、一度星空を見ながら寝たいと思ってたので。

――ふん。夜露ってもんを知らないからそういえるのよ。

――夜露が体に降りるなんて、ロマンティックじゃないですか。

風野さんは呆《あき》れて首を振った。

永遠に続くかと思われるような長い一日だったが、やがて太陽は水平線の彼方《かなた》に傾き始めた。明るいうちに食事の準備をしていた方がいいと思い、

――夕食、とりかかります。風野さんは今回、いいです。私がやります。

風野さんはゆっくりうなずいた。

レトルトのカレーを温め、飯ごうで米を炊《た》くだけだったのに、風野さんがああでもないこうでもないと横やりを入れたので、出来上がったら日が暮れていた。さすがに風が冷気を運ぶ。けれど、不思議な香りのする風で、カレーを口にしながら何度かその手を止めた。

――何だろう、これ。

――……うん……。

風野さんは、少し眉間《みけん》に皺《しわ》を寄せた。

——分からない。この私が分からないなんて。

この私って、どの私だろう、と思ったが、微生物研究者としての自負がそういわせたのだろう。

——まったく、こんなわけの分からない世界に連れてこられて、今頃、タモツくんたち……。

——今さら何をいってるんです。最初に彼らをここで放すっていい出したのは風野さんでしょう。

——それはそうだけど。だんだんに気持ちの整理をつけてから、と思っていたのに、あんな乱暴なやり方をして……。

——でも、新しい環境ですごい体験をしているかも知れませんよ。案外、スーパー粘菌になって、全く新しい何かに進化していたりして。ほら、酵母だかカビだか分からないの、あるじゃないですか。ほとんど自由自在にどっちにでも変化してるもの。

——そういえば。

風野さんが真顔になった気配がした。ランタンの光だけで、よく見えなかったけど。

——今日、昼間、奇妙なもの見た。粘菌なんだか、それとも……。

——へえ、風野さんが、そういうなんて珍しい。何故《なぜ》すぐ教えてくれなかったんですか……。

——それが、すぐ、消えてしまったの。それに、何かそれ、変な感じがして……。

——菌類？

——たぶん。でも、受ける印象が、なんか、全然違って……。

——この島独自の、何か？　酵母？

——酵母ってのも菌類だからね。

風野さんは少しぼうっとしているように見えた。けれど言葉付きはしっかりしていた。

——単細胞の菌類。あいつらは脳なんか持ってないはずなのに。それでもあれだけのことをやってのける。何か考えて行くと、最終的には生物には脳なんか要らないのかなって気になってくる。この地球上の命の調和ということを至高の目的においた場合は。

——それもまた極論ですね。これだけ多様な生物があるからにはやっぱりそれぞれ身の丈にあった脳が必要だったんでしょう。それとも何ですか、風野さんは、地球上の生命ってのは単細胞の菌類止まりで良かったのではないかと思ってらっしゃるんですか。

冗談のつもりだったのに、風野さんはまた黙ってしまった。前もこういう質問で風野さんは黙った、と思い出した。少し過激、とは思っていたが、それよりもかなり過激な人間かも知れなかった、風野さんは。

風が例の、花の香りとも樹脂の香りとも、またもちろん潮の香りとも違う不思議な香りを運んでくる。私は、何か、酒に酔ったときのように、少しずつどこかが麻痺《まひ》していくのを感じていた。これはだめだ、と頭を振り、

——風野さん。

と、改まっていった。

——忘れてはならないのは、私たちは、やはり、創造する側でなく、創造された側の生命体だということです。

——その考えはおかしい。そこに宗教が微妙に混じり合ってきた匂いがする。

まあ、それはそうだけれど、と思いつつ、風野さんの声ってこんなに気持ちよかったかなあ、と脈絡なく思う。慌《あわ》てて、

——タモツくんたちも、ちゃんと子実体をつくってくれてたらいいですね。

と、話題をタモツくんたちにふる。そうすれば、いつもの風野さんに戻る気がどこかでして。

——雄性細胞というのは、一般的に小さめで動的なんだ。とにかく落ち着きなくよく動く。それに対して雌性細胞は、動かない。どっしりして、ただ待っているようにも見える。実際雄性細胞が近づいてくるのを待っているんだろうけれど、でも本当にそうかなあ。受精してからの展開ってのはもう、雌性細胞にとってはもう、とてつもなく劇的だよね。どんどん分割されていって自分が引っかき回されて、ううん、自分ってものすらなくなってしまって、どんどんどんどん別の何かになってゆく。雌性細胞は、本当にそんなこと、望んでいるだろうか。

——雌性細胞は、自分が何者であるか、見定めたく思っているんじゃないでしょうか。まだ何者でもない自分、が、何かの方向性を与えられることを。

——それでいいのかなあ、雌性細胞は。

今のこの人の声はどうしてこう、懐《なつ》かしく内臓を撫《な》でてゆくように聞こえるのだろう。彼の話している内容などどうでもいいのだった。その響きをいつまでも身体《からだ》の内部で響かせ、感じていたいと思うのだった。一つの言葉が体内に吸い込まれ、いくつかの柔らかい器官の間を跳ね返り跳ね返り、着床する場所を探して行く。

これはなんと変わった現象だろう。風野さんの声を、不快だとこそ思わなかったが、さして魅力的だと思ったことはなかった。彼から発せられた言葉に、何かの変化が生じているのだろうか。そしてそのせいで、それをキャッチする受信元である私側が普段と違うのだろうか。それで二者間に漂う空気にこれだけの変容が見られるのだろうか。それでは、彼の音声の微妙な変化は、何に由来するものなのだろう。

――久美さんの、声が心地よいなあ。何でだろう。

風野さんは相変わらず魅力的な声音で呟いた。それでは、私の声も、風野さんに同じような影響を与えていたのか。

――あれでしょうか、猫が発情期に入って声変わりするやつ。

――興ざめなことをいわない。

私は風野さんの言葉が女性的な特徴を無くしつつあるのを感じながら、

――興ざめ、ですか？

――猫なんかと一緒にされるのはね。

――どう違うんです？　むしろ潔《いさぎよ》いと思いませんか。

――自然の摂理に身を任す、ということが？

私は返事の代わりに手を伸ばして彼の額の後れ毛をなおした。そうしたかったのだ。彼はその手を掴《つか》み、それから口元に持っていこうとし、一瞬の戸惑いの後、

――なんだろう、この展開は。

と独り言のようにしみじみ呟いた。私は思わず心から共感し、

——本当に。

と、吹き出して、その拍子に手が放れた。何か濃厚な気配の魔法が破れた。僅《わず》かに何かが外れた。

——おっとどっこい、ってとこね。

彼は少し女言葉に戻って、大きくため息をついた。


それから、私たちは何事もなく（！）朝を迎えた。無論のこと、すぐに眠りにつけたわけではない。それは私も男子禁制の修道院で暮らしているわけではなく、俗世にまみれて生きてきたわけだから、濃淡取り混ぜた「第三種接近遭遇」があったわけで、その中には（数少ないとはいえ）いい思い出もあれば、反対に電車の痴漢の類から、不覚をとった、としかいいようのない出来事まである。けれど、昨夜一瞬現れたそれは、それまで経験したことのない、言葉でいい表しようのないものだった。強いて言葉にしようとすれば、あのリアリティからどんどん離れてゆく気がする。それは、よくあるような「身近に転がっていた新しい恋」などという人間界のレベルのものではなく、直感だが、純粋に何らかの要素がどこからか加わった化学反応的なものだ。

ごく近くでウミネコの鳴く声を聞きながら、そんなことを考えていたら、

——あーあ。

風野さんの情けない声が聞こえた。

——この期《ご》に及んでこんな事になるとは。

——おはようございます。

と、テントの中から声を掛け、

——どうかしましたか。

風野さんは、憮然《ぶぜん》とした声で、

——あっち行って顔でも洗ってらっしゃいよ。デリカシーのない人ね。

で、私は昨夜結局、風野さんから借りたテントを出て、タオルと歯ブラシを持ち、川へ顔を洗いに行った。

この川の水は本当にきれいだ。海へは、ほとんど滝のようにして流れ落ちているから、海水と混じり合うことがない。川面《かわも》に身を乗り出して川上の方を覗《のぞ》くと、鬱蒼《うっそう》とした緑のトンネルでその向こうから、聞いたことのない美しい鳥の声が聞こえてきた。顔を洗うのも忘れて聞き惚《ほ》れていると、

——やあ。

と、誰かが声を掛けた。川の向こう側から誰かが近づいてくる——富士さんだった。

——あら。

と、いってから、まだ顔も洗っていないのに気づいたが、開き直って、

——近くにお泊まりだったんですか。

と訊《き》いた。富士さんは昨日別れたときと全く同じ格好で、あのままずっと歩き続けていたんだ、といわれても納得しそうだった。

——ええ、まあ。

——自転車は？

——その先の道路に。あなた方はこの辺で野宿？

——ええ、まあ。

あ、そうだ、と思い立ち、

——実は連れの風野さんが足を挫《くじ》いてしまって、困ってるんです。

——足を？　動けないの？

富士さんのどこを見ているか分からないような目が一瞬真《ま》っ直《す》ぐこっちを見たように思えた。

——まるっきり、ってことはないと思うんですけど。本人が思っている以上に深刻

だと思います。

――ちょっと行こうか、そっち。

といって、富士さんはじゃぶじゃぶ川を渡ってきた。

それを見ながら、本当に不思議な人だなあ、と思う。こういう身ごなしの軽さは、とても年寄りには見えない。

――彼はどこに？

――あそこです。

と、私は岩屋を指した。

――じゃあ、ちょっと見てくるから、あなたは顔を洗っていなさい。

――え？　何で……。

富士さんは口に笑みの形を作り、私の持っていたタオルと歯ブラシを指した。なるほど、と頷《うなず》いた。岩屋の方へ向かう富士さんの後ろ姿を見送ったあと、川の流れに手を差し入れて口を濯《すす》いだ。思ったほど冷たくはない。

一応顔まで洗い、タオルで拭《ふ》いていると、岩屋から足早に富士さんが戻ってきて、

――骨は折れてないと思うから、ちょっと、あれに効く膏薬《こうやく》を作ってあげよう。まさかとは思うけれど、何か、擦り器、持ってきてないよね。

——擦り器？

——大根、とか、擦るような。

——ああ。……いいえ。

何でそんな物を、と思ったが、富士さんの真面目《まじめ》な表情に押されて、

——何かお手伝いしましょうか。

と、つい、口を出してしまった。

——いや。ええと、君の名前は確か……クミさんと呼ばれていたっけ。

——ええ。ああ、すみません、もう自己紹介したつもりでいて。カミフチ……上淵久美です。

——……ああ。うん。

といって、富士さんはちょっと俯《うつむ》いた。人の名前を聞いたときの反応にしてはあまり自然ではない。富士さんに対する疑惑と好奇心がまた起こってきた。が、彼はすぐに、

——じゃ、ちょっと行って、またすぐ帰ってくるから。この鞄《かばん》、預かっておいてくれる？

そういって上の方へ行った。

私が岩屋へ戻ると、風野さんは寝袋を片付け、すっかり身支度をすませていた。

——富士さん、来たでしょう。

私が声を掛けると、

——来た、来た。あなたから聞いたっていって、私の足を検分すると、ここで待つようにいい残して出ていった。

——上の方へ行きましたよ。膏薬作るとかいって。

——面倒見がいい人なんだ。見かけに寄らず。

——それなんですよ。その、見かけなんですけど。

と、私は熱心にいった。さすがに夕べああいうニアミスまがいのことがあったので、しゃべっていないと間が持たないような気がしている。

——いくつぐらいに見えます？

——……さあ。四十……五十？

私は目を丸くした。

——冗談でしょう。私、最初彼に会ったのは、あの漁港のホテルでしたけど、そのときは六十代後半かな、って感じでした。

——まさか。

今度は風野さんが疑わしげに私を見た。

――私の印象はそうでしたけれど、でも、確かにときどきわかんなくなるときがあった。

と、私がいうと、風野さんも頷き、

――確かに。

――で、何であの人この島に来たと思います？

――さあ。釣りが趣味っていってた？

――そんな風に見えました？

――全然。第一、釣り道具持ってないじゃない。こんな鞄、釣り道具が入るわけない。致命的よ。

風野さんは最初から怪しんでいたような調子でいったが、今まであまり富士さんに注意を払っていなかったのだろう。それを私がいったので、急にいろいろ思い出したのだろう。

――……ぬか床に関係ある？

風野さんは心持ち声を潜めて訊いた。

――……じゃないかと思って。

――何故《なぜ》訊いてみないの。

――隠してるんじゃないかと思って。話せるもんなら向こうから話すでしょう。

――あら、だって。

と、風野さんは呆《あき》れたように私を見た。

――いきなり私はぬか床関係者です、って自己紹介でいい出すわけがないじゃない。第一あなただってそうしなかったでしょう。

――……そうか。

風野さんは、しょうがないなあ、というように少し笑って、それから立ち上がろうとした。

――うわっ。

といって、また座り込んだ。

――話に夢中になってて、自分の置かれた状況を忘れていた。

――何しようとしたんですか。

――私も顔洗いに行きたいと思って。

――やれやれ。顔なんか洗わなくったって、死にやしませんよ。それより何か食べましょう。

――朝からカレーは嫌だ。

――私だって朝から味噌汁《みそしる》なんて作りたくないですよ。

――朝味噌汁作らなくていつ作るのよ。

――風野さんだって、女の私に朝飯つくれっていいたくないでしょう。そういうのって、一番きらいなんでしょう。

風野さんは憮然として、

――そりゃ私が動けたら何とかするけど。

――でも動けないんだから、文句いわないでそこに座っていて下さい。

つい自分でも気づかずに声を荒げてしまったのか、それを聞いて風野さんはぎょっとしたような顔をして押し黙ってしまった。

さて、と私はボウル二つに、シリアル（タモツくんとアヤノちゃん用の残り。彼ら用なら一回にひとつまみかふたつまみでいいはずで、それをこんなに持ってきているというのは、どういうつもりだったのだろう）をそれぞれ入れ、スキムミルク（私が持ってきた）の粉をかけて、さっき汲《く》んできた水を注ぎ、グルグル掻《か》き回した。

――出来上がりました。

文句はいわせない、とばかり、スプーンと共にそれを風野さんに手渡した。風野さんは、一瞬世にも情けなさそうな顔をしたが、

――……ありがとう。

といったのは、さすがに偉かった。私も少し気の毒な気がしたのだが、今はとにかく余計な甘さは極力排除して、シビアに目的を遂行しなければならないときだ。心を鬼にして、粛々、という感じでそれを食べた。

――……まあね。そんなに悪くない、ね。

と、どういう思いが彼の胸を去来したのか、風野さんはぶつぶつとそう呟《つぶや》いていた。

私たちがシリアルを食べ終わり、私がバーナーでお湯を沸かしてインスタントコーヒーを作ろうとしていると、人の跫音《あしおと》がして、顔を上げると富士さんがいた。富士さんは片手に何だか薄気味の悪い植物、もう片方の手にすり鉢のようなものを持っていた。

――ああ。

私がなんといって良いものか分からず、口を開けてただうなずいていると、富士さんは、

――これはサトイモ科の植物。

一応、花がついている。形は水芭蕉《みずばしよう》に少し似ているが、受ける印象は似ても似つかない。小さめのコブラが口を開けて舌を出し、威嚇《いかく》しているところに似ていた。

——これの球茎をすりつぶして、湿布する。

すでに水で洗ってある、立派な球茎がついていた。

——そのすり鉢、どこから?

——その先に廃屋があって、中を探したら転がってた。

風野さんが岩屋の陰から上体を乗り出してこちらを見、

——ああ、すみません。

と、恐縮したような声を出した。

——あ、いや別に。

富士さんは風野さんの近くに座り、ナイフを取り出して茎から球茎を外し、すり鉢に入れて石で突き始めた。

——すりこぎもあったらよかったんだが。

——すごい植物ですね。どこに生えてたんですか。

この植物の球茎の湿布、と思ったのか、風野さんは少したじろいだようだった。富士さんはちょっと手を止めて、

——……この川の上流。

——その、廃屋ってのも、そこに?

——……まあ。

歯切れの悪い返事だ。私は風野さんと顔を見合わせた。風野さんの顔が、訊け、といっていた。私も、よし、と決心し、

——富士さんはこの島にご縁のある方なんですか。

また擦り始めていた富士さんの手元が止まった。しばらく考えていたようだったが、

——そうです。

再び風野さんと顔を見合わせる。

——……どういう？

——いわば、私の先祖の島なんです。

富士さんは淡々といった。

——私にとっても、そうなんです。

私はゆっくりいった。

——ええ、そのようですね。それで、そのことを調べに？

——ええ。富士さんはどういう……。

と、いいかけると、

——上淵家の御本家のあった場所、知ってますか？

——いいえ。まだ残ってるんですか。

——屋敷自体は、今は漁業会社の社員の社宅のようになっています。でも、それも社員が来なくなってから荒れてしまって、昔をとどめるものはない。行かない方がいい。

富士さんの口調にほんの少し苦々しいものを感じた。行ってもむだ、というのではなく、行かない方がいい、という言い方には、当事者の悲しみがあるような気がした。

——それよりも、その先の家。

富士さんが指さしたのは、昨日私たちが土壌採取した場所だった。

——あそこは上淵家の親戚《しんせき》筋の家です。あそこに幾つかの文書が残っていました。その中の一つに、たぶん、あなた方が読みたいものがあるのではないかな。

——それ、今、どこにあるんですか。

思わず声がうわずってしまった。

——ここに。

富士さんは鞄を指した。

——でも、ちょっと待って。

そういうと、鞄を開け、手ぬぐいを取りだし、ほぼどろどろになった球茎を塗って、

それを風野さんの足にくりつけた。最初は露骨に気味悪がっていたのに、

——なんだか、気持ちがいいなあ。

風野さんはうっとりした口調でいった。

——消炎作用もありますから。さて。

と、鞄から今度は紙袋を私に渡し、

——今日会えたら渡そうと思って、昨日それを置いてあったところに取りに行ったんです。

——あ、あのとき……。

——そう。

富士さんは頷《うなず》いた。風野さんは真面目な顔で、

——富士さん、釣り、っていうのはとりあえずおっしゃったんでしょう。本当は何をしにいらしたんですか。

富士さんは、それには直接答えず、

——この文書は、上淵家の当主だった上淵安世《やすよ》が書いたものです。安世は学生時代に小説家を志望していたこともあって、記録文というよりは日記を読むようです。その湿布の球茎も……。

富士さんはちらっと風野さんの足を見て、

――この川の上流で採ってきたものだが、上流には沼地があって昔ある集落があった。その集落を訪ねたときのことが書いてある。続きも書きたかったんだろうが、それから間もなくして安世も亡《な》くなってしまったので……。

――安世さんって、どんな人だったんですか。

私はさりげなく訊《き》いた。

――立派な人だったようです。責任感にあふれた。昔、小学校の校長をしていたらしいですね。

その文書は、インクで記されていた。

――そんな昔に、この島で、ペン書きしていたなんて。

――だいぶハイカラなひとだったようですよ。まあ、とにかくそれを読んでください。私はこれからちょっと出かけて、また昼過ぎに戻ってきます。その湿布は最初は頻繁に代えた方がいいだろうから、またその球茎をもってきます。では、またそのとき。

私たちは礼をいい、富士さんは去っていった。

まず、久美さんが読むのがいい、と風野さんがいい張るので、私から読み始めた。

8 安世《やすよ》文書

生まれ在所のことといって、人がそこを熟知しているとは限らない。縁あってこの島に生まれたものの、幼くして勉学のために島外へ出された私の場合はなおのことだ。しかもこの島に帰り着いてから、すでに数十年が過ぎようとしているのに、未《いま》だにこの島のことを分かった気になれない。

今から書こうとしているのは、私自身が最も不可解とするこの島の特殊性についてである。それを語るのに、私の一族が引き起こしもし、また巻き込まれることにもなった、ある出来事について記録することが非常に効果的であると思い、これからここに、その一部始終を記すものである。

この島は本土から遥《はる》か東南東の洋上にあり、南で沸き起こる湿った熱を孕《はら》んだ風を、途中遮るものもなくまっすぐに受ける。そのため亜熱帯様の植物相を展開する低地と、壁のようにそそり立った南側の高山に守られた、標高六百メートルの台地が特徴的な島である。南側の山頂には上昇気流の関係でほとんどいつも雲がかかり、しょっちゅう雨が降っている。北西は小さな漁港を擁する海に開けた扇状地になっていて、島では一番大きな集落地でもある。こんな島の住民であるのなら、男達は皆漁師となってもおかしくないところだが、実際は山仕事と僅《わず》かな開墾地の耕作で暮らしを立てている、直接海と縁の無い村落も少なからずあった。南部の降雨量のおかげで豊かな水に恵まれている上、何千年もの間に積もった腐植土層のためにそこそこの収量が期待できる耕作地があり、余程のことがない限り食べて行くのには困らないはずであった。

島全体は大きく五つに別れていて、それぞれ地主がおり、私の生まれた上淵家は、その中でも一番格が高いと見なされていた。上淵家は昔から、漁港を含む北西の地を仕切っていた。屋敷は海を見下ろす高台に建っているが、そこから実際海へ出ようと思えばかなりの遠回りをして降りて行かねばならなかった。この地主五家は互いにどこかの代で姻戚《いんせき》関係にあり、上淵家の跡取りとなるはずだった長男、重夫は、自分に期待されていた東の地主の娘との結婚を嫌った。この重夫は私の初孫にあたる。

大正元年、島の南端上空から這《は》い出した雨雲が、島全土を覆《おお》う雷雨となった梅雨入りの一日前、重夫は、早朝の連絡船で、西南にある、鏡原と呼ばれる村の出身の娘と共に島を出てしまったのだった。

当時、この一報を聞いて上淵家の当主、私の息子であり、重夫の父である有一は卒中で倒れ、その妻は寝付いた。出入りの者は皆一様に顔を伏せ、屋敷内は静まり返った。似たような駆け落ち騒ぎは以前にもあった。しかしその村落の出身者と共に、という独創は重夫が初めてだった。早朝の港で、重夫と娘を見知っていた漁師に顔を見られていた。漁師は西の集落の出身で、役所からの通達をもって鏡原へ出かけたことがあり、そこで会った娘のことを覚えていたのだ。そういうことでもなければわざわざ鏡原へ訪ねて行く者などない。鏡原の者が世間から忌《い》み嫌われていたから、というのではない。むしろ、奥深い谷地にある小さな村落は里人から畏《おそ》れられ、一種の崇敬さえ受けていた。その山間《やまあい》のひっそりとした村落に特徴的なこと、それは他の村落との血筋的な入出、つまり婚姻がないことだった。僅か数戸の小さな村落が独自に数百年も健常に存続できるとは思われない。あの村落では家系の存続に生殖活動が必ずしも必要ではないのだ、というのが、秘《ひそ》かに囁《ささや》かれている神話めいた噂《うわさ》の中核だった。まるで、人間では、いやそれ以前のものですらないようだった。噂だから真偽のほどは確かではない。それに彼らのことが普段話題にのぼることは滅多にない。彼らは麓《ふもと》の村人とも必要最低限の接触しかしなかった。彼らは村人達に代表される「世間」に入って行こうとしなかったし、天気の話すらしなかった。天気の話をしない人間と付き合うことが可能だろうか。他の土地ではできるかもしれない。しかしこの島では不可能だった。彼らは本当に我々と同じ人間なのだろうか。村の万《よろず》商店では悪戯《いたずら》心を起こしたそこの若い嫁が、わざと釣り銭を多く渡してみたこともあったが、彼らは律儀《りちぎ》に正しい額しか受け取らなかった。信用は出来る。それに彼らが作る桶《おけ》や籠《かご》は弛《ゆる》みが無く強靭《きょうじん》で美しかった。幾種類もの材料で編んだ笊《ざる》や籠の数学的な複雑さは彼らの知能が並はずれていることを証明していた。島中がそれを一流と認めたし、本土から仲買人がやってきてまとめて買おうといっても、彼らは昔からの島内の人間にしか売ろうとしなかった。それで仲買人はそれを買った島の人間から買い付けるしかなかった。そういう彼らの欲のなさは、世俗的な抜け目のなさを軽蔑《けいべつ》する、どこか武士道的な美意識をもった素朴な島民達に、長年に渡って敬意を持たれてきたのだった。

だが、それでもやはり積極的に付き合おうと思う者はいない。彼らのところで婚礼があったという話は聞いたことがないし、時折麓の村を歩く彼らの中に赤ん坊の姿を見ることはほとんどなかった。別によそ者の訪問を拒んでいたわけではないので、用事があって鏡原へ足を運ぶ者も少なからずいる。その者達の話を聞くと、家族は存在するようだ。だがそれは何となく寄り合って一つ家に棲《す》んでいる、という印象だった。

葬式もあるらしい。墓地はあるのだから。役場にもそれなりの届けはしているようだ。ただ、ある日突然家族が増えてゆく。まるで天から降ったか地から湧《わ》いてきたかのように。生殖や、その周辺の欲にまつわる村の青年達の、例えば祭の夜の奔放な行動からも、彼らは全く超然としていた。結局、彼らは違うのだ、決定的に違う何かがあるのだ。しかし島民達はその確信を島外の人間には固く口を閉ざして語らなかった、信仰を紐帯《ちゆうたい》とした隠れ切支丹的ともいえる結束力を持って。

そういう扱いを受けている村だったのだ。その鏡原の娘が、島を出ていった。あろうことか男と一緒に。男はまだ学生で、実家に帰省中の出来事だった。一報を聞いてその男の父たる上淵家の主人は倒れてしまったし、その妻も寝付いている。それで今は同じ敷地内の別棟、隠居部屋に住んでいる祖父、つまり私が、母屋《おもや》に移り、再び家の差配を取ることになった。

まず、鏡原へ赴かねばならない。相手の娘を責めるつもりは毛頭ない。こういうことはどちらに非があるというような問題ではない。ただ、手に手を携えて家出をした格好の二人の親元が、今後のことを話し合わずに済ませられるわけもなかった。そして鏡原への出入りに詳しい案内人を捜し始めたその矢先、娘の父と名乗る者がやってきた。それは鏡原の顔役でもあり、上淵家の現主人、有一とも何度か事務的な交渉をしたことがあるはずの男だった。

男が待つ座敷の縁側からは本土に向いた西の海が見渡せた。私が入って行くと、男は娘達が渡っていったはずのその海を見やるでもなく、ただ正座して、待っていた。男は鏡原の者に特徴的な高い鼻梁《びりょう》と肉の削《そ》げた頬を持っていた。年は五十代後半といったところだろうか。

相対し、座ると、互いに無言で深々と頭を下げた。私は、開口一番、此方《こちら》から出かけようかと思っていました、といった。

それには及びません。私の方からお願いに上がろうと思っていたのです。

お願い、とは、結婚を、ということだろうか。まさか鏡原の者からそんな言葉が出ようとは。いやまだ出たわけではない、私は、早合点を自分に戒めながら相手の言葉を待った。男は呟《つぶや》く。

森が、荒れています。

私は面食らった。鏡原の者はやはり尋常ではないのだろうか。普通に会話が出来ないのだろうか。私は、内心多少混乱していたのだが、それが常の習いで、動揺は容易に私の表には出ない。

確かに、最近伐採業者が大分山に入り込んでいるようだが。

この島の木材は気候風土の関係で質が良く、近年高値で売買されるようになった。山の方へ足を向けると、本土から乗り込んできた伐採業者が響かせる音が、山々でこだましているのを耳にするようになった。男は続ける。山が荒れてくると、我々の住む地域の沼が影響を受けます。土壌中の水分が減ってくるので。

……沼。私は益々《ますます》面食らった。この男は駆け落ちの件でやってきたのではなかったのか。後に分かることだが、実はまさに駆け落ちの件でやってきていたのだが、それへの、いわば照射角度が、私とこの男では、全く違っていたのだった。男は重ねていう。

次第に乾いてきている。特に去年奥地への林道を拓《ひら》いてからが悪い。今はまだ何とかなるが、これがこのまま十年二十年と続くうちにはやがて枯渇してしまうでしょう。非常に憂《うれ》えている、早急に木材の切り出し、搬出を止《や》めて欲しい。全面的にとはいわない、せめて森が生きていけるぐらいの制限を設けて欲しい。男はそういうことを落ち着いた口調で話し続けた。私はやっとのことで口を開く。

伐採のことについては、よく分かった。儂《わし》とて祖霊のお帰りになる山が荒らされてゆくのは忍びない。これまでも再々そのことは役所に掛け合ってきたのだが、はかばかしい進展がない。官地の木はともかく、民間の所有地だけでも何とか、土地の地主の間でもう一度話し合ってみよう。ところで、この家の長男の重夫が、お宅のカヤさんと家を出ていったらしいということだが……。

すっかり相手に話の主導権を奪われて、妙な切り出し方になってしまった、と私は落ち着かなく思った。男は、表情も変えなかった。

私どもは、こういう変化が沼に起きるまで、ずっとあの地に住み着いてきました。今日はこうやってお願いに参りましたが、しかし、どうあがいたところで早晩沼は変化してゆくだろう、時代の流れ、ということです。私どももこれまでとはまた違う生き方を探してゆかねばなりません。いろいろとご迷惑をかけることも起きてくるかも知れませんが、よしなにお願いいたします、としかいいようがございません。

そういって、来たときと同じように頭を下げ、では、と帰っていった。私は呆気《あっけ》にとられたが、男の、私どももこれまでとはまた違う生き方を探してゆかねばなりません、という言葉が、今回の駆け落ちへの彼らの見解ということだろうか、ということは、向こうでは皆このことを承知していたのだろうか、と思いついた。それにしてももっと話をしなくてはならぬ、自分は子どもの頃から大学まで本土の学校へ通い、法学を修めた後、父が死んで島の小学校の校長として帰ってくるまで鏡原のことはほとんど知らなかった。しかし、今や隠居の身とはいえ、再びこの家の主《あるじ》として務めなければならなくなった以上、孫の嫁になる可能性の高い相手先のことを、やはりもっと知らなくてはならない。

そういう経緯で、私は鏡原を訪ねる決意をした。

出発したのは、その翌日、雨期に入ったばかりの日だった。島民たちの雨仕度といえば、蓑《みの》に蓑笠《みのかさ》と決まっていたが、私はステッキ代わりにも愛用している英国製の雨傘を持ち、長靴を履いて下男に人力を引かせて南方面への道を急いだ。山間の曲がりくねった細い道は、風景の途切れ途切れに煌《きら》めく海の青を見せるのだが、その日はその青が重く鉛のようであった。まだ雨にはならない。が、じきに激しいスコールの雨粒《つぶて》が礫のようにこの簡素な車と車夫に向かって叩《たた》きつけられるだろう。そうなる前にとにかく南西の地主、自分の末の妹が嫁いだ真柴《ましば》家へ入ろう、と思った。

この道を、生涯私は何度通ったことだろう。まだ本土の学校へ通う前、子どもの頃、親戚の葬式か法事かで真柴の家に行ったことがあった。大人達の葬礼の儀式が延々と続いているとき、遊び盛りの子ども達の世話を引き受けて、皆を連れ山の方まで探索に行った。海はそのとき、霊の帰りゆく葬礼の焦点としてハレの舞台であったので、自然に足は山の方へ向いていた。山を流れる川で遊んでいると、上手の方から川沿いの小径《こみち》を降りてくるものがある。自分たちと同じ様な年格好の女の子であった。まるで糊《のり》をつけたような真《ま》っ直《す》ぐな黒髪と白い肌が、島の者ではないようで、私はひどく興味をそそられた。私の連れていた子ども達が口々に、「鏡原の子だ」と、囁きあうので、それで初めて私は鏡原というものの存在を知ったのだった。その子は私達が魚を追ったりしているのを、杉の林から距離を置いてじっと見ていた。仲間に入りたいのではなかろうか、誰か声をかけてごらんよ、と誘う私に、子ども達はまた、そんなことはない、鏡原の子はそんなことに興味を持たないはず、と禁忌に触れたような慌《あわ》てぶりで否定するのだった。実際その鏡原の子の顔は、物欲しそうでも遊びたそうでもなく、何か仕事でこちらを観察しているといった、子どもらしからぬ雰囲気があって、それがこの歳《とし》になるまで奇妙に私の記憶に残っている。

私は老後の隠居仕事として、すでにこの島の地誌の編纂《へんさん》に取りかかっていた。その昔中央を追われた都人が残していった日記や雑記の類《たぐい》、藩の役人が残していった、年《ねん》貢《ぐ》の取り立てに関する備忘録、家に伝わる家計の記録、等々、整理し清書する毎日であったが、そういえばあの鏡原についての記載がどこかにあったかどうか、道すがら考えたが思い出せなかった。こんな特異な一族に関して、誰も何も感慨を持たなかったわけがない、なにか言い伝えのようなものがあってしかるべき、と、今更ながら考えれば考えるほどそう思う。

……もしも何もなかったら。いやあったにしても。

私は自分の息子有一に降りかかった当座の不幸を憂う気持ちの横で、久しぶりに腹の底に力が湧いてくるような思いだった。それは、自分が彼らについて驚くべき記録を書き残せるかもしれない、という野心にも、また使命感にも似た思いだった、と告白しておく。

本土のそれと比べ、少数の地主の家を除いては、この島の島民達の家屋はほとんど掘っ建て小屋のようなものだった。家の回りには榕樹《ようじゅ》や芭蕉《ばしょう》が密林のように茂り、軒のわりには高い石垣と、建坪のわりには高い床下が特徴的だ。道沿いにそういう家がぽつぽつと現れだして、やがて火の見櫓《やぐら》を目にしたら、それでこの辺り、南西の集落の中心に入り込んだことになる。

真柴の家は珍しいことに門扉《もんぴ》が閉ざされていた。人力を引いていた下男が門を叩いて家人を呼んだ。それでもしんとしている。そこで初めて私はおかしいと思った。自ら車を降りて戸を叩く。するとほどなく下女が目を伏せながら門を開けた。

何かあったのか。

私が訊《き》くと、訝《いぶか》しそうにこちらをちらりと見て口ごもった。そのまま返事を待たずに下女を置いて、ずかずかと玄関から入り込み、マサ、と、未亡人となって久しい妹の名を呼ぶ。

兄さん。

玄関を入ってすぐ横に付け足した洋間から、妹が小さな声で私を呼んだ。

なんだ、そんなところにいたのか。

私は洋間に入った。

このたびは、大変なことになってしまったのに、有一さんのお見舞にも行かなくて……。

小柄な妹のマサは白い埃除《ほこりよ》けをかけたままの長椅子《ながいす》に座って頭を下げ、卒中で倒れた私の長男のことを口にした。マサの顔は青ざめ、強張《こわば》っていた。

ああ、そんなことはいい。おまえが来たところで、病状がどうこうなるわけでなし。それより、門が閉ざされていたのはどういうわけだ。物忌《ものい》みではあるまいし。

この島では大抵の家は石積みの塀の出入り口部分を戸を立てずに空けている。本土のように冠木門《かぶきもん》にして木製の戸を立てているのは地主の家ぐらいだ。その地主の家も普段は戸を開けっ放しにしている。だが家に不幸があったときは、その戸を閉ざし、その家で端を発した不幸が門を出て、島を練り歩かないようにする。一般の家でそれが起こったときは、戸の代わりに板戸で一時的にふさぐ。

マサは私の言葉に押し黙った。私は、はっと気づいた。窓の外では雨雲がいよいよその暗さを増し、芭蕉の大株を墨絵のように塗りつぶした。その同じ闇《やみ》が部屋の中までさっと侵入してきた。まるで生き物のようだ。昼だというのにお互いの顔もよく見えなくなった。するとあっという間に雨足が走ってきてこの家を包んだ。

これが、物忌み、だというのか。

そう唸《うな》るようにいうのがやっと、私は握りしめた拳《こぶし》がぶるぶると震えるのを止めることが出来なかった。怒りのため、ではなかったように思う。強いていえばようやく現実にぶち当たったような、まるで自分の知らない価値観の支配する現実にぶち当たったような、そういう悲しみと驚愕《きょうがく》だった。

兄さんは、よく知らないのでしょう。島にいなかった時期が長かったから。

今年六十になるマサは、膝《ひざ》の上で手を組み、雨の音に消されないために幾分声を張り上げながらも落ち着いた調子で話し始めた。

重夫ちゃんのやったことは、大変なことだったのよ。

マサはいう。それは分かる。だが起こってしまったのだ。これからのことを考えねばならない。そういうと、マサはため息をついた。

それで、重夫ちゃんは何かこのことを匂《にお》わせるようなことをいってたんですか。

いや、有一の嫁に聞いたが、両親には何もいっていない。有一はああいうことになっているから、あいつから話を聞くことは出来ないが、寝耳に水の話だったから倒れたんだろう。結婚したいのなら結婚したいといってくれれば良かったのだ。

反対したでしょう。

私は黙った。

私たちも皆反対したでしょう。重夫ちゃんには、東の高谷の家の娘と一緒になってほしい、と思っていたし。本土の下宿先の方には連絡が付いたんですか。

下宿には向かわなかったらしい。

そのことは、向こうに住む知り合いが報《しら》せてくれている。

行方不明ということだ。だが、そのうち連絡が来るだろうと思う。何も問題のない家族だったのだ。あいつが家を嫌っていたとは思えない。思い切ったことをして、先に夫婦になってしまってこの騒動が収まった頃、許してくれろといって帰ってくるのではないか。それ以外にこの縁組みがうまくいく方法は無いと思ったのだろう。儂《わし》はそう読んでいるが。

兄さん、あなたは鏡原のことを知らないでしょう。マサは子どもにいって聞かせるような調子で穏やかにいった。私は急に落ち着かなくなった。

確かに。これからいろいろ調べさせて貰《もら》おうと思っている。

重夫ちゃんは、使われたんですよ。

マサは小声で重々しくいった。

使われた?

私は、むっとして思わず叫ぶような声を出した。激しい雨音の隙間《すきま》を縫ってその声は四方に散った。

しっ。もっと小さな声で。

マサが辺りを見回した。まるで飛び散った声を回収するかのような身振りだ。

あの鏡原のものが、色恋で動くとは思えません。出ていった、ということは、きっと一族合意の上でのこと。理由は分からないけれど。

私は、あの男の言葉を思い出した。……よしなにお願いいたします、としかいいようがございません……。

案内人を頼んでいただろう。行ってみたいんだが。

私は胸騒ぎがし、改まって切り出した。マサは、

その件は喜三郎が自分が引き受けるといっていました。案内させます。けれど、天気がこんな案配だから、今日は一寸《ちよつと》、どうでしょう。

喜三郎というのはマサの末の息子で、もうすぐ三十になる。本土の学校から帰ってきて、集落の小学校設立のために働いたりしていたようだが、最近は私も会ったことがなかった。

喜三郎は詳しいのか。

マサはそれには応《こた》えず、下女を呼んで、喜三郎を連れてくるようにいった。雨音のせいか跫音《あしおと》も響かせることなく、喜三郎はすぐに現れた。

……伯父さん。有一さんの具合はどうですか。

喜三郎は入ってくるなり、有一の具合を訊いてきた。重夫の父、有一と喜三郎は年の離れた従兄弟《いとこ》ではあったが、喜三郎は有一を兄のように慕っていたし、島の昔からの青年教育組織である「衆練」を通じてもまた、気心の知れた間柄だった。数日前、喜三郎は有一を見舞ったらしかったが、そのときは私は別の用事で家を留守にしており喜三郎と会うことはなかった。

相変わらずだ。ほとんど寝たきりで、口も利《き》けない。山本先生が本土から卒中の専

門医を呼んでくれているのだが、この天候だからなかなか船の予定が立たない。

人が突然呂律《ろれつ》が回らなくなったり半身に麻痺《まひ》が及ぶようになったとき、この島の者たちは「卒中風に当たった」という表現をする。有一も「卒中風」かと疑われているが、どうも私にはそう思えなかった。しかしこのときの一瞬の沈黙が、諦《あきら》めのような予測を私にもたらした。有一の残りの一生は、この島のものたちが呼ぶ、「ブラブラさん」という病後を生きることになるのかもしれない。喜三郎もそういうことを考えていたのか、突然、顔を上げて口を開いた。

鏡原の沼には時折悪い沼気《しょうき》が立って、それが卒中風になるのだとまことしやかにいう者もあります。

鏡原の者がそういうのか。

喜三郎の代わりにマサが答えた。

いえ。この集落の者たちで、そう怖《おそ》れているものがあるのです。

しかし、そんなことはないのです。

喜三郎は、母親を遮るようにきっぱりといった。

そんなことが、あるわけがない。仮にいわれていることが本当だとしても、沼地の風が有一さんに悪く働く理由がない。重夫君とカヤさんの仲を、反対していたのならともかく、有一さんはそのことを全く知らなかったのだから。

二人を連れ戻して別れさせるなんてことをさせないために、先回りしてこういうことになったのではないかと、いっているんです。鏡原全体がそれを望んでいたと。

マサが自分なりの見解を補足した。それはこの集落での大方の「見方」だったのだろう。

怪《け》しからん。

私は思わず大声を出した。不愉快だ。自分まで卒中を起こしてしまいそうだ。鏡原の連中に、道具のように使われているというのか。

伯父さん、全《すべ》て憶測なのです。

喜三郎は落ち着いてたしなめ、
伯父さんが鏡原への案内人を探しているというので、私が名乗りを上げたのですが。天候がこんなだから……。

このまま外へ出たら、体に穴でも穿《うが》たれるのではないかと思われるほどの激しい雨だ。さすがに私もこの雨をついて出ていこうとは思わなかった。

お泊まりの準備をさせましょう。ついこの間まで旅芸人の一座が離れの小屋に寝泊まりしていました。そのときはがやがやと母屋《おもや》の方までにぎやかな声が聞こえていましたが、今日は静かです。

といいながら、マサは下女に指図しに出て行った。

本土風にいえばこそ、下男、下女といういい方になってしまうが、元々生活に困窮している村人を家に引き取り、衣食住に渡って面倒を見、彼らはその当然の代価のように家回りの仕事をする。奴婢《ぬひ》という表現をする本土の学者もいるが、それは正確には違う。彼らは出ていこうと思えばいつでも出て行けた。その名称の与える、惨《みじ》めな境遇とは似ても似つかぬ自由闊達《かったつ》な空気が彼らの間にはあった。決まった給料こそ無かったが、毎月のようにある祭事のときには現金が配られたし、彼らの子どもの教育まで家刀自《いえとうじ》である一家の主婦の力量のように思われていた。本土から行商人や旅人がふらりとやってきたときには、旅館などというもののないこの島では当然のように、地主の家の客分として遇された。客分であるのだから無償である。そういうときも、「下男下女」である彼らを指図して、家刀自がもてなすのである。本土に較《くら》べると行政機構の行き届かないこの島では、地主の家々はある種の公共機関のような役割も負ったが、それだけに島民の尊敬も得ていた。小作料も、人々を追いつめるようなものではなかった。

我が上淵家を始めとする地主達の「プライド」も、こういう倫理的な自負を背景に培《つちか》われてきたものであった。

私は喜三郎に向かって呟《つぶや》いた。

実は娘の父親を名乗る者――何といったか、名前が出てこない。それまでも何度か顔は見知ってはいたのだが。一体自分から名乗ったことがあったか。

徳蔵、でしょう。鏡原徳蔵さん。あそこは皆、姓が鏡原だ。

そうだ、動転していて思い出せなかった。娘は、鏡原……。

カヤ。鏡原カヤ。

そう。実はその、父親が訪ねてきたのだ。いうには……これが奇天烈《きてれつ》なのだ……木材の伐採を止《や》めて欲しい、と。

それを聞いて喜三郎の瞳《ひとみ》が泳いだ。私はそれを見逃さなかった。

思い当たることでもあるのか。

鏡原の上手の山はうちの土地でした。

喜三郎は、低い声音で答えた。

学校も必要だし、診療所だって欲しい。役所にいったっていつになるやら分からない。とりあえず金が必要だったんです。彼らのためだったんだ。文明化するためなんです。伐採は、私利私欲で決めたことではない。

責めているのではない。

喜三郎が、まるで自覚されない後ろめたさでも持っているかのように熱を込めて弁明を始めたので、私は戸惑った。

ただ、わからないのだ。それと、重夫たちの駆け落ちとどう関係があるのか。

……徳蔵さんは何故《なぜ》直接この家に来なかったのだろう……。伐採を止めろと……。

二人とも黙り込んだ。雨が少し小降りになってきた。何かの花の匂いで甘くなった風が入ってくる。庇《ひさし》を深く取ってあるので、嵐《あらし》でもない限り、窓を開けておいても家の中に雨が吹き込むことは滅多になかった。

マサが洋燈《ランプ》を灯してもってきた。それで随分暗くなってきたことに気づいた。

兄さん、座敷の方へ。

私はうなずき、立ち上がって洋間を出、廊下を通って座敷に入った。膳《ぜん》がしつらえてある。直接そこには座らず、縁側に立った。雨は大分穏やかになっていた。マサと喜三郎も後に続いた。

昔はここからすぐ海が見えたな。

昔は。いつの間にか、アダンや榕樹《ようじゅ》があんなに繁《しげ》ってしまって。

小さかった重夫たちをつれて、夏にはよくこの屋敷へ来たものだった。

それは、ついこの間のことのように思える。朝早く孫や幼い甥《おい》達を起こして、裏の畑の露に濡《ぬ》れた南瓜《かぼちゃ》の葉の間を、浜まで行列で歩かせた。畑が終わり藪《やぶ》を抜けると、すぐに真白い砂礫《されき》が始まり、洗濯板のような、武骨でいながら滑らかな岩が続く。彼方此方《かなたこなた》の潮溜《しおだ》まりには、イソギンチャクやアメフラシ、ヤドカリ、鮮やかな色の小魚などが潮の引くのと一緒に帰ろうと、ぎりぎりの機会を捉《とら》えようとしているか、捉え損ねたことに気づかず太平楽にゆらゆらとしている。子どもたちは小魚を海に逃がそうとするのだが、志半ばについ途中で遊んでしまい、小さな命のいくつかを無くしてしまう。打ち上げられた緑や赤紫の海草の中には、すぐにも味噌汁《みそしる》の具に出来るものもあり、目端の利いた年上の女の子どもはせっせとそれを集める。やがてだんだん陽も上がってきて、海もどんどん引いてゆく。浜が見る見る広くなる。いつだったか、その有様をじっと黙って見つめていた重夫が、やがて小さな子にしてはこちらがたじろぐほどの思い詰めた目で私を見つめ、「おじいさま。浜というのは、陸と海との境で、両方を繫《つな》いでいるのですね」と、いったことがあった。そうだ、と私が答えると、「では、わたしは、浜を守る人になりましょう」と、小さな頭を水平線の方へ向け、独り言のように呟いたものだった。そのときは、面白いことをいう子だ、とぐらいしか思わなかったが……。

思えば重夫ちゃんにはちょっと変わったところがありました。

マサも同じ様なことを思い出していたのか、
皆と一緒に昼寝をしているとばかり思っていたら、急に起き出して、出ていこうとするから、どこへ行くの、と声をかけたら「シオダライにまだ残っているものがないか、見に行くの」といって、まだ小さいのに一人でとことこ浜へ出ていこうとするのです。慌《あわ》てて女衆を付けてやったのですが……。そのときの、頑とした感じ、てこでも動かないといった感じ、そういうところが小さい頃からありましたね。

シオダライ――潮盥《しおだらい》――というのは岩の窪《くぼ》みに出来た潮溜まりで、潮の引いた後、真昼の日光で熱湯のようになってやがて干上がってしまうのだが、そのときに取り残されていた小さな魚なども干物のようになって死んでしまうのだ。

浜での朝の遊びがあの子の中ではずっと続いていたのだろう。

そう、他の子のように次から次と、興味が移って行く、ということがなくて、ひとつことをじっと思い詰めるようなところがありました。兄さんたちがあんなに早くあの子を本土にやってしまったときは、私は少し可哀想《かわいそう》な気もしました。

重夫は小学校入学前から本土の知り合いの所に預けていたのだった。

ああいう質《たち》だからこそ、学問に向いていると思ったのだ。

雨雲のせいでいつもより早い黄昏《たそがれ》が空を覆《おお》い、地に被《かぶ》さろうとしている。西空の彼方《かなた》で一筋、不気味に赤黒いシミのようなものがあって、落陽の色が雲間から洩《も》れているのだろうが、まるで天の臓物がそこから覗《のぞ》いているかのようだ。

その晩は喜三郎も交えて思いつく限り重夫のこと、鏡原のことを話し続けた。まるで互いに知っている情報を一つでも多く集めれば、このとんでもない重夫の「しでかし」を含む、もっと大きな全体を構成している何かの意志に近づけるとでもいうように。

次の日、私は喜三郎の案内で鏡原へ向かった。

沢に沿って歩く道は、雨期は非常に危険だ。いつ鉄砲水が襲ってくるか分からない。こうして歩いている間も、小径《こみち》の上手側至るところから水が浸《し》み出てきて、砂利の上を絶え間なく横断しては下手の沢へ向かって趨《はし》って行く。藪の向こうの幾分下がったところは、さして大きくない川のはずなのだが、そこから水煙を立てるように轟々《ごうごう》と凄《すさ》まじい音が生じ、辺りを圧している。実際、水蒸気となって幾分かは雲に加勢しているのだろう。今は雨も止んでいるが、空は低く垂れ籠《こ》めた雲に覆われている。私と喜三郎は道を急いだ。途中、小さな竹藪の中を通った。そのとき、昨夜のマサの言葉が、ふと私の脳裏に浮かんだ。

小さいとき、裏が竹山だったでしょう。でも、私が嫁入り前に、枯れてしまった。あのときのことはよく覚えています。年寄りが不吉だと騒いでいたので。何十年かに一回、花が咲くときは一斉に咲くし、筍《たけのこ》が出だすときも一緒。枯れるときも皆一斉に枯れる。上だけ見ていると、竹一本一本はそれぞれ違うようだけれど、根っこは全部繋がっている。全部でひとつなんですよ。山一つの竹藪、全部で一つの生き物。あの鏡原にも、そんな感じがあるんですよ……。

もう夜も大分更《ふ》けて、地元の蒸留酒を少しだけ飲んだマサは、辺りを憚《はばか》るようにして、ため息のようにそう漏らしたのだった。

全体で、一つの、生き物……。

私はそう口に出していい、背筋が寒くなるのを覚えた。

小一時間近く歩いたところで、何かの果物のような匂《にお》いが辺りにたちこめてきた。そしてそれはあっという間にむせるような強さになってゆく。

じきです。招霊《オガタマ》の花が匂ってきたから。

喜三郎が後ろから行く私に声をかけた。

オガタマ？

ええ。村落の入り口にオガタマノキの群落があるのです。

道は上手への上りと下手への下りに分かれた。喜三郎は上への道を指し、
ここからが、御岳への道です。

私はそれを今まで知らなかった。御岳は仰ぎ見る場所であって、そこに登ってみようなどと私自身は考えたこともなかった。山の神に関わる祭が、何年かに一度、山で働く者達の間で執り行われているのは知っていた。そういうことが殊更《ことさら》に、そこは私の侵すべき領域ではないという印象を与えたのだろう。しかし、今は時代が違う。伐採業者達の中でも、若い者が登山と称して登ったことがあるのも知っている。現に、重夫も。そのことを思い出していたら、喜三郎が偶然にもそのことに言及した。

重夫君が、大学の植物の分布調査で御岳に登っていたことはご存じでしょう。

ああ。

重夫は去年、大学の夏休みに帰ってきて、その夏をほとんど山で過ごしたのだった。時折瘦《や》せて目ばかりギラギラさせて帰ってきては、母親や雇い人の女連中を大騒ぎさせていた。

そのとき、彼は初めてカヤさんと会ったんです。ご覧の通り、御岳への道は、途中まで鏡原への道と同じですから。

知っていたのか。

……ええ。上淵の家へ帰る途中、ここに寄ってくれましたから。でも、まさかこんなことになろうとは、そのときは思いもしませんでした。彼が鏡原へ出入りしているらしいことは、分かっていました。伐採を止めてくれ、としつこくいっていましたから。けれど、私だって、島のこれからのためを思ってやっていることだから、そう簡単に止めるわけにはいかない。そのことは、彼と何度も話し合いました。最後には、結局、時代の流れということか、と彼は呟き、分かってくれたように思いましたが。

時代の流れ、そういったのか。

私がそういうと、喜三郎はうなずいた。

ええ。時代の流れ、と。

上淵の家に来た、鏡原――徳蔵さんもそういっていた。

ああ。

と、喜三郎は急に思い出したような声を上げた。

そう、そのとき、重夫君は確か、こういった。「徳蔵さんのいうように、時代の流れということか」、と。

私は喜三郎と目を合わせた。

では、重夫は徳蔵さんと会っていたのだな。そして伐採のことについて聞かされていたのだな。

私は苦々しく思った。やはり、「使われた」のか。しかし、何のために。

重夫君は、伐採を止めるように僕にいってはきたものの、それほど殺気立った感じはなかったし、徳蔵さんだって、伯父さんの話からすると、もうこの件は半分諦《あきら》めているように見える。伐採云々《うんぬん》は、もしかしたら、大した理由ではないのかも知れない。重夫君が徳蔵さんに言い含められて、伐採中止を僕に働きかけてきたようには思えません。

それはそうかもしれない。しかし、重夫がその娘さん——カヤさん——を連れて島を出ていったということはどうだ。それが鏡原全体の意志だとしたら。

けれど——それにしても——何のために。

わからん。

招霊の花の匂いはますます妖《あや》しくなった。けれど流れの音は次第に穏やかになり、少し幅を増し、浅くなったかのようなそれは、木立の向こうにゆるやかな弧を描いて、視界から消えて行く。

着きました。

喜三郎が立ち止まっていった。種類が分からないが大きな木が一本、幹のわりには細かい葉を茂らせて立っていた。その向こうには道に沿って民家が一、二軒。奥に進み行けばもっと見えるのかも知れない。私は意を決して歩き出した。

急ごう。徳蔵さんの家は知っているな。

はい、たぶん。

それほど広い道ではないのだが、今までの山道とは違って、明らかにもっと人の手が入り、丹精された道だった。家の周りにはしかし、生き物の気配がしない。鶏すら歩いていない。人が生活するところに付きまとう、匂いのようなものがしなかった。どこまでも穏やかで静か、まるで、何というか、絵の中に迷い込んだような心地だった。

ここは、いつもこうなのか。

喜三郎に問う声が、思わず小声になる。喜三郎も若干私の方に身を寄せ同じ様な声音で、

そうなんです。静かでしょう。

静か、という言葉はあまりにも単純にすぎ、この静寂を表し得ない。踏み固められた黒土は、この村の長い歴史を語っているかのようだった。

徳蔵さんの家は、そこです。

喜三郎が指した先は、道がT字路になり、右に曲がったすぐのところにあった。門柱代わりの、丸太が二本見えたので、すぐに家屋があるものと思ったが、家屋自体はかなり奥まったところにあった。

ちょっと待っててください。いきなり伯父さんが入っていったのでは、先方も驚かれるでしょうから。

そういって、喜三郎は小走りに家の方へ向かい、暗い土間を覗きながら、奥へ声を掛けた。しばらくして、奥の方から誰かが出てくる気配。喜三郎、話し込む。そして私の方を振り向いた。

あそこに。

と、いうと、家の中から、男が顔を出す。まちがいない、鏡原徳蔵だ。徳蔵さんは私を見ると腰を屈《かが》めて挨拶《あいさつ》をした。私も礼を返した。

今日は突然で申し訳ない。一度こちらに伺わなければと、思い立ったものだから。

と、声を掛けると、向こうも頷《うなず》いた。

こちらこそ、いつぞやは突然で失礼いたしました。いずれこちらにもお越しいただけるのではないかと思うておりましたので。驚きはしませなんだ。中に入ってお茶でも差し上げたいのですが、むさくるしいところですし、まず、沼にご案内しましょう。すぐそこです。

そういうと、いきなりすたすた歩き始めた。私は喜三郎と顔を見合わせ、目で頷きあって、その後を付いて歩いた。

その端を小川が流れる小径に沿って、三人粛々と歩いて行く。いきなり訪ねたというのにこの、待っていたかのような迷いのない応対ぶりは、やはり、私がやってくるのを予測していたのであろうか。

小径の片側は石組みになっている。随分古い石組みだ。角が取れて丸みを帯びた、大きさもまちまちの石の間に、苔《こけ》や羊歯《しだ》が密生している。

以前はその石組みの間からも水が滲《にじ》んできて……。

徳蔵さんがちらりと脇《わき》に目を遣《や》りそう呟《つぶや》いた。しかし、その水苔は乾いていた。

やがて先の方が開けて明るいところへ出た。そこに「沼」があろうことは容易に知れた。すると、その開けた方から、子供が一人、こちらに向かって歩いてきて、徳蔵さんを見ると黙礼し、徳蔵さんもその子に礼を返した。女の子だ。その顔を見て、私は思わず声を出しそうになった。間違いない。間違いようがない。あの少女だ。しかし、そんなことがあろうか。きっと、あの少女の孫か血筋のものだろう。私はそう思い、ただ呆然《ぼうぜん》としてその後ろ姿を目で追った。

あそこです。

と、徳蔵さんから声をかけられ、私は視線を戻した。

それは沼、というよりも、湿地といった方がふさわしいような地面だった。地表は部分部分が乾いておりひび割れている箇所さえあった。即座に、これがごく最近の変化であること、しかも今も急速に変化しつつある状態であることが分かった。私と喜三郎は、何といっていいものか分からず、黙し続けるしかなかった。

沼は、私どもにとっては、母であり、また命そのものでした。私どもは、いってみれば、沼から生まれ、沼へ帰るのです。

この言葉がどの程度象徴的なものなのか、また現実に具体的なものなのか、私は推し量ろうとしたが、無駄だった。徳蔵さんは巧妙に、その辺りの言質《げんち》を取られないように言葉を重ねた。

それがこんな有様になってしまう。目先の利益のために数千年、いやそれ以上続いた森が伐採され、沼までが涸《か》れてゆく。問題は単に森の伐採を止《や》めればいいということではなく、人の心の変化と、その欲望を可能にしてゆく世の中の変わりようです。開化と呼ぼうが、進歩と呼ぼうが、この流れは止めようがありますまい。

喜三郎が、けれども、と声を上げた。

少なくとも進歩は悪いことではありますまい。子供達は新しい教育が受けられ、広い視野を与えられ、新しい未来を開拓してゆく。大人だって、電力のおかげで労働の苦しさが軽減され、雇用も増え、生活も安定し、より充実した人生を歩む選択肢が増えてゆく。

徳蔵さんは、ちらりと喜三郎に視線を移した。

だから、この流れは止めようがない、といっているわけです。誰もがこれこそ進むべき道、と思っているのだから。止めようがないのならば……。

徳蔵さんは、沼に視線を返した。

私どもは、その流れの中に身を置く場所を探してゆくしかない。そもそも、御名の、上淵、かみ、ふち家の、かみという字は、元々、神、という字でした。

これを聞いて私は驚いた。このことはごく最近、私が古い書き付けの中から発見し、それからそれを裏付ける古文書を見つけだしたばかりだったからだ。本土では、室町時代、と呼ばれていた頃の話だ。

どうして、そのことを？

徳蔵さんは視線を下に移し、そのことには直接答えなかった。

この島は、もともと私どものような存在を受け容《い》れてくれていたのです。そしてあなた方はある時期、本土からやってきて、私どものことを理解し、外部との緩衝材のように私どもを守って下さっていた。私どもを含む、この沼地の環境そのものを尊い神域のように思って下さった。自らを、神域を守るものと自負なさり、神淵、と名乗られた。しかしやがてそれもそれほど必要が無くなった。私どもは奉《たてまつ》られることをよしとしなかったので、以前よりいっそうひっそりと今の場所に籠《こ》もるようになったからです。次第に鏡原と神淵は疎遠《そえん》になっていった。そして、いつか神淵は上淵に変わった。

私は小さく唸《うな》り、我が家の代々の気質からしてありそうなことだと感じ入った。しかし、何故《なぜ》徳蔵さんは、この事をこれほど克明に説明できるか。上淵の家にある以上の資料が、失礼ながら、鏡原の家に残っているとは思えなかった。私がそう不思議に思っていると、喜三郎が、代わりのように聞きただした。

まるで、見てきたように詳しいのですね。

静かではあったが詰問《きつもん》するように。徳蔵さんは、少し笑みを浮かべただけで、何も答えなかった。

あの、女の子は……。私は胸騒ぎのようなものを感じた。

と、私はいいかけた。途中で徳蔵さんでも喜三郎でも、話をひきとってくれるのなら、その方が良かったので、そういいかけたまま、しばらく黙っていたのだが、誰も何もいわなかった。私は続けた。

自分でも、馬鹿《ばか》なこととは思うが、私がまだ少年の時分に会った子と、同じ子のように思えてならない。

すると喜三郎の顔色が変わった。

あの子は、私が子供の時分にも……。

私たちは思わず顔を見合わし、それから徳蔵さんを振り向いた。徳蔵さんは同じように笑みを浮かべたままいった。

ええ。私どもは「繰り返す」のです。

この答えに私は混乱した。

あなた方は……。

喜三郎はかすれた声で徳蔵さんに問うた。

「繰り返す」とは、つまり、よく似た人間が、何度も生まれ変わるということなのですか。

馬鹿なことをいう、と私は内心舌打ちをした。相手に逃げ場を与えるためのような質問ではないか。それとも、喜三郎は怖《おそ》れていたのだろうか。目の前にいるものが、人外のものであることを。それで、こういう答えであって欲しい、という希望的観測を述べただけなのだろうか。

徳蔵さんの顔から笑みが消え、少し寂しげな顔になった。

ええ、そう思っていただいて結構です。

と、短く答えた。

私は今こそ噂《うわさ》の真偽をただすときであると感じた。しかしどうやって切り出せばいいのか。あなた方は、女性の胎《はら》から生まれるのではない、という噂があるが、とでも？

私は相手に何かを詰問するというような習慣がなくこの歳《とし》まできてしまったので、すぐに質問が出来ず、ただ徒《いたずら》に沼の面を見つめるばかりだった。

この沼の泥、が、我々の胎なのです。

徳蔵さんは、しゃがんで土に手を入れた。

カヤと重夫さんは、これを持って外の世界へ向かいました。

私は思わず絶句して、返す言葉がなかった。

重夫さんは、上淵の家の直系であられるから、我々のことをよく理解して下さった。

徳蔵さんは淡々と話し続けた。私は不快であったのみならず、何かひどく落ち着かなかった。

何を理解したとおっしゃるのかな。

我知らず皮肉めいた口調で訊《き》いた。

我々が、何とか、先の世まで生き延びたく思っていることをです。この数十年をしのげればまた、我々はここへ帰り、穏やかな日々を続けることが出来るやもしれない。出来ないかも知れない。それは分からないが、ともかく外に出ることに、我々は望みをかけました。重夫さんはカヤを好いてもくれましたので、島を出ることは二人にとって二重に意味があったのです。

二重に？　あなた方が生き延びるということのほかにも何か意味が？

はい。二人の生活を築きたいということです。

この妙にほのぼのと子供じみた返事を聞いて、私は不思議なことに、ようやく胸の支《つか》えが下りたような気がした。それなら、いいのだ。それなら、いいのだ。私は小さな声で、思わず呟いていた。

でも、残ったあなた方はどうするのです。

喜三郎が気遣わしげに訊いた。

ご心配には及びません。

徳蔵さんは穏やかに微笑《ほほえ》んでいった。

夕刻が近づいてきたので、私たちはひとまず引き上げることにした。私は徳蔵さんに、二人から連絡が来たらお互い包み隠さず知らせ合うことにしようと声を掛け、村をあとにした。

重夫からはその後一度だけ、男子が生まれたとの連絡があった。が、連絡先が記してないのでこちらからは祝いの品すら贈ることがかなわない。この島では、有一も亡《な》くなってしまい、伐採業者の出入りも村会で禁止したので、村に人が入ってくることは少なくなり、それと同時に村を出て外へ働き口を求めるものが跡を絶たなくなった。あれから一度だけ鏡原を訪ねたが、一人で行ったせいか、全く場所が分からなくなっていた。鏡原自体が消えたような気がしたが、まさかそういうことはあるまいと思う。いずれにせよ、まだこれから明らかにせねばならぬことは山積している。

寿命のあるうちにはせめて鏡原の謎《なぞ》の一つでも、解いて明かして、後の世の進歩の礎《いしずえ》にせんと思う。

私は読み終わり、思わずため息をついた。時子叔母の日記を読んでいるときのようないらいらこそなかったものの、違う時代にタイムスリップしていた、そういう「長い旅をしてきた」疲れを感じた。隣では今、風野さんがバトンタッチして真剣に読んでいる。

それでは、あの港の上の方に見えていたのが、「上淵」の本家か。そして、昨日のあの廃屋が、「真柴」家？

時の流れの残酷なこと。

私は感傷とも哀惜ともつかない気分で、ぼんやり海を眺めていた。

ミズナギドリの仲間がすぐ近くまでやってきて、私たちを眺めていった。そういえば、あの子たち、ペリカン、ちゃんと観察できているんだろうか。

そんなことを考えていたら、風野さんもいつの間にか読み終えていたらしく、隣で大きなため息をついて、仰向けで横になった。

——読み終わりました？

——はい。

神妙にそういって、風野さんはしばらく黙っていたが、

──……そしたら、あの、重夫さんとカヤさんというのが……。

──私の、曾祖父母《そうそふぼ》、でしょう。

そう、私は上淵と鏡原の間に生まれた人間の裔《すえ》なのだ。思いっきりため息が出る。今更ながら時子叔母さんの気持ちが分かった。

──人が生まれるのに、有性生殖を必要としない、なんて、人間じゃない。

私は呟いてから泣きそうになった。風野さんはしばらく黙っていたが、ええと、と呟くと、

──バクテリアの一番古いやつとか、藍藻類《らんそうるい》なんかは性を知らない。一番最初の性現象が起こったときのこと、よく考える。まず、まったく系統の違う細胞間では、性行為はない。種の違う動物同士で子どもが産まれないようにね。基本的にはお互いよく似ている、同種のもの、でも、どこか決定的に違う、という相手に、発情するようになっている、はずです。

発情、という言葉で、昨夜の一件を思い出した。きっと風野さんも同じことを考えていたんだろう。風野さんも、昨夜からずっと、いろいろ考えていたんだろう。風野さんは妙な説明口調で続けた。

──発情、という、この無謀で破壊的な衝動が芽生えたのがいつなのかよく分から

ないけど。最初の性現象でも、それに近いものはあったのではないかと思います。私を慰めるために、始めた会話だとしたら、ずいぶんと道が遠いことだ、と私は思い、力なく笑い、それから、

――でもまず、突然変異が先でしょう。

――たぶんね。そういうことになってるけれど、でも誰も見た者がいないから、結局わかんないんだよ。一番最初に、有性生殖を行った細胞の勇気を思うよ。それまではひたすら、一つのものが二つに分裂してゆくことの繰り返しだったわけなのに、そのとき、二つのものが一つになろうとしたわけだからね。自殺行為だ。儒教精神の否定どころじゃない、無謀きわまりない暴力的な衝動としかいいようがないよ。

――でもまあ、それは事故だったのかも知れないし。

――そう、単に事故だったかも知れないし、自分に欠けていた基質を、その辺の材料で補おうとした試みの結果だったのかも知れない。

それから、私たちはしばらく黙った。風野さんは、

――若《も》しくは太古の昔に、この今の生物系とは、全く違う流れがあったのかも知れない。何らかの精神活動を含んだ、今では全く考えもつかないような、生殖システム。そういうものがなかったなんて、誰がいえる?

私は大きくため息をついた。壮大な話だ。しかしどんなに理解を超えた話でも、それが現実として、私が生きていかなければならない世界なのなら、仕方がない。私はもともと、ひどく実際的な人間なのだった。

——「今では、全く考えもつかないような、生殖システム」、そう考えるしかないですね。

——そう、そして、有性生殖が絡《から》まない限り、それはクローンに近いものだとするしかない。

——じゃあ、フリオも、「光彦」も？　そう思います。

——そうなんでしょう、きっと。現にあなたは、「光彦」を、幼い頃のフリオだと思った。きっと、「誰にでもなりうる」そういう、繰り返し。

私は、「久美ちゃん、自分って、しっかり、これが自分って、確信できる？」と、訊いたときのフリオの真面目《まじめ》な顔を思い出した。

富士さんが再び現れたとき、私たちは昼食のことも忘れて、ぼうっとしていた。

——どうですか、足。

富士さんにいわれるまで、風野さんはそのことをすっかり忘れていたようだった。

――ああ……。

――ちょっと、替えましょう。外してみて下さい。

私も手伝い、風野さんの足の手ぬぐいを外すと、白かったはずの湿布薬がべっとり黒くなっていた。

――うわ。

思わず呟《つぶや》くと、

――いわゆる、「悪いものが出た」ってことです。いいことです。

――洗ってきましょうか。

私が訊くと、

――お願いします。

と、富士さんは手ぬぐいを渡した。

川へ行き、手ぬぐいを川の水で洗いながら、何気なく海の方を見ると、海がずいぶん近くまで来ているような気がした。

帰ってから、そのことをいうと、

――今日から二、三日、大潮ですから、みんなやってきます。

富士さんは、私が手ぬぐいを洗っている間につくった湿布薬を、絞った手ぬぐいの上に塗りながら、何でもないことのようにいった。

——みんな？

——ええ。鏡原の沼にゆかりの、みんな。

私は風野さんと顔を見合わせた。

——でも、みんなって……。

——読んだんでしょう？

富士さんは、側《そば》に置いてあった安世文書を指した。

——ええ。

——その中にあった、重夫とカヤ、という夫婦が私の両親です。

富士さんは静かにいった。

——じゃあ……。

やっぱり、といいかけて声がかすれた。この人が私の祖父。

——私にはあなたの祖父と名乗る資格はないけれど。

富士さんは機先を制していった。風野さんが私の代わりに、とでもいうように、

——けれど、それなら、久美さんがこうして持ってきたぬか床のことや沼地のことについてご存じなんでしょう。教えて下さい。

という と、

――ええ。知っている限りは。

そう、と、富士さんはゆっくり話し始めた。

――この島の、沼、というのは、太古からの藻類や酵母が、今では想像もつかないような種類の藻類や酵母が支配している沼でした。霊的な精神活動の絡んだ細胞組織を独自に進化させてきた。それも一種だけではなく……。それぞれが同じ細胞を無限に復元させてきた。けれどそれもいよいよ変わらなければならないときが来て……沼地の人間は、この島にいる間は、あなたも見たように、ぬか床から湧《わ》いてくるように沼地から出てきていた。私の両親――重夫とカヤは、御岳と呼ばれる高台の草原で出会った。重夫はカヤと、新しい生活を始めようと思った。沼の土を、ぬか床として、持って出る、そのことが新しい可能性をもたらすだろうと思われた。それがどんな形になろうと。以来、生殖、ということに関しては、あらゆる可能性が試されたように思う。私自身は、父母の間に生まれた子であったし――母は純粋の沼地の人間だったから、二人の間の子である私は、結局、こういう、変な歳の取り方をしているが、確実に老化は進んでいる。

ぼんやりと予想していた内容だったので、今さら驚愕《きょうがく》はしなかったが、こう淡々と、レポートでも読み上げるようにいわれると、静かな冷たい現実感が四方八方からひしひしと迫ってくる感じがして、思わず目を閉じた。

誰も何もいわなかった。

さあ、どうすべきか。

これが現実であるのなら、受け容《い》れなければならない。それはわかっているし、富士さんの口から直《じか》に聞かされるまでは、その覚悟はできていたつもりだった。けれど、この妙な感じは何だろう。

ああ、そうだ。私は、愚痴をいいたいのだ。誰かを責めたいのだ。なぜこんなことになったのか、なぜ、それが「私」の身に起こったのか。なぜ私はこんな家に生まれたのか。とりあえず、この理不尽を訴え、「駄々」をこねたいのだ。なぜならここに、その格好の対象が――つまり「祖父」という――現れたのだから。つまり、「甘えたい」のだ。

それに気づくと、気持ちが落ち着いた。私は深呼吸し、目を開けた。そして、

――さっき、大潮だから、みんな来るっておっしゃいましたね。

普通に話しかけられない。この人が祖父だとはっきり分かったせいだ。妙に動揺を抑えた、低い声になってしまった。

——私たちが乗った船にも、いたんですか、そういう人たち。

私はそういう人がいたかどうか思い出そうとしていたのだが、それが出来ないでいた。

——いましたよ。

富士さんは淡々と答えた。

——昔、沼地には迷鳥のペリカンがよくやってきた。ペリカン、という言葉を口に出すことが、沼地の人間であることを表す、一つの符丁になっているのです。

——じゃあ、あの……。

——そう、あの子たち。

私は、あまりにも意外で、声も出せなかった。

——次の船でもっとやってくる。これで、一応、消滅というか——実際は、姿を変えて、ということだけれど——とにかく、画期的なことなので、みんな自然に集まるんです。結局、沼地はひとつだからね。

私は、その前に富士さんがもごもごいった、消滅、という言葉も気になったが、最後彼にしては力強くいい放った、ひとつ、という言葉の方に強く惹《ひ》かれて、

——沼地は、ひとつ？

——そう。沼地から生まれた人間は、みな、ひとつ、という感覚があります。沼地から生まれたわけではないが、沼地に関わる者——私とか、その子供たちのような——は、歳《とし》を取るに連れて、不安になります。個人の記憶がどんどん薄れていって、何か、他の、ひとつのものに収斂《しゅうれん》されてゆく、そういう、不安です。まあ、いわば沼地性が中途半端《はんぱ》なんです。

これは非常に私の心に響いた。最近、若年性アルツハイマーを疑っていたほど昔の記憶が途切れがちになっていたから。

——でも、その「画期的」なこと、というのは、なんで？　文書によると沼地は干上がってゆくように書かれているけれど、この川の様子だと、それほどでもないのでは。画期的なこと、って、何ですか？

——あなたが、ジョーカーを消した。

富士さんがいきなりそういったとき、私は直感で、それがカッサンドラのことだと分かった。

——ジョーカーっていうんですか、あれ。

私はゆっくりとその言葉を発音した。

——便宜的に、私がそう呼んでいるだけですが。あれの特質を表すのに、他にぴったりの言葉が思いつかない。ジョーカーは殺し屋。その気になれば、その人間にとって一番酷《ひど》いショックを与えるものに姿を変え、現れることが出来る。そして息の根を止めるようなことをいう。沼地に関わる人間は、ジョーカーの毒気に当たると、それでスイッチをオフにされたように、死んでしまう。かつてこの島で沼地が沼地として機能していた頃には、ジョーカーにやられると、脳卒中の症状を示した。けれど、それがぬか床として、島の外に出てからは、きっと何かが変わったのでしょう、子孫が、あまり丈夫でない心臓を持ち始めたのか、脳卒中ではなく、心臓麻痺《まひ》を起こして亡《な》くなるようになった。私の両親も、あなたの両親も叔母も。彼らにとって、何が命を奪うトリガーになるほどのものだったのか、誰にもわからない。それはそれぞれの抱えた深い闇《やみ》の中から出てきたものだから。

私は頷《うなず》きもせずに聞いていた。富士さんはちらりと私の様子を見ながら続けて、

――ジョーカーのような存在は、けれども、沼地の純粋性を保つためには必要でもあったのです。沼地の存続を脅《おびや》かすような行動をとろうとする人間は、淘汰《とうた》する必要があったから。いや、理屈でそうなったのではなく、結果的にそういうふうに機能していたのでしょう、長い年月のうちに。ジョーカーはあなたの所にも幾度となく現れたはずなのに、あなたはジョーカーの言葉に引きずられなかった。あなたの中の沼地

性は発動しなかった。

富士さんはトーンを落として静かにいった。しみじみ、という感じだった。

——あなたはジョーカーの邪魔を受けずに、動いた。沼もジョーカーを亡くし、つまり組成が変わってきたわけで……。沼は変わってゆくのだ、ということが、明確になった。あなたは、こうやって今の沼、つまりぬか床の終わりを目指して島へ来た。大きな流れが、こうなっている。つまり、この、種は、消滅するわけです。

——え？

——つまり、種の終わり。それで、皆、集まってきているのです。

私と風野さんは、二人とも、何と返していいものか分からず、黙ってしまった。皆——そうか、それでフリオも島、という言葉にああいう反応を示したのか。それならいずれ二人も、フリオも「光彦」もここにやってくるのだろう。

私はぼんやりと「光彦」のここでの生活を思った。海もある。山もある。男の子には退屈しないフィールドかもしれない。いい、かもしれない。秘密基地だってつくり放題だろう。けれど……。

富士さんは風野さんに、

——足、どうですか、そろそろ。

と訊《き》いた。風野さんは不意をつかれたようにはっとして、

——ああ、だいぶ、いいようです。

——ちょっと、立ってみて下さい。

風野さんは、恐る恐る、という感じで、手を突き、体を傾け、ゆっくりと立ち上がった。

——ああ、だいじょうぶみたい、です。

風野さんは、ほっとしたような明るい声でいった。

——無理したらだめです。けれど、ゆっくり歩いたら、あそこまでなら何とかなる。

——あそこまで？

私と風野さんは同時に声を上げた。

——もちろん、沼地、ですよ。行くでしょう？

私は一瞬風野さんと顔を見合わせ、

——無理です、こんな状態で。

と、慌《あわ》てていった。すると、

——……ちょっと待って。

風野さんは、おそるおそる足踏みし始めたと思ったら、軽くジャンプまで始めた。

――すごい、もう、朝とは大違いだ。こんなに良くなってるなんて。

興奮気味に話すと、

――だいじょうぶよ、もう。

と、私に向かって笑って見せた。

――それは、よかった、けど……。

なぜ、そんなに急に沼地に行く必要があるのだろう。ぬか床を返すだけなら無理をせずに、しばらく経《た》ってからでもいいではないか。私は、

――大潮であることが、沼地の状態とどう関係あるんですか。

――あの子たち、見ました？

あの子たち、というのが、ペリカン探しの子たちだというのがわかったので、

――ええ。遠目でですけど、向こうの岬の方で。

――何しているように見えました？

――何って……。崖《がけ》のところで……。

ペリカンの巣を探していたのだろう、当然。いや、待て、ペリカンは違うのか。

――彼らは、大潮に備えて、水路の入り口を確認していたんです。

――水路？

――地下水脈の一つで、沼地の底の方から、海に向かって走っている。大潮の時、海水が逆流して、沼地に入り込むんです。昔は定期的に、そういうことが起こっていた。けれど、沼地があいうことになってから、海側の入り口というか出口というか、そこが自然にふさがっていた、それをきれいにするために。ただ、昨日それを完璧《かんぺき》にやってしまうと具合が悪いから、昨日は確認だけ。今朝の満潮の時刻を過ぎてから、本格的にきれいにしてくれたはずです。

まるで町内会のお祭りの準備ではないか。

――そんなことを、どうして彼らは知っていたんです？

――なに、簡単です。私が頼んだんです。ぬか床を返すのは、大潮の時でないとだめです。

だからそれは何故《なぜ》、という私の疑問を封じるように、じゃあ、行きましょうか、荷物は私が持ちます、と富士さんは促し、あっけにとられていた私たちは、恐る恐る、というか、緊張気味に富士さんの後を付いて歩いた。

――だいじょうぶですか。

私は風野さんに小声で訊いた。外はもう、初夏の草いきれでむっとするようだ。

――だいじょうぶ。ほんと、不思議。あの顔ぼこぼこ事件の時も、この湿布があったら良かったのに。

風野さんは残念そうにいった。富士さんは私たちの一メートルほど前をスタスタ歩いている。不思議な感じだ。この人が、私の母、時子叔母、加世子叔母の父。私は落ち着くように咳払《せきばら》いをして、富士さんに近づき、

——どうして家を出ていったんですか。

と、自分でも思わず知らず低いドスの利《き》いた声で呟《つぶや》くように訊いた。富士さんはしばらく黙っていたが、

——私が家にいて、子供たち——久美さんのお母さんたちですが——が小さかった頃、ジョーカーが現れた。私はそれが私の妻にとってのジョーカーだと分かったので、それを連れて家を出た。両親の出た島から来た人間だから、島へ返すのだ、と妻にはいって。いろいろあって——孫であるあなたの耳には入れたくないいろいろがあって——なかなか家に帰れないでいるうち、妻が亡くなった、と聞いた。結局ジョーカーはジョーカーだったのだ、と慄然《りつぜん》とした。そしてジョーカーもいなくなってしまった。

——ああ、たぶん。

私は皮肉っぽい口調でいった。「孫であるあなたの耳には入れたくない」というところに苛立《いらだ》ってかつ不愉快だったのだ。

──そのジョーカーさんは、罪滅ぼしのつもりだったのか、そのぬか床を引き取った母の所へ現れ、忙しかった母に代わって育児代行、つまり、随分私の世話をしてくださいました。

富士さん──私の祖父はため息をついた。

──情の濃い、というか……。

──それは確かに……。

私たちは一瞬、奇妙な感慨に打たれた。

川に沿って歩いて行く、きっとこれは、あの文書の中にあった道なのだろう。道の片側は多種多様な木々で埋め尽くされていた。名も知らない珍しい木。地面から一メートルほど上がったところから、滑らかな樹幹がそのまま板根、つまり板状に平たく四方八方に拡《ひろ》がり、まるで優雅に翻《ひるがえ》るカーテンをそのまま固めたようになっているもの、幹の途中から何本もの支柱根を大地に穿《うが》って、まるで立ち上がっているように見えるもの、ある一本の木には、太い蔓《つる》、というよりは蔓性の木といった方がよいような、人間の腕ぐらいありそうな蔓が巻き付いている。まるで、「長い年月かけてゆっくり絞め殺す」と決意して、婉然《えんぜん》と微笑《ほほえ》んでいるようなもの凄《すご》さだ。だが、抱きついている方も抱きつかれている方も、すでに水気を含んだ緑の厚い苔《こけ》に覆《おお》われつつある。さらにその厚い苔のうえにも、ヤドリギの仲間の寄生植物が……。

――なんだか、すさまじい、生命力ね。

圧倒されていると、風野さんも同じことを考えていたらしく、そう呟いた。私は黙って頷いた。

ヤシの木のように幹の発達したシダの林の中を通り、照葉樹の暗い藪《やぶ》を抜け、だんだん、原始の森を分け入っているような気分になってきた。少なくとも、森林浴なんて、生易しいものではない。深い緑の濃厚な気息が、こちらの頼りない息を搦《から》め捕るように、波のように何度も何度も押し寄せて窒息しそうだ。そのうち、その押し寄せる緑の気息の中に、ちらっと、昨日の不思議な香りが流れたように思った。あれっと思い、そのことをいおうかと、風野さんを振り向くと、

――ヒルが落ちてきそう。

と、先に風野さんが不安そうにいった。

――ヒルは、大丈夫ですが。

富士さんがちょっと足を止めて、こちらを振り返り、

――足、大丈夫ですか。この先に、ちょっと開けたところがありますから、少し、

休みましょう。

なるほど、少し歩くと明るくなり、天井犇《ひし》めくようだった木々の梢《こずえ》が周囲に下がり、空が見えてきた。地面も、比較的乾いている。倒木が何本かあり、それが苔や菌類で解体されようとしていた。その、丈夫そうな所に私たちは腰を下ろした。

――なんか、やっと、息がつける感じ。すごい緑ですね。

――う―ん。年々すごくなる気がする。安世の時代は、まだ、それでも人の行き来があったから、ここまでではなかったのではないかなあ。

――もし、このいろんな種類の緑が、すべて外生菌根で繫《つな》がって、ひとつの同じ目的で生きているとしたら、すごいなあ。

私がぼそっというと、風野さんは、

――まあ、それはありえないとは思うけれどね。それより、この緑からどれだけの酸素が出てくるかと思うと……しみじみ今の時代で良かったと思うなあ。太古の昔、葉緑素が生まれて、光合成なんていうそれこそ天地がひっくり返るようなすごい化学反応が起こるようになって、それまでジミジミと発酵一本槍《やり》で生活してきた生物にとって、突然発生してきた酸素なんて、いわば毒ガス兵器みたいなものだったろうから。迷惑極まりない、大パニックだっただろう。気の毒に。

――面白い人だなあ、君は。

富士さんが、くっくっと笑いながらいった。富士さんがこんな風に笑うのを見るのは初めてだった。風野さんも、少し笑って、

――まあ、未来永劫《えいごう》同じプログラムが働き続けるなんて、気持ち悪いことかもしれないけれど。

私もつい、軽口を叩《たた》く気分になって、

――人はそれを繁栄と呼び、そのことを目指して歴史が積み重ねられてきているんです。風野さんは大体、いつも、反・生物的ですよ。それが生物の最終目標じゃないですか。

――じゃあ、あなたは自分がまず生物であるってことを自覚していて、その定義にのっとって生きるべしって自分に課しているわけ？　それって、武士たるもの男たるもの○○すべし、っていう問答無用の原理主義的発想を敷衍《ふえん》させたものじゃない？

一瞬何が何だか分からなくなった。富士さんは助け船を出すように、

――あなたのいうように、生物たるもの繁栄すべしなんてプログラミングが彼らの存在理由の全《すべ》てだったとしたら、その大前提たるべき原始大気の構成が狂うなんて、まあ、その無念の思いたるや察するに余りあることですね。恨みを呑《の》んで死んでいっ

たって、わけですね。

風野さんは、そうそう、と頷《うなず》き、

――酵母っていうものがしみじみ不気味というかすごいと思うのは、その呪《のろ》われた酸素と、何とかやっていきながらも、一方では嫌気性の部分もずっと残してやってきてるってとこですね。つまり、酸素があってもなくなっても生きていける。この先また、環境上の大変化が起こって地球上に酸素がなくなったとしても、確かに酵母はまた新しい環境下で何とか生きていくでしょう。

――うーん。確かに、「繁栄」ってことだけを目的に考えると、そりゃ、人類なんかより遥《はる》かに酵母の方が、長期的展望に立って生活してるのかも知れませんね。

このとき、みな、なんとなくぬか床のこと、沼地のことを考えていたことは間違いなかった。私たちは、突然、黙り込んでしまったのだから。

安世の時代にはちゃんとした道だっただろうところも、今はすっかり藪になってしまっていて、それからも私たちは悪戦苦闘しながら進んだ。

――足、どうです？

私はときどき風野さんに訊いたが、彼は、大丈夫、と繰り返すばかりで、いつもの彼らしくなく、にぎやかに補足説明したりすることはなかった。これは大丈夫ではないかも、と思った。

急に辺りが暗くなり、ポツポツと雨だれが降ってきたとき、富士さんが、

——ああ、これはスコールになりますね。そこの洞窟《どうくつ》に避難しましょう。

と、私たちを誘った。

洞窟、というのも、入り口は藪に覆われていたし、私たちが入った途端、不意をつかれた何匹かの蝙蝠《こうもり》が飛んで出たので大騒ぎだったのだが、それからすぐ急激に強まった雨足のすさまじさを思うと、避難する、という考え自体は妥当な選択だった。

——もうすぐなんですよ。

富士さんは慰めるようにいった。

——このスコールだって、こんなに激しいけれど、すぐに止《や》む。

中の暗さに目が慣れると、洞穴の壁が岩石を割ったような形状だということに気づいた。しかも、まるで壁紙のように、羊歯《しだ》模様が点々としている。

——これは一体……。化石、ですか？

私がしげしげと見ていると、風野さんも興味深げにそばに寄ってみていた。でも、言葉は発しない。こんなとき、彼が何もいわないなんて、と、私はますます心配にな

った。

――ここはもともと、マンガン鉱床なんですよ。

――マンガン？

――ええ。動物体にも植物体にも共通して微量に含まれるものです。この先に行けば、まだ黒い塊状で、見つかるんじゃないかな。それは、羊歯の化石じゃなくて、軟マンガン鉱の結晶が育ったものです。

――ええっ。

私は心底驚いた。その枝一つがまるで小さな木のような形をしている、それがどんどん枝葉を伸ばすように展開していって、まるで海の水に揺らいでいるかのように、拡がっているのだ。

――樹枝状結晶ですか。

やっと、風野さんが口を開いた。

――そうです。よくもここまで成長した、と思いますが。

――岩石の内層に、ときどき出てくる。でも、こんなに見事なのは初めてだ。鉱物の結晶が、まるで古代の植物そっくりの形状で成長してゆく、というのは、ひどく私を感激させた。

——昔は生物は動物と植物のみに分けられていた。ね？　菌類も植物界に振り分けられていた。

富士さんがその羊歯状の結晶を使って、「生物の歴史」を始めた。もちろん、私も風野さんもそんなことは知っている、ということも富士さんは承知の上だろう。私たちに何を語ろうとしているのか。外の激しい雨のせいで、彼の声もよく通らない。どうしても近くによって耳を傾けなければならない。

——今はもちろんもっといろんな説があるけれども、とにかく、菌類は植物とも動物とも独立した系統とされている。この三つに共通した祖先があるとして、それをまあ、原生生物ということにして。

富士さんは結晶の羊歯の、根っこの所を指した。

——いいかい、これがまだ動物も始まっていないころ。今の分類法では……。ここから動物は……。

と、彼はすっと羊歯の流れの一つを指して、

——この辺で無脊椎《むせきつい》動物、脊索動物に分かれ、脊索動物は、脊椎動物と原索動物なんかに分かれる。で、脊椎動物が、魚類、両生類、爬虫類《はちゆうるい》、鳥類、哺乳類《ほにゆうるい》と分かれ……。

彼は羊歯の葉っぱの末端を指した。

——で、人間がこの辺といわれているわけだ。植物の方も、この原生生物から、緑藻類に入ってきて、今の陸上の植物群もすべてこの水中生活していた緑藻類から進化してきた。太古の、コケ植物、シダ植物、それから裸子植物、被子植物……。

富士さんは丁寧に枝状に分かれたその結晶をなぞってゆく。

——それらのすべてが、それぞれすっかり独立して、壁のようなもの、いわばウォールで仕切られるように、他と混じらない、種になっているわけです。でも、まったくこの分類に当てはまらない進化を遂げていく流れがあったわけです。それがどの辺から分かれたものなのか。おそらく、こういう分類全て、空《むな》しくなるような、けれども奇妙にそれとシンクロしてやってきたような、別の流れ。ウォールを全く無視するような流れ。

——それが沼地にいたというんですね。

——そう。

気が遠くなりそうだ。思わずしゃがみ込む。ウォール？　壁？　それは秩序ということだろう。そういうものを無視して、この生物圏が成り立つというのか。

——あなたはどこでそういうことを？

はずです。あなた方よりは長く生きていますから。それに、戦前の、島がこれほど寂れる前には、もっと調べるよすがとなるべき人も物もあった。安世さんには会えませんでしたが、徳蔵さんには会っています。彼にはこういう科学的用語の知識はもちろんありませんでしたが、それでも、沼地に対する根本的な理解は、彼なくしては得られませんでした。

――どうなったんですか、彼は。

――消えていました。私が二回目に会おうとしたときには。沼地があった以前は、消えても再生したのかも知れませんが。それ以来会っていません。

雨の音ばかりが洞内に響いて、私たちはしばらく誰も口をきかなかった。

富士さんが急に咳払《せきばら》いして、

――で、君も、結局ぬか床の漬け物を食べたんですね。

と、何気なく風野さんに訊《き》いた。

――ええ。時子さんからいただいて。

時子、という名前を聞いて、富士さんはまた一瞬黙った。この人の中では、「死」という概念はどうなっているんだろう、とふと不思議に思った。死んでもまたぬか床の中から湧《わ》いてくる、とでも？　けれど、彼のいうとおり、島を出た夫婦が、彼をつくったように、そしてぬか床自体も沼地時代には考えられない「生殖に関してのあらゆる可能性に挑戦」していたというのだから、時子叔母さんや私の両親の「死」が、紛れもない「喪失」であるということは分かっているのだろう。けれど、それでも、私にはどうも、「死」ということが、この人の中でどう収まっているのか、全く見当がつかなかった。

——それにしても、そんなぬか床に漬かっていた野菜なんて、気味が悪くて普通は食べるどころじゃないでしょう。

富士さんは、急に常識そのものの顔になって、口を開いた。ずいぶん他人事《ひとごと》のような事をいっているが、まあ、もっともな見解である。

——でも食べてしまう。なぜかというと、一番最初にそれを口にするときは、そのぬか床の事情なんて分からないから。

そりゃそうだ、と私は思い、風野さんもこの話がどう展開してゆくのか、というような顔をして黙って富士さんを見つめていた。

——有り体にいって、すでに、あなたの中には、内生菌のようなものが入り込んでいる、と、思った方がいい。

富士さんは静かにいった。雨の音ばかりが辺りに響いた。

しばらくして、風野さんが、低い声でゆっくりといった。

——僕が、すでに、ぬか床の存続のために、動いていると？

私は驚いて思わず風野さんを見つめた。風野さんが、「僕」という一人称を使った！　しかし、本人はそのことに気づいていないようだった。富士さんは、

——昆虫に寄生しているある種のバクテリア、例えば、リケッチアの一種にボルバキア、というのがいる。これは宿主の卵を使って次世代へ垂直感染する。だから、自分たちが繁栄するためには、宿主はメスでなくてはならない。卵を生んでもらうために。ダンゴムシなんかはこのボルバキアに感染すると、生まれてくる卵の次世代は全てメスになる。不幸にしてオスに入り込んでしまったボルバキアはどうするか。このオスが、感染していないメスと生殖活動した場合、生まれてくる卵がすべて孵化《ふか》せず死んでしまうように細胞質不和合をおこす。感染していないメスが、子孫を残す確率を少なくするためにね。

——つまり、寄生者が宿主の性と生殖様式まで決定してしまう。

——そう。それは、でも、生殖様式に限らずあらゆる寄生者と宿主に見られることで——例えば、風邪のウィルスに感染した人間は、ウィルスによって行動をコントロールされる。ウィルスは宿主にくしゃみを起こさせて、自分たちを更なる繁栄へと導

く。そういう例はいっぱいある。

――だから、個、というものが自分の行動を全て自分の意志決定によって行っているという考えがそもそも眉唾《まゆつば》もの、だと？

風野さんの言葉は、静かで、自嘲《じちよう》気味ですらなかった。

――そういうことはすでに考えたことがあった。それから、あらゆる思想や宗教や国の教育システム、そういうものが、自分を乗っ取ってゆく可能性について。もっとわかりやすく洗脳、といってもいい。あるいは、すでに乗っ取られている可能性について。自己決定、ということが幻ならば、せめて、自ら、自分はこの「何か」に乗っ取られてもかまわない、そう決断することが、最後に残された「自己決定」なのではないか、と。

私は固唾《かたず》を呑んで風野さんを見守った。風野さんは、いつもの風野さんではなくなってきたような気がする。

――自分、ということの境界の問題なんだと思うんだ。

富士さんはもう、長年考えてきたことのようにいった。

――そうやって寄生され――象徴的にであれ、精神的にであれ、肉体的にであれ――自分の上に幾重にも重なった他者があり、自分の身一つが単に自分のみの問題ではなくなっている状態の時、すべては緩やかに一つ、と考えたらどうだろう。

——それはできない。

即座に、悲鳴のように風野さんは叫んだ。

風野さんの中に内生菌のようなものがあるとしたら、私には何があるというのだろう。ぬか床性？　酵母菌？　酵母菌が住み着くぐらいありそうなことだ。人間の体内に入り込む酵母菌なんて普通でもいくらでもいる。ことは風野さんよりももっと深刻だろう。

私の中にあるのは……。

私はあまり考えたくなかった。

来たのと同じくらいの性急さで、雨は去っていった。水がこの原生林に与えた効果というのはその中にいないととても説明できない。洞穴を出ると、何か、喜びを語りたくて震えんばかり、といった静寂が辺りに満ちていた。全《すべ》てが以前よりいっそう色鮮やかに輝いているようだった。ふと、何か濃厚な匂《にお》いが一筋、空中を漂っているのに気づいた。

——この匂いは……。

――招霊《オガタマ》の花。安世が書いていた。すぐに沼に着きます。

違う、この匂いではない、昨日からときどき鼻孔に入ってくる、あの匂いは、そうだ、あの匂いはそもそも一体何なのだろう。

――この匂いじゃないよね。

風野さんも気づいていたのだ。

――昨日から――特に夜、変わった匂いが漂って……。

富士さんは振り向いて微笑《ほほえ》んだ。

――私には分からない。けれど、きっとそれは、花粉の匂いじゃないかと思います。

――花粉？

――ええ、大昔の……。漂ってきてるんじゃないかな、そろそろ……。

意味不明である。風野さんはまた博覧強記ぶりを見せつけるように、本筋から外れたことをいい始めた。

――花粉の匂いっていうのは、花なんかまだまだ現れない太古の植物にもすでにあったようだよ。運んでもらう昆虫を誘うのに、必要だったようだ。植物っていうのは……。信じられないぐらい戦略的で……。

――夜になったら匂いが強くなる？

――それは植物によって時間帯があるようだけれど……。

シダ類に隠れていた水の道が、急にあちこちの斜面から現れて、その響きが静寂を浮き彫りにする。敷石の用をなしていたらしい、武骨ながらも平たい石が、雨に濡《ぬ》れて黒く輝いている。

――あ。

風野さんが立ち止まった。そして、呆然《ぼうぜん》として、

――今、タモツくんとアヤノちゃんが連れ立って歩いていった。

また、突飛なことを、とそれでも思わずそちらを見ると、そこに、何か、確かに何かの移動した気配のようなものがあって、ぎょっとした。ちょうど、彼らが這《は》った後に何か粘着質のものが残っているように、そこに一筋の明らかな気配の跡があったのだ。

――歩いて、って……。立って？

半信半疑、半ば冗談で訊くと、

――つまり、元の一つに戻って一体化して、すごく大きくなっていて……肉眼ではっきり分かる速度で移動していた。呆気《あっけ》にとられて見ているうちに、見失って……。

何かが起こっているのだ。それは確かだった。

――沼です。

富士さんがいった。

そこは、沼、というよりも赤茶けた土が露出している大きな窪地《くぼち》だった。側面にはもうだいぶ育ったシイの仲間が、懸崖《けんがい》に生える植物のように上を向いていた。底には一面に白っぽい線状のものの乾燥した跡があった。しかし、そこに新しい植物の気配はなかった。

――もう、みんな、死んでるんですか、あの――植物。

――死んでいるかも知れないし、活動停止状態、まあ、乾燥した場所に保存してある種子のような、そういう一種の冬眠状態、かも、知れない。何ともいえない。

――ここが、その、沼地？　ここに、この、ぬか床を、戻す？

思わず、小さな子どもが、親か――祖父母に、訊くような口調になってしまった。

――まだだ。じきに潮がここまで満ちてくる。あの、水路を伝って。そのときだ。頑張って戻すんだよ。

富士さんは私をしみじみ見て、にっこり微笑んだ。私は急に不安になる。慌《あわ》てて、不思議に思っていたことを口にする。

――なぜ、富士さん、って名乗ったんですか。私と同じ、上淵、のはずでしょう。

富士さんはちょっと視線を逸《そ》らし、微笑んだまま、

――君が小さい頃、会いに行ったことがある。誰、って訊くから、じいさんだよ、って答えたら、君は、富士山？　って訊いたんだ。だから、そうだ、富士山だって答えた。

思い出せない。けれど、そういう人がいたような気がする。しかし、思わず感情を揺り動かされるような話ではないか。私は必死で、その波に抗《あらが》った。そんな感傷に浸っている暇はないのだ。

――では、潮がここに満ちるまで待たなければならないんですね。それなら、風野さんの足のこともあるし、どこか、座って待っていられる場所をつくらなければなりません。

富士さんは、これを聞いて大声で笑い出し、

――君は、まったく、今まであの家に生まれたことのないタイプだな。

といった。これを聞いて、風野さんが、

――あっ。

と、何かいいかけたが、すぐに黙って考え込んでしまった。私は、

――あそこに荷物、置こうと思うんですけど。

少し高台になって、この窪地全体を見下ろせるところを指した。激しい雨が降ってきたら心許《こころもと》ないが、大きな樹も近くにあるし、まあ、一つとはいえテントもある。明るい場所の方がいいだろう。

——うん、いいんじゃないか。あそこの裏を降りたところに泉があるから、水を汲《く》むのにもちょうどいい。

富士さんはそういって、私たちが荷物を運ぶのを手伝った。そしてようやく、三人とも腰を落ち着けると、

——さて、僕は、いろいろと準備があるから、港へ行かないといけない。ここで終《しゅう》焉《えん》を迎えるために、みんなが帰ってくる。ここを——。

といって、富士さんは、辺り一帯を大きく指した。

——人が住めるようにして……。

希望に満ちているんだか、満ちていないんだか。富士さんの話には昂揚感《こうようかん》もなく悲壮感も（その二つはよく似ている、とふと思った）なかった。ただ、あらかじめ設定されたプランの概要を説明する、というような淡々としたものだった。

——終焉って、でも……。

——沼地は、もう、前のような方法では生殖を行わないから、彼らはこの種の、最

後の人たちとして、ここで平和に滅びてゆくんだ。

富士さんは物わかりの悪い生徒に優しく説いて聞かせるように繰り返した。私は、フリオと「光彦」のことを思い、胸が痛んだ。けれど、「平和に」滅びてゆく——それは、とても彼らにふさわしい言葉のように思えた。それから富士さんは、

——さっき君、
と、風野さんに向かい、

——全ては一つ、って考えることは出来ない、っていったでしょう。

——ええ。

風野さんはきっぱりといった。

——じゃあ、そう、こんな風に考えるのは？

富士さんはゆっくり言葉を選びながらいった。

——世界は最初、たった一つの細胞から始まった。この細胞は夢を見ている。ずっと未来永劫《えいごう》、自分が「在り続ける」夢だ。この細胞は、ずっとその夢を見続けている。さて、この細胞から、あの、軟マンガン鉱の結晶のように、羊歯《しだ》状にあらゆる生物の系統が拡《ひろ》がった。その全ての種が、この母細胞の夢を、かなえようとしている。この世で起きる全ての争いや殺し合いですら、結局、この細胞を少しでも長く在り続けさ

せるために協力している結果、起きること。単なる弱肉強食ということではなく。全ての種が、競い合っているような表面の裏で、実は誰かが生き残るように協力している――たとえその誰かが、酵母、とかであっても。生物が目指しているものは進化ではなく、ただただ、その細胞の遺伝子を生きながらえさせること。

あまりにも壮大で、私たちは返事が返せなかった。それは詭弁《きべん》、といいそうになって、ちょっと待て、と何かが私を押しとどめる。

9　かつて風に靡《なび》く白銀の草原があったシマの話　Ⅲ

アザラシの娘たち

嵐《あらし》は続いた。水の勢いは変わらないように見えたし、音のすさまじさにも変化はないようだった。けれど、ある晩、その音の中に一筋、微《かす》かだったが確かに、収束に向かう諦念《ていねん》のようなものが感じ取れた。荒れ狂う幾筋もの音の中で、ただ一筋が、もういい、と悟ったのだ。それで僕はもうすぐこの嵐は終わる、と確信した。

その確信は正しく、やがてその「一筋」は周りの多くの荒れ狂う音の流れを味方に引き寄せ、次第に全体が弱く小さくなり、最後にはほとんど、昔を思い出すため息のような音だけ残して消えた。

僕はまだ眠りに落ちずに、その嵐が過ぎ去った安堵《あんど》感《かん》を味わっていた。けれど僕の耳はまたしても、眠りを彼方《かなた》に押しやるような奇妙な音を拾ってしまった。彼方で聞こえていたはずの、あの、鳴き声。ピーヒョーと、アビの声音のように哀切を帯びたその声が、数十数百というその声が、今、塔のすぐそばまで来ていた。

アザラシの娘たちだった。間違いようがなかった。

嵐に紛れて、浜へ上陸したのだろう。

彼女たちが太古の獣神たちの裔《すえ》だというのなら、今までも繰り返し繰り返しここへやってきたのだろうか。けれど、そんな話は聞いたことがない。僕が「呼んだ」、そのことが、ここまでの大きな力を引き起こしたのだろうか。

窓の隙間《すきま》から洩《も》れてくる空気は、今までに嗅《か》いだことのないような不穏な「新しい」においがした。僕にはそれが、僕が受信した「何か」の一部であることが分かった。

ここに至って、まだ僕は尻込《しりご》みしていた。

ドアをノックする音がした。ここにきてから初めてのことだ。体中が緊張で冷たくなったかと思われた。返事が出来ないでいたが、ドアが開いて入ってきたのはロックキーパーだった。ロックキーパーは、外出するときに着るコートを羽織っていた。

——挨拶《あいさつ》をしておこうと思って。

——挨拶？

——なんというかな、そう、旅に出るんだ。

僕は思わず立ち上がっていた。本当に驚いた。ロックキーパーはこの世が終わるまでここにいるものだとばかり思っていた。

——……旅って……。

——潮時だ。

——けれど、こんなときに……。

いいながら自分が馬鹿《ばか》のように思えてひどく情けなかった。

——外はアザラシの娘たちでいっぱいだよ。

——だいじょうぶ、彼女たちは僕には何もしない。

ロックキーパーは晴れやかに笑った。それから、その笑いを残したままの顔で、

——君の名前を呼んだことがなかったね。

といった。

——名前？

僕は再び驚いた。驚愕《きょうがく》した、といってもいいだろう。名前とは、僕にとって世界を

知るためにあるもので、僕自身に名前が付いているなんて考えたこともなかった。文字通り、世界がひっくり返るような驚きだった。が、よくよく考えれば、それは当たり前のことだったのだろう。僕は、なぜか、とても謙虚な気持ちになった。

――僕の名前？

僕は恐る恐る聞き返した。自分が急に小さくなったような気がした。ロックキーパーは、

――そう。もう潮時なんだ。君は、下りていって、水門を最後まで開けないといけないよ、ロックオープナー。

ロックオープナー。彼は僕をそう呼んだ。

ロックオープナー、初めてそう呼ばれたとき、世界は急激に明るくなった。部屋は隅々まで光に満ち、自分の今いる場所から、彼のいるドアの間までの、床板の一枚一枚、壁石の微妙な陰影、そして天井の梁《はり》の撓《たわ》み具合までが。そしてたぶんそのドアの外の世界も。全《すべ》ての繫《つな》がりが直観的に見えた気がした。僕の回りの、不可解で茫漠《ぼうばく》として混乱を極めていた世界の全てが、あっという間に全てあるべきところに納まった気がした。僕は初めて秩序の何たるかを知り、光さえどこからか射《さ》し込んだ気がした。そうだ、そのとき、僕の世界は再構成されたのだった。じゃあ、それなら、ロックキ

ーパーは……。

――でも、君は、そうしたら……。

――僕は、出て行く。

ロックキーパーは、目を閉じ、微笑《ほほえ》んで、首を傾《かし》げ、それから目を開け、小声で何かいった。そしてちょっと印ばかり、手を振って出ていった。僕は呆然《ぼうぜん》とそれをただ見ていて、それから慌《あわ》てて階段を下りた。彼はどこにもいなかった。僕は外へ出た。大声で彼の名を叫んだ。しかし風が、例の「新しい」においを僕に叩《たた》きつけるばかりで、彼の姿はどこにもなかった。

僕はただ確かめたかったのだ。

あのとき僕には、彼が「楽しかったよ」といったように聞こえた、それが聞き間違いでなかったことを。

シのメガミ

彼はどこにもいなかった。その代わりに、さざめく潮騒《しおさい》のような声が聞こえた。

──あなた。

──あなた。

──あなた。

これは何かの伝説だ。僕はデジャビュのようにこの話は知っていると思った。何で習ったのか。必死になってそれを思い出そうとした。いや、習ってなんかいない。けれど、僕は、これを知っている。この場面を知っている。彼女たちは本当にアザラシの娘たちか。

──君たちは誰だ。

僕は大声で怒鳴るようにして訊《き》いた。途端に、不思議な、鳥の羽ばたき交わすような音が聞こえた。……笑っている……笑っている？

──君たちは誰なんだ。

僕は戸惑いつつ、もう一度問いかけた。すると、

──知らないの？

──知らないの？

──知らないの？

と、ひとしきり声が響いた後で、

――シのメガミ。

――シのメガミ。

――シのメガミ。

シのメガミ？　シ？

――シはおわり。

――シはおわり。

――シはおわり。

シはおわり？

――そう。

――そう。

――そう。

途端に総毛立った。なぜだか分からない。目の前に無数の、圧倒的な数の、水鼬《みずいたち》がいる、そんな恐怖が全身を貫き、僕は思わず彼女たちに背を向けて走った。それは考えてコントロールできる類《たぐい》のものではなかった。これこそが恐怖なのだ。僕ははっきりわかった。ああ、だめだ、こっちは水鼬の巣があるところだ、と頭の中で誰かが叫ぶ。しかし、足が選べるのはこの方角しかなかった。そしてここは、ああ、そうだ、水門だ。水門を開けるのだ。そうだった、ロックキーパーはそういっていたじゃないか。

僕は濡《ぬ》れた草の斜面を滑り降り、大水門のクランクの所へ走った。大潮なので、水門は完全に閉じられていた。これを、ロックキーパーは開けろ、といったのだ。海原の水は信じられない高さまで来ていた。この状態で、開けるのか。だめだ、出来ない。出来るわけがない。そんなことをしたらシマのほとんどが壊滅的状態になるだろう。

そして、それは僕の力を遥《はる》かに越えた仕事だった。

そのとき、シのメガミたちの声が聞こえてきた。

――あなた。

――あなた。

――あなた。

耳を塞《ふさ》いだ。それでも、声はだんだん近づいてきた。目には見えないが、彼女らは近くにいるのだろう。そして、そのさんざめく声が歌うようにさまざまな言葉を囁《ささや》き始めた。煌《きら》めく言葉たち。けれど、僕の心には届かない。

大量の言葉が上滑りして行き、どれ一つとして核心に至らない。雨のように降り注ぐ、ただ流れてゆくだけの言葉。言葉、言葉、ことば、ことば、コトバ……。意味すらなさない、言葉の骸《むくろ》たちが僕の体を滑ってゆく。キャッチできない、受信できない、何一つ。最初まともにそれを捕らえようとして、捕らえ切れず、そんなはずはないと思い、必死になって意味を汲《く》み出そうとした。吐き気がしそうだった。それは全部僕に向かって発せられていた。これが歌なら、僕はいらない。これが僕の全ての問いに対する「答え」なら、僕はいらない。まっぴらだ。僕はうずくまり、四つん這《ば》いになって吐いた。それでもなお、その意味を成さないコトバの洪水は僕に向かってきた。何という空《むな》しさ。何という空虚。耐え難い痛みが全身を覆《おお》う。

全て吐き終わり、胃液しか出す物がなくなっても、僕は吐き続けた。歯の根から始まった震えが、体の細部に伝わり、やがて体中がくがくと震え始めていた。

突然、僕の耳に警戒を促すアビの、鋭い鳴き声のような叫びが飛び込んできた。

――ロックオープナー！

それは僕の名前だった。

――ロックオープナー！

僕は立ち上がり、その声の存在の確かさを受け取ろうとした。その声は言葉の残骸《ざんがい》の流れの中で、ただ一つ輝かしい意味を持つ矢のように僕に向けられていた。

――ロックオープナー！

僕は歩き出し、ハンドルに手を掛け、渾身《こんしん》の力を込めて回そうとした。が、うまくいかない。そのときロックキーパーのやっていたことを思い出し、クランクの下からグローブを取り出して、はめた。グローブはハンドルに吸いつくようにフィットした。ロックキーパーは手入れしていたのだ。初めてこれを回す僕が、支障なくこの仕事をやってのけられるように。手応《てごた》えのある、小さな金属音が鳴り始めた。腕の筋が切れるかと思うほど力を入れ、摩擦でグローブの中の濡れた手に血が滲《にじ》んでゆくのがわかった。軋《きし》む音は次第に大きく、やがて海原の水を遮断していた鋼製の門が開いた。海原の水は、凄《すさ》まじい勢いで内陸へと流れ込んできた。それはその先の三つのロックを押し流し、小樹林帯を飲み込んでいった。大水門の石と鉄で出来た柱は、水の勢いで今にも押し流されそうだった。僕はその柱の陰にしがみつき、頭から水のしぶきを浴びながら、逆巻く海原の水に乗ってアザラシの娘たちが内陸へと身をくねらせながら流れ込んでいくのを見た。

燈台《とうだい》の光

やがて水の勢いも緩やかになり、辺りにほとんど何もなくなっているのを見たとき、僕はあまりのことにただ呆然と立ち竦《すく》んだ。ロックキーパーの塔も、小樹林帯も、大樹林帯も、丘も、あの黄金の草原も。かろうじて燈台だけが残っているのが見て取れた。しかしそれはいかにも世界の喪失感を倍加させる光景だった。立っていられなくなって、そこに座り込み、横になった。すぐ下まで水が押し寄せていたが、そこには僕が横になるくらいのスペースは十分あった。石の凹凸が背中に当たっているのを感じたが、そんなことはもうどうでもよかった。何も考えられなかった。考えたくなかった。目をつぶり、とにかく休みたかった。

僕はあの、大樹林帯の向こうを目指した日からのことを思い起こした。分裂した「僕」のこと、「叔母」のこと、馬のこと、ロックキーパーのこと。そして、僕は「独り」なのだと。そのことが突き刺すような確かさで、僕を貫いた。

独り。

そうだ、僕はずっと、ずっと、ずっと、「独り」だった。そのことが体の隅々まで冷たい液体が流れてゆくように僕を満たした。静かだった。

そしてどのくらいの時間が経《た》っただろう。パシャパシャと、すぐ頭の下の方で、軽やかに水を捌《さば》く音がした。もう体を動かす気力もなかったが、

──……プナー？

という、囁き声に気が付いたとき、僕は反射的に飛び起きた。

そこに浮かんでいたのは、アザラシの娘だった。アザラシの娘は、大きな黒い瞳《ひとみ》で僕を見つめていた。

──こんなところにいるんですか。

囁くような声で彼女はいった。そして、僕のいる石の島に、黒い手を置くと器用に上がってきた。そして俯《うつむ》いたかと思うと、そのまま僅《わず》かに身じろぎした。するとその艶《つや》やかに黒く光る毛皮の背が、内側から割れていくようにして何か白いものが現れ始めた。コートを脱いだ白いアザラシの娘は、僕が今までに見たどの叔母よりも美しかった。しかし美しさより何より、僕はとにかく、自分と同じように話が出来る相手が現れたらしいことが、心底嬉《うれ》しかった。

──ちょうどよかった。教えてください。これはみんな、夢なのだろうか。本当のことなのだろうか。

──夢だから何？　本当のことだから、何？

──不安で不安で、しようがないのです。全て、触れれば消えてしまう幻のような気がして。今までのこと全て、僕が今まで考えたこと全て。確かなものが欲しいのです。確かな、確かな、絶対に消え失《う》せない真実のようなもの。この足でしっかりと踏みしめられる揺るがない大地のようなもの。

——ああ。

と、アザラシの娘は深いため息をついた。

——揺るがない大地というものすら、私は知らない。あなたの言葉は、より結合力の高い物体を意味しているのでしょうか。それならば、私たちの膜質の流動性は低温で下がります。そのときは、もしかしたら、あなたの望んでいるものに近くなれるかも知れない。そう、今なら。

アザラシの娘は僕のすぐ前まで来て、

——手を取ってごらん。

そのとき、僕は、このアザラシの娘の声を思い出した。言葉の残骸が雪崩《なだれ》のように僕に押し寄せてくる中で、ただ一つ、僕の名前を叫んだ、その声だ。

——あなたは、あのとき、僕の名前を呼んだ。

アザラシの娘は頷《うなず》いて、もう一度、

——手を取ってごらん。

といった。手を取ると、それは僕が初めて握る確実なもの、そのものに思えた。この存在を可能な限り近くに、近くに、引き寄せる、それ以外に確実さに至る何の手だても見つからないように思えた。それで思わず僕はそうしたのだ。アザラシの娘は、

——ロックオープナー。

と囁き、僕はそのとき、雷鳴が轟《とどろ》くような揺るがない確実さで彼女の名前を再確認した。彼女こそが、アザラシの娘たちが囁いていた、あの名前の実体だったのだ。

——シ。

と、僕は彼女の名前を呼んだ。

全《すべ》てを失って、確実さへの渇望があまりに激しくなり、白い火花を生んだ。それが僕の体を変えたのか、それとも相手の体が変わったのか、その両方だったのか。多分、その両方だろう。白い火花は熱を生み、それは僕が今までに経験したことのない高温で、きっとそれが相手の存在の「流動性」を一挙に高めたのだろう。それと気づいたときは、相手はほとんど液状化しており、僕は存在自体を相手に包まれ、そして接合していた。それは当初接合しやすい器官に変わった部分的なそれだったが、あっというまに互いの皮膚が溶け合い、内部の混入が始まった。そしていつか緩やかに意識まで一つに向かって行くようだった。僕は一瞬のうち、彼女の内側の感情をつぶさに経験したように感じた。驚き、喜び、悲しみ、そして共感。これが僕たちの、少なくと

も僕の望んだ確実さだったのだろうか。それは分からない。しかし、抗《あらが》いようがない、この流れの強大さこそ、「確実」そのもののようにも思えた。これが「シ」の実相なのだろう。なぜなら、「僕」は変容し始めていた。そして、そのことは以前の「僕」が終わったということを意味していたから。

白い火花は「僕たち」を覆い、それはやがてシマ全体に伸びる白い閃光《せんこう》となった。そして長くくねる白銀の生き物のように虚空《こくう》へ飛び去った。

僕は最後に残った意識で、これが燈台《とうだい》に灯った最初で最後の光だと知った。

10　沼地のある森

風野さんの足のこともあるし、土壌採取もこれで何とかなりそうだし、私たちは明日、漁船に連絡してもらって帰ることにする、といったら、じゃあ、港で会えるかも知れない、あの夫婦に、また、君たちを迎えに来てもらえるよう頼んでおきましょう、といい残して、富士さんは飄々《ひょうひょう》と森の中へ消えていった。

――あとは、ここに潮が満ちて、ぬか床を返せばいいだけですね。

私は自分にいい聞かせるようにいった。

――ところでこの島の満潮時刻って、何時ですか？

――え？　知らないよ。

私たちは顔を見合わせた。

――風野さん、こんなに博学なのに。

――専門領域に近いところだけの話。でも、この感じだと、夜に入ってから、でしょうね。まさか、真夜中ってことはないとおもうけど。

すでに夕刻だった。私は食事の支度のため、水を汲《く》みに「泉」へ降りた。「泉」といっても、窪《くぼ》んだ腐葉土の地面の中に、いくつか石が並んでいるところがあって、そこに水が溜《た》まっている、というものだった。飲めるのか、と不安だったが、指を入れると、びっくりするほど冷たく、掬《すく》って口に含むと、森の香りさえ感じられた。

鍋《なべ》に水を溜め、上に上がると、陽が西に落ちているらしく、低い傾斜角度からの陽の光が、長く木々の合間を抜け、ちょうどスポットライトのように風野さんを照らしていた。その光はレンブラントの絵を思い出させる、郷愁の赤茶。濃いセピア。風野さんは動かず、静物的で、まるで神話の中の人物のようだった。

私は見とれて食事の支度も忘れそうだった。風野さんには、なんというか、そのとき、「憂《うれ》い」があった。彼の信念が揺らぎを見せた、激動の一日だったに違いない。いつもの風野さんではなかった。手負いの動物のような、不思議な色気のようなものさえあった。

相当のことなのだ。私は初めてそのとき、彼に心の底から同情した。

そのまま私がぼうっと立っていると、風野さんはこちらに気づいて、

――だいじょうぶ?

と、声を掛けた。絵画の中の人物が口をきいた、と思うぐらいに動悸《どうき》がした。

――いや、きれいだなあ、って思って。

と呟《つぶや》くと、そりゃどうも、と風野さんは笑った。

二日続いてのカレーだったけれど、風野さんは文句もいわず、私も恩着せがましくもせず、残らず平らげた。二人とも寡黙《かもく》になっていたのは、あの「匂《にお》い」が、だんだんまた濃厚になってきているのに気づいたからだった。

――さっき、何考えていたんですか。

私はだんだん沈黙に耐えきれなくなって声を掛けた。

――さっき？

――私が水を汲みに行って帰ってきたとき。

――ああ。

といって、風野さんはちょっと考えて、

――ほら、富士さんがいっていた、そもそもたった一つの細胞の夢が、っていう話。全宇宙でただ一つ、浮かんでいる孤独、ってすさまじいものだったろうなあ、と思って。実際には同じようなものが試行錯誤で繰り返されていたのだろうけれど。それでも、最初の一つ、っていうのはあっただろう。全宇宙にたった一つの存在。そのすさまじい孤独が、遺伝子に取り込まれて延々伝わってきたのかな、って思って……。細胞が死ぬほど願っているのは、ただ一つ、増殖、なんだ。人間の、特に男の、自分の遺伝子を残したい、っていうそういう欲求を諸悪の根源のように思ってきたけれど、その原初の圧倒的な孤独っていうのが、根っこにあるのかな、と思えば、なんか、もののあはれ、みたいなしんみりした感じになってきて……。

――……なるほど。

だとしたら、その細胞が未来永劫《えいごう》存続することを願っているとはとても思えない。そんな孤独とその願いが一つの存在の中に両立してあるとはとても思えない。けれど、あるのだとしたら、なんと苦しいことだろう。

私は人ごとのようにぼんやり思った。

満月の夜だが、星もかなり見える。窪地の方はさすがに高台よりは暗いが、それでも木々に邪魔されていないので、森の中の方に較《くら》べれば明るい。

――音が、聞こえない？

――え？

いわれて耳を澄ますと、思い出したように遠くで鳴く鳥の声だとか、通奏低音のような地虫の声の他に、小さく湧《わ》き上がるような水の音が聞こえる。

かに見えた。
に窪地を満たし始めた。暗い場所のせいか、その表面は流れ続ける溶岩のように滑ら
最初小さかったその水音は、次第に大きな流れの響きになり、海水は見る見るうち
――始まったんだ。
――あ。

――本当に、こんなことが起きるんだ。
目の前に起こっていることが信じられなくて、私は夢を見ているかのような現実感
のなさの中で呟いた。
――ほら、ぬか床、出して。
風野さんにいわれて、慌《あわ》ててぬか床の容器を取り出した。そのとき、突然あること
を思い出して、思わず悲鳴に近い声を上げた。
――私、この数日、ぬか床、ひっくり返してない！
すっかり忘れていた、本当に、まるっきり。
風野さんと顔を見合わすと、きっぱりした声で、
――開けて。
と強く促された。恐る恐る、本当に怖々と、開けると、そこにあったのは、すでにぬ

か床ではなかった。白銀色の、「何か」だった。そして開けた途端、それこそが、あの「匂い」の源であったことが分かった。あまりの濃厚さに、一瞬くらくらとして座り込んでしまった。なんと、私たちは、その源を持ち歩いていたわけだ。

――うわ……。

――……カビ？　……状況によって、カビにも酵母にもなる菌が、あることはあるけど……。

――カビだったら、これは胞子でしょう。でも、これは……。

――花粉だ。この匂いは。

とにかく、そばに置くことは耐え難かった。息を止めて容器を持ち、沼の方を目指して小走りに急いだ。

沼はだいぶ海水が入り、水面が上昇しつつあった。いや、海面というべきか。月の光の中、水中に何か揺らめいている。あれは……藻の仲間だろうか。それとも水流が――潮流というべきか――動いているせいなのだろうか。そのとき目を凝らすことに夢中になって、足下に注意が行かず、私は張り出した木の根っこにつまずいてしまった。

――あっ。

と、叫んだときは遅く、私は容器ごと、その「元」ぬか床を沼に放り投げる格好になってしまった。最終的にはそうなったにせよ、まるでゴミを投げたかのような最後の始末が残念でならない。仮にも手塩にかけたぬか床との最後の別れなのに。容器は夜目にも白く、ぷかぷか浮いている。仕方なく、そのまま風野さんのところへ戻り、

——見てました？

——見てました。足、だいじょうぶ？

——それはだいじょうぶですが……。どうなるんでしょうか、これから。

——少なくとも、あの、藻類たち、死んでなかったようね。富士さんのいうとおり、乾燥型冬眠、というか……。すごい速度で拡《ひろ》がっている。そして、もしかしたら、ぬか床の方が雄性細胞に変化してしまったのかも。

——じゃあ、沼地の海水中で、今拡がっている方が……。

——もしかして、雌性……。

——胚珠《はいしゅ》は？　子房《しぼう》は？

——まさか！

私は呆気《あっけ》にとられて声も出せなかった。沼の中は相変わらず何が起こっているのか

よく見えない。これから花が咲くというのか。水中花じゃあるまいし。

——あれ？

と、突然風野さんが立ち上がった。

——あれ、タモツくんたちじゃない？

私が目を凝らすと、ちょうど、黄色というよりは黄金色に近いものが、自ら動いて、沼地の中へ入って行くところだった。

——入水自殺《じゆすい》？　風野さん、止めた方がいいんじゃないですか。

——……いや。

風野さんは、ずいぶん静かな声で呟くようにいった。

——タモツくんやアヤノちゃんたちは、変容して、もうすっかり別の何かになってしまった。あんなに一生懸命になって。タモツくんたちが、何かきっと、新しい可能性にかけているんだよ。タモツくんたちの胞子は、有性生殖の結果の産物だから、普通に子実体を作るのであれば、限られているにしてもちゃんと遺伝子の組み替えも出来るはずなのに。細胞壁で守られた胞子が。

風野さんは、私の横に腰を下ろした。

——タモツくんの気持ちが分かるな。何でも、当事者じゃないと分からない事ってあるな。

風野さんは呟いた。

――タモツくんの気持ち？

あの花粉の匂いが、ここまで届く。ああ、そうだ、この感じは、昨夜もそうだった、とぼんやり思い出す。

――とにかく、前に進む感じ。何かに突き動かされて。

――ああ。

――今にして思えば、あの切実さが胸を打つ。その昔、はじめて有性生殖をした細胞は、話しかけようとしたんじゃないかな。同じような、でも、少し違う細胞に。何かの働きかけをしようとして、そのとき、人間の使う言葉の代わりに、化学物質を出したんだ、きっと。

――確かに、夕べのことは、ずいぶん、化学反応的な衝動だと思いましたが。

――今は？

――正直にいうと、また、やられつつあるなあ、って。

ほんとに、あなたは、と風野さんは俯《うつむ》いて笑った。遠くで何かの鳥が鳴いた。またここが沼地に戻ったら、ペリカンはやってくるだろうか。新しい有性生殖をする新しい植物は、それでも太古の記憶を思い出としてどこかにしまっているだろうか。変容して止《や》まない生物。その昔の、たった一つの細胞の記憶——孤独。

そうだ、本当に、私にはその記憶がある、と、そのことを忘れていた古い傷の痛みのように思い出した瞬間、私はごく自然に、風野さんの肩に頭をもたせかけた。風野さんは私の髪に軽く口をつけた。そして、それをゆっくりと移動させた。花粉が、風に乗って拡がってゆく。それが私の髪にも触れてゆく。耳裏から、首のリンパ節に沿って、それから、鎖骨の上、この冷たく心地よい粘着の感じは、まるで小さく集中したタモツくんだ。タモツくんが、皮膚の上を、移動してゆく。もう一度リンパ節へ登り、うなじへ回り、頸椎《けいつい》から胸椎にかけて。皮膚をなぞり、細胞の内側を探り、彼と私の境界を曖昧《あいまい》にしようとする。体は細かく震えながら、その複雑な刺激の全《すべ》てを咀《そ》嚼《しゃく》し、吸収し、記憶しようとすることで境界を保とうとする。やがてそれは隅々まで満ち、飽和量に達し、私は耐えきれず、ちょっと待っていただけませんか、と小さく囁《ささや》く。タモツくんは——彼は、了解し、待ちましょう、と囁き返す。そして目下の相手を逃さぬよう両腕を私に回し、柔らかい落ち葉の上に二人横になり、辛抱強く待っている。

私はゆっくり息を整える。タモツくんの——彼の、全ての望みは「それ」を私に渡すことだ。だから、この待つ間は、彼にとっては船を出すために潮が満ちてくるのをじっと見つめているような時間だ。けれど、私の望みは彼の望みを直ちに叶《かな》えることになく、それを確実に成功に導くことにある。それが結局彼の最終目的だと知っている。けれど、この孤独の感覚を、一体どうしたものだろう。

肘《ひじ》の内側に、冷たい夜露が落ちて、ふと上に目を遣《や》ると、木々の枝の重なりの間から、まるで秘密の信号を送ろうとするように、何億年も前の星の光が瞬《またた》く。体と意識はその一体感に陶然としているのに、どこか一点、私の中に取り込まれていた何かが硬くその「孤」を譲らない。宇宙の全てを相手にしてなぜ、その一部と成り切ってしまえないのだろう。執拗《しつよう》に付きまとう、この寂しさは何なのだろう。

私は星を見つめている。その瞬きの激しさから、今夜は気流が荒れているのだ、とぼんやり思う。目には見えないけれど、遥《はる》か上空で大気は静寂を保ったまま激しくざわめき、星の信号に自らの律動を織り込み、それが伝わり落ちる低空では冷やされた空気が水分を蒸留して私の皮膚に降《お》りる。

だいじょうぶ、と何かが私に囁く。そう、道はあるはず。ゆっくりと世界との調和を図るように、私は自然が私に加える、彼が私に加える、刺激のコードを丹念に読み取るため、自ら分解とチューニングの手続きを始める。

背中の下、肌にざわめく乾いた落ち葉の奥の層、発酵しつつある腐葉土の、更にその遥かに深く、地球の地熱が、私の感官を温かく開く手助けをする。彼はすでに待つのを止めて、新しい働きかけを始めている。彼は自分の働きかけによる私のあらゆる反応を読み込むことで、私は意識の管轄下《かんかつか》にある全ての回路を集中させてそれを受け入れ、開こうとすることで、共通の何かに向かおうとしている。瞬間から瞬間へ、新しい花が次から次へと開くように時間が移動する。

花粉がまるで霧の粒のように、銀色に輝きながら空中に漂い、いつの間にか、気がつけば私たちの周り至るところ、それが飛び交っている。時を超えて太古の植物が夢を見ているのだ。植物はいつもそれだけを願っている。受精の夢。新しい可能性への夢。生命の更新への夢。今、この瞬間を織り込んだ、壮大な時の上に降り落ちる、これはその夢の一部。

私の中に取り込まれていた「孤」は、太古の植物の胞子。

それは、岩石の内部に、軟マンガン鉱の結晶が育ってゆくように、一つの細胞から羊歯状《しだ》に世界へ拡がりゆく、譲りようのない鉱物的な流れ。私の全ての内側で、発芽し、成長し、拡がるたびに身を裂くような孤独が分裂と統合を繰り返す。解体されてゆく感覚——たった一つ、宇宙に浮かんでいる——これほど近くに接近しようとする相手がいて、初めて浮き彫りになる壮絶な孤独。それを取り込んでいた、積み重ねた煉瓦《れんが》のように強固な意識の細胞が、その鉱物的な孤独の拡がりと共に、外れてゆく、外してゆく。ほどけてゆく、ほどいてゆく。緩んでゆく、緩めてゆく。私と彼とのあらゆる接触面が、様々な受動と能動の波を形作り、個をつくっていたウォールを崩し、ひとつの潮を呼び込もうとしている。

大海原の潮。

そこに遠く光るのは、まるで闇夜《やみよ》に見つけたたった一つの燈台《とうだい》の光。

ああ、どうか、と、それだけを頼りに、見失わないように、すっと背骨を反らすと、それに沿って灼熱《しゃくねつ》の何かが駆け上がり、どこまでも天を射《さ》してゆくのを知覚した。思わずこぼれた声は、傾きかけた満月の光を受けて白銀の気体となり、そのまま軽く開いた風野さんの口腔《こうこう》の奥の宇宙に吸い込まれていった。

「それ」が渡されたのだと、私は知った。

翌朝、私たちは、まるでバイカモに覆《おお》われたようになった沼を後にし、あの「真柴」の家を目指した。

歩いている途中、私たちはあまりしゃべらなかった。昨夜の記憶があまりにも荘厳《そうごん》だったので、軽々しく言葉にしたくなかった。

むせ返るような木々の呼吸の中で、招霊《オガタマ》の香がふっと匂《にお》った。

――今、母のことを考えていた。

風野さんがぽつんと呟《つぶや》いた。

――母の無念、と、ずっと思っていたけれど。

風野さんは立ち止まってちょっと黙った。

――母はそんなこと、どうでもよかったんだろう。僕が、新しい命にたぶん、望むように。解き放たれてあれ、と。母の繰り返しでも、父の繰り返しでもない、先祖の誰でもない、まったく世界でただ一つの、存在なのだから、と。

解き放たれてあれ。

私はその言葉を反芻《はんすう》した。

風野さんにはそのとき、激しい雨に打たれたあとの植物のような、弱々しく痛々しく、けれどまた、そこから新しく始めようとする、ひたむきな誠実さがあった。

私は風野さんの首に手を回し、共感の印の柔らかいキスをあげた。

——どうも。

と、風野さんは慎み深く礼をいい、私たちはまた歩き出した。足下のゴツゴツした石が、激しい雨で更に露出して、足場がひどく不安定だった。風野さんは時折手を伸ばして、私の手を繋《つな》いだ。

鬱蒼《うっそう》とした森のその上から、午前中の新しい陽の光が射してきて、気まぐれな道標のように、そこかしこに明るい光の跡を残しては消え、残しては消えていく。そのたびにそこの複雑な植物相が一瞬鮮明になる。ときには藪《やぶ》の中をくぐりながら、ときには手を繋ぎ、私たちは案内人のない森の中を黙々と歩いた。

ああ、本当だ、動いている。
ね。名前を付けてあげなくちゃね。
過去に由来しない、
でも感じのいい名前をね。
時ちゃんも、考えてみて。

ああ、動いている。生まれてくるんだ。
そうよ。動いている。生まれてくる。

生まれておいで

この、壮大な命の流れの
最先端に、あなたは立つ
たった独りで

顔を上げて
生まれておいで

輝く、生命よ

解　説――「命」のまわりをぐるりとめぐって

鴻巣友季子

『沼地のある森を抜けて』は、自己とはなにかを探す物語だ。といっても、いわゆるヒロインの「自分探し」ではなく、自己というものの境界をめぐる壮大な旅であり、この旅には、ぬか床と、酵母と微生物が深く係《かか》わっている。ぬか床は人間の社会にも、家庭にも、脳みそや、精神にまで喩《たと》えられる。微生物が生息する微生物叢《そう》(ミクロフローラ)には、人間の世界とのアナロジーを見いだし、重ねあわせたくなる「人間的な」魅力があるようだ。そう、おなじぬか床はふたつとない。しかもそれは変わりつづける。あとから少しずつ違うものが加わることで、オリジナリティが更新されていくのだ。

なにしろこの物語のぬか床は、ヒロインの久美の曾《そう》祖父母が故郷の島から駆け落ちするさいに持ちだしてきたという、いわくつきのぬか床だ。成分には島の沼地の泥がまじっているという。これを預かっていた時子《ときこ》叔母が亡《な》くなったことから、化学メーカーの研究室に勤める久美が「世話」を引き受けるはめになる。ところが、この先祖伝来のぬか床は扱いがわるければ文句を言う、呻《うめ》く、すさまじい臭《にお》いをさせる。そのうえ中に卵が生まれ、そこからふしぎな人々が涌《わ》きだしてきて、生身の人間たちと生活をともにしたりするのだ。

久美はこのぬか床と係わったことにより、みずからの人生を過去へとさかのぼり、父母の生涯を、祖父母の生涯をたどり、やがて発酵化学研究所に勤める風野《かざの》さんという風変わりな男性（だが、強権的な男性という性をすてて無性であろうとしている）とともに、祖先たちの暮らしていた島へぬか床を返しにゆく。そして、沼地から生まれた一族の命の源とそれが果つる場所にまでたどり着くのである。その途中には、親族の「変死」の真相を知ることにもなる。幼いころおやつを用意して優しく迎えてくれた母の記憶。それは本当の母の姿だったろうか？

（このメインストーリーの間に「かつて風に靡《なび》く白銀の草原があったシマの話」（I～III）という章が三章ごとに挟まれる。ここでいう「僕」「僕たち」「叔母」「ロックキーパー」らがだれなのか、一切書かれていない。移動しつづける者たちの物語のようだ。沼地の微生物のミクロな物語か、あるいはこの地球が砂粒のように思えるマクロな物語か。ここでは措《お》くとする）。

そもそもこのぬか床はなぜこんな力をもっているのか？　久美のもうひとりの叔母・加世子はこんなふうに言う。

「代々の女たちに毎朝毎晩かしずかれて、すっかりその気になったのよ。しかもどうやら代々の女たちの手のひらがぬかになじんでいるせいで、念がこもっているのよ」

台所でぬかを返しながら、漬け物をつけながら、夫の愚痴や、姑《しゅうとめ》の悪口や、家計の心配事や、ひょっとしたら家族に聞かせられない男への睦言《むつごと》などを、こっそりぬか床相手につぶやいてきた女たちの背中を、私は思い描いた。ぬか床には、女たちの手をとおして一族の秘めごとが染《し》みこんでいるのだ、などと思うと背筋がぞくっとするが、おおげさに言えば、これは一族の二百年の歴史を内包する集合無意識のようなものであり、その記憶は酵母の遺伝子によって代々受け継がれていくわけだ。女たちにとっては、なんでも打ち明け相談できるコンフィダントであったかもしれない。

このぬか床とよく似たもの、正確に言うとよく似た表現をされているものが、梨木氏の前作にあったのを思いだす。傑作『裏庭』に出てくる裏庭だ。その荒れた古い洋館に住む一家の娘は、秘密の裏庭をこう説明する。

「もう何百年も、私達の先祖が丹精してきた庭なの。でも、出入りにはとっても気を付けなければならないの。（中略）レベッカは（中略）もう、そこで何かを育て始めているらしいの。父さんがいうには、一世代に一人はそうやって庭の世話をするものが出てくるものだっていうことらしいけれど……。でも、庭師に宿命づけられている人って、とっても体が弱いんですって。どうも、エネルギーを吸い取られるらしいのよ。裏庭は、死の世界にとても近いところでもあるの」

裏庭は死に近いと言うが、後には、「『裏庭』こそが生活の営みの根源なんですからね」ということばも出てくる。『沼地のある森を抜けて』におけるぬか床も、命の起源であると同時に、一族の終焉《しゅうえん》（死）をみとるものとして描かれる。

ぬか床の酵母はまさに物語を培養する触媒の役割をもはたす。たとえば、第一章「フリオのために」では、このぬか床からひとりの謎《なぞ》の少年が現れ、それを機にカタブツの久美の初恋話が――時宜をえて発酵するように――醸《かも》しだされてくる。彼女がひそかに想《おも》っていたフリオは、いまや家庭持ちの中年男。謎の少年は、フリオにとっては、いじめられっ子だった自分を救ってくれた小学校の同級生に見え、しかし久美にはフリオに見えるのだった。「ぬか床の人」にはどうも自分が投影されているらしい。やがて久美は、自分が幼いころ家に出入りしていたのは遠い親戚《しんせき》などではなく、こうした「ぬか床の人々」だったのではと思い当たる。

つぎの第二章でぬか床から現れるのは、口だけしかないのっぺらぼうの女「カッサンドラ」と、「子の母殺し」の物語だ。このカッサンドラは妙な和服姿で三味線をひき、目だけがあたりを舞い飛んで、久美の挙動をうかがい、這《は》いずってきては彼女を罵倒《ばとう》する。久美のなかに封印したはずの、母にまつわる悲惨な過去がよみがえり、これが自分の本当の母だったのではないかと気づく。これ以上気味のわるい存在はないと思うが、そういえば、母性がにょろにょろした蛇になって現れる川上弘美の『蛇を踏む』という小説もあったし、子どもにとって自分を産み落とした母とは、かくも生理的に気持ちのわるいものなのだ、きっと。

カッサンドラは久美に消滅させられるが、しかし作者はこの話を個人的な「母殺し」のテーマでは終わらせない。カッサンドラは母にごく似ているものの、「『私の』母ではなかった。親族の『女連中』の底辺を蠢《うごめ》いている何か、決して表に出ることの無かった、けれどその存在は、暗黙の了解のように皆が知っていた『誰か』」なのだと、久美は思い直す。事実、「二度とあたしに食事をつくれ、なんていうんじゃないよ」と激怒するこの女が、風野さんの母親であってもふしぎはない。彼の母は末期癌《がん》で倒れなお、死ぬまで婚家の男たちの食事作りをさせられていたというのだから。

代々、こうしてぬか床から幾度も現れては消える「ぬか床の人々」は、ある意味クローンであり、しかしクローンであっても毎回「おなじもの」ではない。微妙なことだが、これは重要な点で、この「反復と更新」というテーマは、作品を通じさまざまな形で表現されている。前作『からくりからくさ』では、それは「無個性による創造」のような形で表されていたと思う。同作は、染織家見習いのヒロインが、ふしぎな人形「りかさん」と、染料の研究をする女性たちとともに、古い家で共同生活を営むという物語だが、ある日、その女性のひとりが、織物の柄にふれてふとこう言うのだ。

「平凡な、例えば植物の蔓《つる》の連続模様が、世界中でいろんなパターンに落ち着きながら無名の女性たちに営々と染められ続けてたりするのをみると、ときどき、個人を越えた普遍性とか、永遠のようなものを、彼女らは自分では気づかずに目指してたんじゃないかと思うのよ」

世界に遍在する蔓草模様は、個を越えた反復であり、同時にその場にしか生まれえないオリジナルでもある。これまでも梨木氏の小説・随筆には、小さなものが無数に積み重なり反復しあって二度と模倣しえない「ただひとつのもの」を造りだしていくという営みが、その尊さが、くりかえし書かれてきたのではないか。この夏（二〇〇八年六月公開）映画化もされて大いに話題になった『西の魔女が死んだ』、そして『裏庭』『からくりからくさ』『家守綺譚』『ぐるりのこと』など、どの作品にも通じることだ。反復にしてオリジナルである——これを、生物の、つまり人間の構造にも言えることとして捉《とら》え、今回の『沼地のある森を抜けて』では、さらに本質的な存在論にふみいっていく。

おなじぬか床はふたつとないと、冒頭に書いた。ここでひとつ思いだしておきたいのが、『からくりからくさ』でキリムの研究をしている女子学生の台詞《せりふ》である。

「生きて命があるって、異常事態なのよねえ」

なにげないひと言に、梨木氏の世界のエッセンスが結晶している。生きていることは、異常で、異様で、特殊で、特別なことだ。ひとつの命はそのまま繰り返すことも、コピーすることもできない。そうした一回性を思えば、命はひとつひとつが「異常事態」だと言える。生き物のひとつの命がいかに「異常事態」であるかを、梨木氏は多様な媒材をもちいて書いてきたが、『沼地のある森を抜けて』では、生化学がその役割をはたしている。

作品の中盤から終盤、生化学と哲学的な存在論がとけあい、菌類のマイクロコズムから宇宙レベルのマクロコズムへと、世界が加速度的に拡大していくところは、圧巻のひとことだ。そのなかで、祖先の島へわたった久美と風野が、キノコに「自分」というものはあるだろうか、と議論する場面が出てくる。「自己規定」はあるだろうが、では、細胞はそもそもいつから「自己」と「他者」の区別を作りだしたのか？　と。「細胞膜。そして、やがて植物の、細胞壁」とふたりは同時に思いつく。「膜。壁。ウォール。それは内と外を隔て、内と外を作る。自己と他者を作る。外界と内界を作る」。自己は移動することで他者と出会う。二者は関係することでたがいに変容する。移動し変容することで、細胞は生き延びてきたのだ。「一つのものが二つに分裂していくこと」を繰り返す無性生殖から、いつしか「二つのものが一つになる」有性生殖が始まった。

寄生虫はあらゆる方法で宿主をコントロールするという。寄生者には、象徴的なものも、精神的なものも、肉体的なものもあるだろう、と作中のディスカッションはつづく。だとすれば、「個」が自分の意志決定によって成り立つというのは幻想にすぎなくなる。「自分って、しっかり、これが自分って、確信できる?」と、いつかフリオは久美に問いかけた。「自分の上に幾重も重なった他者」があるはずだ、沼地の子孫のひとりはそういう言い方をする。そのむかし、ランボーは Je est un autre. と破格の文法で言い、ボルヘスは他者へと「はみだしていく」自分を Les Autres (「他者たち」邦題「はみだした男」) という映画にして描いたのではないか。

全宇宙の始まりにたったひとつだけあった細胞の、すさまじい、絶対的な孤独。その孤独が遺伝子にとりこまれ、増殖の連鎖が始まったのだと、久美と風野はしみじみ思う。しかしこの気の遠くなるような宇宙の営みも、ひとつの相にすぎない——幕間《まくあい》に挿入される「かつて風に靡く白銀の草原があったシマの話」という不可思議な異次元の物語は、そうしたことを暗示するものではないか。少なくとも、私にはそういう効果が感じられた。

久美と(男をやめた)風野さんのあいだにも、ふしぎな「化学反応」が起きている。これを恋とか愛とか呼ぶ必要はないだろう。命の生まれそして果つる沼地のまわりには、枝間から陽が降りそそぎ、しかしそこには微《かす》かにタナトスが匂《にお》う。この森は『裏庭』の裏庭とどこか似た香りがする。「死の世界にとても近いところ」にあり、「生活の営みの根源」でもあると書かれていた裏庭……。

そうだ、梨木香歩氏の物語のなかでは、つねに生と死はつながる。つながっているという実感のもとに書かれているのだ。どちらも無限に繰り返されながら、今ここにしかないただひとつのものとして。ふたりは、生と死の入り口である沼地のある森を抜ける。「円環と再生」という作者の大きなテーマが感じられる静謐《せいひつ》なラストシーンに感動した。

「小説トリッパー」二〇〇五年冬季号季刊ブックレビューを改稿。

（二〇〇八年十月、翻訳家）

この作品は二〇〇五年八月新潮社より刊行された。

沼地《ぬまち》のある森《もり》を抜《ぬ》けて

新潮文庫　な-37-9

平成二十年十二月　一日　発行
令和　二　年　七月二十日　五　刷

著者　梨《なし》木《き》香《か》歩《ほ》

発行者　佐藤隆信
発行所　株式会社　新潮社
郵便番号　一六二―八七一一
東京都新宿区矢来町七一
電話　編集部(〇三)三二六六―五四四〇
読者係(〇三)三二六六―五一一一
https://www.shinchosha.co.jp

価格はカバーに表示してあります。

乱丁・落丁本は、ご面倒ですが小社読者係宛ご送付ください。送料小社負担にてお取替えいたします。

印刷・錦明印刷株式会社　製本・錦明印刷株式会社

ISBN978-4-10-125339-8 C0193